ZUI

Zestful Unique Ideal

最世文化

Shanghai ZUI co.,Ltd

爵迹

第三卷
冷血狂宴

郭敬明 著

湖南文艺出版社 明凤天卷

爵迹

Chapter 01

寒鸦初现

L.O.R.D

Legend of Ravaging Dynasties

L.O.R.D
Legend of Ravaging Dynasties

【西之亚斯蓝帝国·雷恩】

除了雷恩城里几座最高的建筑之外，此刻，整座城市都被笼罩在铅灰色的厚重云海之下。

饱含水汽的云层翻滚撞击着，激起剧烈的电闪雷鸣，在季候风从内陆朝大海吹去的干燥冬季里，实属罕见。

一只黑色的寒鸦从云层上飞过，它的羽毛被沉甸甸的水汽沾湿，因此飞行起来有些吃力。

它飞过仅剩的几座依然还屹立在云层之上的尖塔后，终于疲惫地朝云层之下降落下去。

常年闪烁着白色光芒的富饶渔港，此刻看起来如同被灰色墨水浸泡着的萧条城镇，宽阔的街道空空荡荡，离人还未归来。

轰隆的雷声滚过头顶，不断地有居民将木头窗户用力关上。

麒零顶着风，吃力地走在风雨欲来的空旷街道上。

黑压压的乌云让天空显得很低，像是快要塌下来压到他的头发上。鼻子里都是带着海水腥味的寒冷潮气。

街道上几乎没有行人，只剩下零星的一些摊贩，但他们也在着急地收拾着摊位，匆忙地将货物胡乱塞上小推车，以便在寒雨降下之前赶回家中。

地面滚动着集市上散落的枯草和废弃的杂物。

雷恩啊。

多么壮丽的海港，多么富饶的都市，都抵挡不过天地无情的洗礼。

早上，麒零在驿站苏醒过来的时候，天虽然很阴，但也还没有此刻这么狂风大作。他看了看窗外灰蒙蒙的天空，又望了望空荡荡的房间，心里感觉到非常失落。

其实仔细算来，跟随银尘的时间也并没有很长，就算此刻孤身一人，那也只是回到和以前一样而已。从小到大的自己，早就习惯了无依无靠，不是吗？但不知道为什么，却总是感觉胸膛有个地方像是被挖走了一块，如同窗户破了个洞，一直往里面漏风，把整颗心都吹凉了，似乎在血管里吹出了冰碴儿，让心跳的时候，发出微弱的刺痛来。

房间里的炉火燃烧了一晚上，此刻只剩下星星点点的余烬燃烧着，整个房间里热烘烘的，散发着让人疲倦的燥热感，年代久远的厚重木墙被热气烤出沉甸甸的木香来。

麒零爬起床，推开窗户，冬日冷冽的风立刻涌进房间，吹到他赤裸的胸膛上，冰凉的感觉仿佛泉水流过，这股凉意在他的肌肤上吹起了细小的疙瘩，让他觉得惬意，同时也渐渐清醒了过来。

少年的成长总是飞快而迅猛。麒零发现自己又长高了，胸膛和手臂的肌肉也越来越结实，不过这多半得归功于那把又大又重的巨剑，他为了尽早和魂器混熟，所以基本都不把魂器收进自己的爵印里，没事就带在身边，赶路也扛着，挥舞来挥舞去，不知不觉间肌肉就被练得越来越壮了。

但麒零一直觉得应该让银尘和自己换一下兵器，他那么多兵器，其中好多都又小巧又精致，上面的雕花又漂亮又华贵，一看就是厉害的人用的东西，更别说还有一条女人的裙子了。麒零总觉得应该让银尘拿这把重剑，因为他看起来太瘦弱了，随时都能被风吹走的样子，再加上他皮肤苍白，头发银灰，就更显得孱弱纤细，如果不是现在他还比自己稍微高一点点个头的话，麒零都觉得自己看起来像他哥哥了。

"银尘到底多少岁了啊？按道理应该比我老很多啊，怎么看起来感觉他的皮肤白嫩白嫩的，而我反倒这么沧桑呢？难道是我从小端盘子的问题？被油烟熏太多了……还是他没事就鼓捣那些花花草草，感觉看起来很养生的样子……"麒零一边在心里嘀咕着，一边穿好上衣和裤子，把腰带系上，然后下楼去了。

他今天要去做一件重要的事情。

麒零琢磨着，等到事情做完，估计已经差不多快要天黑了。

他把披风裹紧，快速地朝街角那个布告栏跑去。他紧紧抱着怀里的一沓还散发着油墨气味的纸页。

早上一出门，他就把自己衣服上那枚纯银的别针拿下来去当铺换了钱，然后找了驿站旁边那条街上的一个专司文字书画的店铺，让里面的师傅帮忙画了十几张银尘的画像。然而，一画就画了一整天，不管他们怎么画，麒零都不太满意，他觉得，他们根本没有画出银尘的样子。他眉毛很锋利却又很温柔，眼睛有些冷漠，但仔细看会发现里面一直闪烁着想让人亲近的光芒，他不太爱笑，面容像是长年被冰雪笼罩着，但并不会因此让人感觉冰冷……麒零仰着头，回忆着脑海里的银尘，叽里呱啦地说一大堆，根本没管画像的人有没有听。

画到后来，店铺里的画师有点生气了，开始往外面赶人。

"那你把钱还我。"麒零气鼓鼓地对店里的人说。

"画了这么多张，你还不满意，我没问你多收钱已经算好了。你嘴里描述的那是神仙！不是人，没人画得出来。小兔崽子，你是不是故意来找麻烦的？你给我赶紧走，不然我打断你的腿。"

麒零只能气鼓鼓地把之前画的一沓不满意的画像拿走。要不是银尘不让自己在普通人面前随意使用魂力，他早就把苍雪之牙放出来捣乱了。

沉闷的雷声从头顶滚过，麒零回过神，已经站在了布告栏前面。

他从衣服里把那沓人像画拿出来，选了一张勉强觉得最像银尘的，然后把布告栏角落里那个陶罐的盖子打开，伸手挖了一些糨糊出来，粘在画像的四角，然后在布告栏最醒目的地方，把银尘的画像贴了上去。

　　麒零用手小心翼翼地把画像抚平，生怕弄花了还未彻底干透的墨水。

　　寒风吹得更猛烈了，风里夹杂着一些冰碴子，吹到人脸上冰冷刺骨。几个路人冲进驿站的大门避雨。

　　麒零站在布告栏面前，看着银尘那张画像发呆。直到他被身后"砰——"的一声响动惊醒。

　　他回过头，发现自己的行李箱被扔在了道路中央，银尘留下的那件袍子从箱子里掉落出来，皱巴巴地堆在潮湿的地面上。驿站的店小二站在大门的台阶上，皱着眉头，不耐烦地看了看麒零，然后转身准备离开。

　　"你等一下！"麒零冲过去，怀里的画像沿路散落一地，他心疼地把银尘的长袍捡起来，生气地看着店小二，"你这是干什么啊？我是住在这里的客人，你为什么要扔我的东西？"

　　"客人？你们预付的房费早就已经用完了，欠了好多天了，我们这里不是收留流浪汉的地方，你要么继续付钱，要么就赶紧带着你的这些东西走人。"

　　"我……"麒零摸了摸身上，表情明显局促起来。他低着头，不知道该怎么回答，支吾了几声之后，抬起头，小声地说："要不我留在你们驿站里帮你们打工吧？我可以端茶倒水，洗盘子，还会做饭，我以前在我们小镇上，就是驿站里的店小二，我不骗你。你们随便给我一间什么房间住下来就好了，我要在这里等人的，我不能走……"

　　店小二没有听完，冷哼了一声，转身走进了驿站的大门，他把厚重的木门关了起来。

麒零抱着银尘的袍子，落寞地站在道路的中央，不知道自己该往哪儿去。道路上已经没有行人和马车了，空旷的街头只剩下呼啸的寒风。

几滴冰冷的雨点，落在他的额头上。

麒零抬起头，倾盆大雨从天空上倾注而下。他一个人站在大雨里，头发和衣服渐渐被雨水打湿了。毛领子吸收了雨水之后变得沉重，像是压在肩膀上的伤心。

麒零转过头，看到刚才自己贴上去的寻人启事已经被雨水淋湿，画像上的墨水洇开来，银尘的样子渐渐模糊。他看着在纸上渐渐消失的银尘，眼眶一点点地红起来。

大大小小的屋檐都在往下滴水，道路上很快积起水洼。

一个撑着雨伞的背影，从街道的尽头慢慢朝麒零走去。

撑伞的背影纤细，头发优雅地在头顶轻轻绾成一个讲究的发髻。雨水沿着她撑着的那柄华贵的雨伞边缘往下流淌，有一些水滴溅在她肩膀处的衣服上，她的斗篷上布满了金丝刺绣，刺绣中镶嵌着大大小小幽蓝色的宝石，被雨水浸染之后，显得更加晶莹剔透。

麒零感觉到有人靠近，于是慢慢转过头去。

倾盆大雨里，天束幽花撑着伞，静静地站在街道中央，她看着麒零，没有说话。

麒零揉了揉通红的眼眶，故作轻松地笑了笑，声音有点沙哑："这雨应该是从大海上飘过来的吧，海盐好涩，流到眼睛里感觉真痛啊……我的眼睛是不是红啦？"

天束幽花走过去，把伞伸过去，将麒零的脑袋遮进伞下。

几只湿淋淋的寒鸦，扑扇着翅膀，停在布告栏窄窄的木头遮檐下。它们发出凄厉的鸣叫，但叫声很快被滂沱的大雨淹没了。

【西之亚斯蓝帝国·雷恩海域】

蔚蓝色的大海一望无垠。

冬日的海面上晃动着一些残碎的浮冰，寒气夹杂着海水的腥味，月光下无声起伏的黑色大海，有一种压抑的悲怆。

寒冬季节里，飞鸟基本都待在海边崖壁的石穴中，很少外出。它们瑟瑟地挤在一起取暖，时不时发出一两声孱弱的鸣叫，在轰然的海浪声里，几乎弱不可闻。

银尘站在悬崖边上沉思，等他回过神来，才发现鬼山莲泉早就已经醒了。

她站起来，走到银尘身边，风从海面朝悬崖吹来，她的长袍在身后飞扬。

银尘侧过脸，和她打了个招呼。莲泉看着他，轻声说："你休息得还好吗？"

"还行。"银尘点点头，"你呢？"

鬼山莲泉没有回答，但其实不用回答，银尘也能够感应到她身体内部充沛而强大的魂力。尽管隔着一定距离，而且她此刻也丝毫没有释放体内的魂力，但魂力的强度级别和之前的鬼山莲泉已经是天壤之别。

经过一晚上的休息，她体内两种截然不同的灵魂回路现在已经彻底融合到了一起，她纤细而轻盈的体内，如同困着一个汹涌的金色大海，时刻都能咆哮出滔天巨浪，足以将整个天地吞噬。

"你准备好了的话，那我们就出发吧。"银尘看着鬼山莲泉说。

"如果想要营救吉尔伽美什，单靠我们两个，可能不够……"莲泉看着银尘，犹豫了一下，然后说，"我们还需要一个人。"

【西之亚斯蓝帝国·格兰尔特·十字回廊】

幽蓝的火焰将石阶下的黑色水面照得波光粼粼，深不见底的池水发出森然的冷光，像是毒蛇的齿液，毫无波澜的死水上面浮动着一层浓厚的白雾。

特蕾娅和幽冥走过水面上浮起的石阶，两人没有说话，并排地行走在通往白银祭司房间的十字回廊中。

他们两人走到十字路口的时候，默契地同时抬头看了看中间那个大门紧闭的房间，他们互相使了一个眼色，彼此心领神会。随后，特蕾娅转身走向了右边的房间，幽冥则朝左边走去。

空旷的十字回廊里响起沉重的石门开启的声音，然后又缓缓关闭。

心脏重新恢复了往常的死寂。

【西之亚斯蓝帝国·格兰尔特·白银祭司房间】

幽冥站在剔透的水晶墙前，脸上收起了他平日里玩世不恭的邪气笑容，但他并没有下跪。他只是静静地站着，等候着白银祭司的命令。

"幽冥，你尽快前往雷恩城，务必赶在鬼山莲泉和银尘之前，将天束幽花带回帝都。"白银祭司低沉而略带金属色泽的声音，从水晶墙壁里传递出来，在空旷的房间里回荡着，"而且，务必将她活着带回帝都。"

"天束幽花？我不是很明白……"幽冥锋利的眉毛略微皱了起来，他的瞳孔像蛇一样微微缩小了一圈，"据我所知，她身体里的灵魂回路是残缺不全的吧？这种废物使徒，带回来干吗？如果是要清理的话，我直接前往杀了她不就行了？何必这么麻烦？"

"鬼山莲泉和银尘想要营救吉尔伽美什，天束幽花会是他们能否成功的关键之一。我想，你应该也不希望吉尔伽美什从囚禁之地被营救出来吧？要知道，当初你们三个可是费了好大功夫才将他囚禁的，他如果出来，首先要寻找的就是漆拉、特蕾娅和你吧？因此，你要在他们营救计划启动的初始阶段，就从内部瓦解他们的力量。"

幽冥的脸色微微有些发白，他压抑着声音里的不悦："我是杀戮王爵，只负责杀戮，天束幽花这种废物，随便派几个白银使者就能够将她带回来了，我没必要……"

"无须多言，尽快前往。"白银祭司冷冰冰的声音，将幽冥的话打断。

幽冥深呼吸了一口气，没有再多说什么，转身朝门外走去。

【西之亚斯蓝帝国·格兰尔特·白银祭司房间】

特蕾娅恭敬地单膝跪在冰冷的石头地面上，她的嘴角勾着一抹似有似无的笑意，让她本来冷艳的面容多了几分妩媚。特蕾娅漆黑浓密的头发被一顶金色的发冠拢在头顶，高大的水晶墙面发出的蓝光将她的面容勾勒出冷冷的边缘。

她没有说话，原因是此刻房间里面，并不是只有她一个人——这非常地罕见，因为一般白银祭司召见王爵，都是单独下达任务。

她低着头，注意力却集中在此刻房间黑暗角落里的那个白银使者身上。他像一个鬼魅般躲藏在阴影里，双手捧在胸前，姿势非常怪异。

"白银祭司，请问这次召唤我的任务是……"特蕾娅沉默了很久，还是忍不住开口了。

"这个任务，只有你能够完成。特蕾娅，你需要立刻出发，前往深渊回廊，寻找并带回一具小男孩的尸体。"白银祭司的声音从墙面内传出。

听到"小男孩的尸体"几个字的时候，特蕾娅的睫毛轻轻动了动，她调整了一下呼吸，尽量让自己的语气听起来平和，她抬起头微笑着问道："小男孩的尸体？白银祭司，我刚刚没听错的话，您说的是深渊回廊吧？峡谷中遍布各种凶残的魂兽，就算一百具尸体，也早就被吃得干干净净了吧。"

"你不用担心，没有魂兽会想要吃那具尸体，它们连靠近都不会。我相信，那具尸体周围很大范围内，都不会有任何魂兽愿意逗留。"

特蕾娅心里大概明白了，但是，她依然维持着茫然的表情，微微皱起的眉头，在向白银祭司表达着她的不懂——不懂，就表示能够继续发问，只要继续发问，就能获取信息，能够获取越多的信息，就能够在这个血腥的杀戮世界里，活得越久。这是她从少女时代就学会的生存法则。

她轻轻地叹了口气："白银祭司，我的天赋虽然是大范围的魂力感知，可是，我想，一具已经没有生命的尸体，应该是没有魂力的吧？我的能力在这个任务上反倒有点没有用武之地了……而且深渊回廊地域辽阔、错综复杂，峡谷内瘴气沼泽丛林密布，这搜寻难度也太大了吧，那么多凶恶猛兽，我一个人……白银祭司，要不要同时派出几十个白银使者去一起寻找呢，我想比我单独去找更加有用吧？"

"特蕾娅，你不用过分谦虚，你有神级盾牌'女神的裙摆'保驾护航，就算面对万千魂兽，你也一样如入无人之境。"

白银祭司的话音刚落，一直站在角落里的白银使者就从阴影里走了出来，朝着特蕾娅慢慢走过来，随着他渐渐靠近，特蕾娅看清楚了，他在阴影里维持的那个双手捧在胸前的怪异姿势，其实是因为他一直抱着一个漆黑的盒子。盒子上面雕刻着极其繁复的花纹，看上去像是黑檀木的材质，但是闻不到檀木的木香，相反，有一种……有一种若隐若现的血腥气味，也因此，那个盒子像是用在血液里浸泡了很久之后发黑的木头雕刻而成的。

特蕾娅微微调动起天赋，不动声色地将魂力感知朝白银使者手上的盒子笼罩过去，像是一缕清风吹过，几乎让人毫无察觉。然而，一阵冰冷而又锐利的刺痛，在特蕾娅的感知魂力刚刚覆盖到盒子的瞬间，就没有丝毫迟疑地刺进了她的脑海。

她的心跳被这种瞬间而至的剧痛刺激得陡然加快。

"你不用悄悄试探。"白银祭司的声音响起，"这本来就是用来供你感应的样本。"

特蕾娅："样本……"

白银使者走到特蕾娅的面前，慢慢地打开了盒子，特蕾娅把目光投向盒子内部，她的瞳孔瞬间缩小了——盒子底部，是一摊黏稠的黑色液体，如同反射着冷锐光泽的流动的黑色金属，而且，那团黑乎乎的黏稠物看起来似乎是活的，此刻正在盒子里不断挣扎，不断尖叫——不对，不应该说是尖叫，因为耳朵里完全没有声音，但是脑海里却充满了凄厉的惨叫声，像是几千个婴孩被同时焚烧时的那种能够摧毁人所有理智和情感的声音，非常清楚地，在脑海里回荡着——无法听见却也无可逃避的声音。

"你标记一下这种魂力的感觉，以此作为线索进行搜寻，我想，你很快就可以完成任务了。"白银祭司的声音听起来有些冰冷。

然而，更加冰冷的，却是特蕾娅的手心。她下意识地握了握拳头，勉强压抑下自己的慌乱："标记？……您是指……"

"你的天赋早就已经从单纯的大范围精准魂力感知进化出了新的能力不是吗？一旦你的感知天赋锁定猎物，就会自动在猎物身上留下标记，这种标记会在你和猎物之间拉出一条无质无形的【牵引线】，无论猎物逃到天涯海角，除非你魂力耗尽，否则，只要你不主动切断这条牵引线的话，那么它无论逃到任何地方，和你之间相隔多少距离，都如同近在眼前，而且，这种标记引发的牵引，不会受任何物质的阻隔，固体、液体、磁场……所以，被标记者就算躲到海下，藏到地底，也没用。我说得没错吧？"

特蕾娅的额头冒出了一层细密的汗珠。

"只是特蕾娅，你应该记得作为侵蚀者需要遵守的其中一条准则吧？如果自身所拥有的天赋具有进化潜能，那么产生新的能力之后，必须向白银祭司报告，将新能力记载留案。你为什么到现在，还没有上报呢？"

"对不起，白银祭司。"特蕾娅的心跳越来越快，她担心暴露的并不是"标记"，而是……她低下头，把自己的目光掩藏起来，"因为我对进化出的这种能力还有困惑，没有完全搞清楚，我本来打算弄清楚了之后再向您汇报的……"

"你是不是在困惑，标记引发的牵引线对魂力的耗损实在太大？"

"是……"特蕾娅的心跳渐渐平稳下来，她明白，白银祭司知晓的信息远远超过自己的预料，所以，最好的应对，就是和盘托出——和盘托出次要秘密。牺牲次要秘密，守住重要秘密。

"一旦标记完成，猎物开始逃逸，我的魂力就会越来越快地耗损，因此，除非我有把握短时间内追上猎物，不然一般情况下我都不敢轻易地进行标记，否则，当我追上猎物的时候，我的魂力已经耗损得非常严重，我和猎物之间的关系反而会逆转，把自己变成一个自投罗网的猎物……"

"牵引线对魂力的耗损程度，取决于两个因素，一个是时间，也就是从标记时刻起开始计算，到标记终止的这段时间；一个是空间，也就是猎物和你之间相隔的绝对距离，所谓绝对距离就是不考虑任何路径阻隔，你和猎物之间的直线距离。猎物逃逸的过程，其实就是这两个因素同时增加的过程……"

"所以说，这种新能力对魂力的剧烈耗损是有可能避免的吗？"特蕾娅抬起头，目光里闪动着明显的兴奋。

"是的，可以大幅降低，原则上，标记者可以将牵引线的魂力消耗，降低到忽略不计的程度。"白银祭司的声音听起来依然冰冷，但是，隐隐有一种别样的意味。

"那要怎么做才可以呢？"特蕾娅尽量让自己的发问显得真诚而又急切，但是，她真正想隐藏的，却并不是这个。

"等你顺利执行完这次的任务之后，作为奖励，我可以告诉你相关的解决方法。"白银祭司说道，"其实你这么聪明，应该能够想得到啊。亚斯蓝领域内，有一个人，正好同时精通时间和空间两个因素啊……"

"我明白了……谢谢白银祭司提醒。"特蕾娅突然明媚地一笑，"为了避免和深渊回廊外围魂兽进行不必要的战斗，那就麻烦让三度王爵漆拉制作棋子，将我直接送往深渊回廊的核心地带吧……"

"不要自作聪明，没有让你现在就去研究漆拉。"白银祭司打断特蕾娅的话，"他有别的任务正在执行，你需要自行前往。"

"漆拉的任务是？"

"不要多问。你尽快前往深渊回廊。"

"是。"特蕾娅脸色尴尬，悻悻地站起来，她忍着脑海里的剧痛，用魂力感知将那团黑色的液体笼罩起来，做出了标记。

一条只有她自己可以看见的牵引线，将盒子里的漆黑液体和特蕾娅连接了起来，但非常奇怪的是，从特蕾娅的位置，突然又射出了第二条牵引线，它笔直地穿透石壁，消失在视野尽头，特蕾娅明白，第二条牵引线，射向了遥远的深渊回廊——不出意外的话，牵引线的另外一端，连接着那具小男孩的尸体。

"那我立刻前往了。"特蕾娅低头告退，"在我魂力没有耗损完之前，希望可以到达深渊回廊。"

"去吧。"

厚重的石门在特蕾娅身后关闭，她一直紧紧吊起的心脏，重新落回了胸腔里。她的后背上已经是一片湿淋淋的冷汗。

【西之亚斯蓝帝国·雷恩·郡王府】

麒零把马车的窗帘撩起来，探出头去张望，周围已经不再是鳞次栉比的城市中心白色大理石建筑群，相反，茂盛的古木在道路两边密集生长，此刻，车队正沿着通往近郊的古老石板路面行进。

"我们这是要去哪儿啊？"麒零坐回车厢内，看着天束幽花问。

"我家啊。"

"你不是很有钱吗？怎么会住在这么荒郊野外的地方啊？感觉都有点像我们福泽镇了。你不是郡主吗？郡主应该住在市中心吧？我觉得驿站那周围就特别繁华……"麒零看着道路两边古木环绕郁郁葱葱的样子，嘟囔着。

"所以说，你就是乡下人见识。谁告诉你有钱人要住市中心的？有钱有势的人，都恨不得和普通老百姓隔绝开来，自己划出一块地界，有山有水有花有树，这才够气派。你懂吗？"天束幽花哼了一声，冲麒零翻了个白眼。

"哦……"麒零挠挠自己的小辫子，"你们有钱人的世界，我不是很懂。"

刚说完，马车缓缓地停了下来。

"到了，下车吧。"天束幽花冲麒零歪了歪头，示意他下车。

一架四阶高的木质台阶被两名士兵抬着放到了马车的车门前面，然后他们恭敬地站在马车门边上，将车门掀起来，用支架撑好。

麒零跟着天束幽花，弯腰低头，从车厢内走出来。

四五棵看起来已经有几百年树龄的橡木，装点着郡王府的前门。一座宏伟的院墙出现在面前，院墙背后，隐约可以看见一座巨大的宫殿建筑掩映在茂密的绿色植被之中。两扇大门缓缓打开，一个宽广的中央庭院出现在麒零眼前。

大门口站立着两行士兵，他们穿着整齐的制服，暗蓝色粗绒显得有些低调，但他们的肩膀上都用金色丝线刺绣着一只小小的双翅鹰的图案，不露声色地透出些矜贵来。

天束幽花的衣服上也有这样的图案，麒零猜想着，这应该是天束幽花家的族徽吧。

空气里有一股非常稀薄淡然的香气，说不出是什么味道，有一点像松香柏燃烧后发出的气味。

"你闻到了吗？有一种香味……是这些树散发的气味吗？"麒零有点紧张地跟在天束幽花身后，他被眼前的阵仗吓得有点慌乱，于是找点话题，想让自己放松一些。

"不是，是石头。"天束幽花一边淡淡地回答他，一边往大门口走去。

"石头？什么石头？"麒零有点蒙。

"修建围墙和宫殿用的石材，是这些石头，发出的香味。"

"你们竟然在石头上洒香料？！这也太浪费了吧，搞不懂你们有钱人的世界。每天都有人专门负责围着院墙喷洒香水吗，就像给植物浇水那样？"麒零忍不住在嘴里发出啧啧啧的声音。

"不用洒什么香水。这些石头天然就自带香气，整个郡王府大部分的建筑基本上都使用了这种叫作'金松石'的石材。"天束幽花走到大门边上，抬起手指了指门边的石墙，"你看见那些镶嵌在石头里面的像是松柏树叶的金色放射状丝线了吗？看起来就像是有很多金色的树叶凝固在了石头里，这些金色的物质是一种非常芬芳的矿物，可以持久地散发出高雅却又不至于浓郁到低劣的气味。皇室家族的大部分宫殿，基本都是以金松石建造的。在雷恩城，只有郡王府使用了金松石，但是在帝都格兰尔特，就有很多的建筑，包括皇宫在内，都是以金松石修建的。"

"真厉害啊……"麒零瞪大了眼睛看着乳白色石材里那些若隐若现的金丝，"这种石料一定很贵吧？"

"金松石基本上是不在市面上出售的，我也不知道它贵还是不贵。一来金松石的产量非常稀少，供不应求；二来，不是所有的人都有资格用金松石来修建居所的，基本上，大家都默认这种石材是皇室的象征，没有皇族血缘的人用这种石头来造院子，是会被杀头的。"

"啊……"麒零缩回正在抚摸着金松石的手，有点被吓到了。他不敢再多说话，只能紧紧地跟着幽花朝庭院内走去。

巨大的内庭院里，各种植物都经过精心修剪，巧妙布局。各种鲜花沿路盛放，护城河波光粼粼，河水清澈见底，麒零从石桥上看下去，都能看到鹅卵石间游动嬉戏的红鱼。河水环绕着整个郡王府，潺潺的水声听上去像是美妙的音乐。

沿路经过很多拱门、石廊、大大小小的雕塑，走了小半天，才走完这个宽阔的前庭。

一座恢宏的石材建筑出现在麒零的面前，迎面而来的金松石香味更加清晰雅致了。

"原来你家这么大啊，比驿站的房间都要多！这么多房子，你住得过来吗？"

"我只住我自己那间，其他房间平日都基本空着，谁爱住谁住，说实话，我都不知道有些房间到底是用来干什么的。"

"你们真浪费。"

"这叫气派和身份，你懂什么！"天束幽花睨了他一眼，没好气道。

"这不叫气派，这就叫浪费！"麒零痛心疾首地摇头，脑海里回想着自己在福泽小镇上的那间小小的卧房……感到有些心酸。

两个人说着，走上了大门口的台阶。

手持长矛的士兵恭敬地行礼，然后将沉重的大门缓缓推开。

一个二十几米挑高的空旷前厅，出现在麒零的面前。麒零东张西望，眼花缭乱地跟着天束幽花走了进去，刚走了几步，就停了下来。

"要不……要不我还是不进去了吧。"麒零走了几步之后，低下头，看到自己满是泥浆的鞋子和湿漉漉的脏衣服，忍不住朝后退了几步，光洁如镜的人理石地面上，清晰地留着自己的两个泥脚印，麒零有些尴尬，"你家有点太干净了，我这一身……我还是回驿站等银尘吧，万一他回来找不到我，他会着急的，你别看他平时冷冷的，其实也是个急性子。我怕他生气呢。幽花，我……我能问你借一点钱吗？银尘之前付的房费已经用完了，我……"

"驿站那边我已经都安排好了，如果银尘回来找你的话，他们会立刻通知我的，也会告诉银尘，你和我在一起，你就别瞎担心了。"

"你有点厉害……你刚刚不是一直都和我在一起的吗？什么时候抽时间去和驿站那边打点好的啊？我怎么不知道……"

"我是郡主，郡主很多事情，都是不用自己亲自做的，明白吗？"

"……算你厉害。"麒零叹了口气。

"不过，有件事情，是必须自己亲自做的。"天束幽花转身看了看麒零。

"什么事啊？"

"吃饭。"

"我其实不是很饿……"麒零双眼转动着，心不在焉地四处看着。

天束幽花微笑地看着麒零："是吗？"

麒零也微笑地看着天束幽花："是呀。"

"我已经让人准备好了冰镇的樱花馅点心、烘烤南瓜蜂蜜饼、用香肉汁浸泡过后再用微火熏烤成半熟的小羊排，还有冻蜂蜜红宝石雪籽酒，厨房里还在烧一锅鲜美的鲟鱼汤，汤里面的配料是最新鲜的银芽和鲜衣甜草根，还有松软的黑麦烤焦的黄油面包配金线草蜜，对了，你喜欢吃水果吗？他们准备了窄叶小金葡萄、鲁尔港蜜瓜、红珊瑚覆盆子……"

麒零的肚子终于发出了"咕噜"的一声，他的脸垮了，眉眼耷拉，乖乖认尿。

天束幽花露出"我赢了"的笑容，然后转身朝偏厅走去。

满桌的白银器皿，此刻已经基本上被横扫一空。

麒零抚摸着自己的肚子，心满意足地瘫倒在椅子上。

天束幽花看着他，不由自主地微笑着，仿佛刚刚享受了一顿美味佳肴的是自己一样。她自己都没有意识到，她一贯冷漠刻薄的面容，此刻看起来就是一副温柔少女的模样。

她拿过一个白银茶壶，给自己倒了一杯茶，滚滚的麦香气味飘荡在房间里。

"幽花，这个房间是你们专门用来吃饭的吗？"麒零看着自己面前十几米的石头长桌，上面摆满了各种精致的银器，"我从小到大，都是自己在厨房的角落里吃饭，每顿饭都来不及仔细品味，只能狼吞虎咽，因为如果吃得太慢的话，经常吃到一半，就会被叫出去收盘子了……等弄完之后，饭菜都冷了……这张桌子这么大，应该很多人一起吃饭吧，那应该挺热闹的。"

"不热闹，这个房间只有我们家族的人才在这里吃饭，其他人都不允许在这里用餐。"

"你们家族几个人啊？"

"你说郡王府里面吗？"天束幽花把头低低地埋在杯口，喝着麦茶，热气把她的睫毛蒸得有点湿湿的，"就我自己。"

"一个人吃饭，很寂寞的。"麒零看着幽花，"我以后陪你吃饭吧，人多吃饭才香呢。"

"你吃饱了吗？"天束幽花放下杯子，问他。

"饱了，有点太饱了……我要暂时瘫一会儿，我此刻行动力已经降低到极点了，你不介意的话，我可以在地板上横倒一会儿。"麒零深呼吸着，感觉自己的肚子要炸了。他已经连续几天没有好好吃过一顿饱饭了。

"既然吃好了，那就把你的衣服脱下来给我吧。"

"啥？！"麒零猛地坐起来，动作太过迅速，以至于打了个尴尬的饱嗝，"我就是吃了你一顿饭而已，你就要我脱衣服，天束幽花，我麒零可不是你想的那种人！陪你吃饭可以，陪睡觉，绝对不行！"麒零抓紧自己的领口，一脸严肃。

天束幽花的脸瞬间涨得通红，她眉毛一拧，声音听起来尖了八度："谁要你陪睡觉啊！你想得倒美，做梦去吧你！我让你脱衣服，是让你去把自己好好洗一洗，你整个人都臭了好吗？！"

麒零松了口气，坐直了身体，悻悻地说："臭了？这不可能，我们镇上好多女孩子都喜欢和我玩，她们说我闻起来就像是……"

"你少废话，快把衣服脱下来给我。"

"这衣服是银尘送给我的，我不能给你……"麒零用力地摇头。

"谁要你这破烂衣服啊！我让人拿去洗干净，缝补好了之后会还给你的！你看看你这衣服、这斗篷，又是泥又是洞的，就这么在郡王府走来走去，像什么样子。"天束幽花把杯子往桌子上一放，"跟我过来。"

热气蒸腾的地底石室内，麒零赤裸着身体，半泡在乳白色的硫黄温泉里。

这里是郡王府地下的一个洞穴浴室，利用地底穿行而过的地热泉改造而成，粗犷的石壁没有经过太多雕琢，保留着原始的岩石纹理，只在洞穴需要承重的几处地方，竖立起了几根粗大的石柱。

洞穴正中是一个精心雕刻出的石头浴池，和四周粗糙的岩壁形成了鲜明的对比。

浴池四周和底部都是用一种看起来特别细腻但实际上密布着非常细小的颗粒的石材修砌而成，石头有一种磨砂的感觉，因此，虽然看起来非常光滑，但是踩上去却非常稳固，不会滑倒。

浴池旁边的台阶上，摆放着几个水晶瓶子，里面盛放着各种香味的沐浴香料，旁边还有几个藤编的大筐，里面盛放着不同种类的花瓣。

厚厚的提线植绒浴巾，整齐地叠放在一边。

然而，麒零却完全没有心思享受这些有钱人的精致。

他的眼睛里也像是被水蒸气晕染了一样，朦朦胧胧的。

苍雪之牙被他放出来，乖乖地趴在浴池边上陪着他。

"你说，银尘他是不是不要我了？……他还会回来找我吗？"

他不知道苍雪之牙到底有没有听懂自己的话，但它转过了头，静静地看着他。

麒零苦笑了一下，抬起手，揉了揉它毛茸茸的耳朵，他知道自己刚刚的话，只不过是在自己询问自己罢了，这个问题，苍雪不可能有答案，连他自己也没有答案。

苍雪之牙感觉到麒零的伤感，于是它伸过头，用它的脸轻轻地在麒零的脖子上蹭了蹭。它的嘴巴里发出温柔的咕噜声，像是在安慰他。

麒零拍了拍苍雪之牙，叹了口气，然后把整个身子沉到了水面之下。

苍雪之牙看着不断冒泡的水面，伸出它厚厚的爪子，小心地抓了抓水面，发出轻轻的"呜呜"声来。

"把主人房里面，那套挂在衣架上的衣服取下来，给地底浴室正在沐浴的那位客人送过去。"天束幽花对一个侍女说道。

"啊？！"侍女有些惊讶，"那套衣服是用来给您的……"

"别废话，赶快送过去！"天束幽花的脸突然红了起来，她冲侍女瞪了瞪眼睛，转身走回自己的房间。

月光柔柔地笼罩着郡主府。

金松石的香味仿佛一层看不见的薄纱，笼罩着整个辽阔的庄园。

天束幽花坐在梳妆台前面，轻轻摘下自己头发上的配饰，她看着镜子里的自己，脸颊红红的，像是喝多了蜂蜜酒的样子。她有点害羞地把目光移开，然后，她就突然看见了镜子里，阳台敞开的落地窗轻轻地打开了，有点像被风吹开的样子，但是又很奇怪。长长的窗纱被风卷起，像是飘荡的鬼魂。

天束幽花警惕地起身，冰弓瞬间在她手上幻化成形，她慢慢地朝阳台走去，清冷的夜风吹着她发烫的面孔。

皎洁的月色下，辽阔的庭院一览无余，四下一片寂静，没有任何声响，也没有异常。

她稍微松了口气，退回房间，她把两扇落地窗拉上，关好，把窗闩紧紧锁上。

她吹灭了卧室里几盏主灯，房间变得幽暗起来。她走回梳妆台前，拿起一个小小的照明的灯盏，朝床边走去准备睡觉，刚刚走了两步，幽幽的烛光就在她前方的黑暗里，照出了一张清晰的人脸。

麒零从温泉浴池里起身，拿起浴池边的厚实毛巾将身体擦干，然后拿过刚刚一个仆人送进来的崭新衣服，他有点犹豫要不要换上，但是之前的衣服已经被拿去清洗了，所以也没办法，只能换上这身对自己来说，有点过于华贵的衣服了。总不能光着身子出去吧，他叹了口气。

他站在墙边竖起的铜镜前面，扣上领口那枚镶嵌着蓝色宝石的扣子，抬起头，看着镜子里的自己，有点茫然。

这套衣服比起之前银尘送给自己的那套皮草披肩的软牛皮铠甲来说，显得更加华贵，与其说是衣服，不如说是礼服了，感觉像是非常隆重的场合才会用到的。衣服的胸口用非常暗的黑色金属丝线刺绣出了一个非常低调的鹰的图案，肩膀和袖口，都密集地装饰着切割精致的黑色宝石，衬着修身的暗蓝色丝绒，像是夏季闪烁着灿烂繁星的夜空。

麒零摇了摇头，心里想着，等银尘送给自己的那套衣服洗好晒干之后，还是换回来吧，这样穿着走在街上，感觉有点过于浮夸了……

突然，从浴室入口处，隐隐传来一声痛苦的尖叫。

那是天束幽花的声音。

麒零立刻往外面冲去。

天束幽花的头发被一只有力的手抓着，朝阳台拖去，被扯紧的头皮和在地面被擦破的膝盖，都传来清晰的剧痛。

"你要带我去哪儿？！你有本事杀了我！"天束幽花用力地挣扎着，喉咙里发出混合着愤怒和恐惧的呐喊。

"你以为我不想？"幽冥弯下腰，伸手掐住幽花的脖子，然后用力提了起来，她的双脚在幽冥巨大的力气之下，渐渐离地，她的喉咙已经发不出声音来，无法呼吸，双眼的视线渐渐模糊，幽冥那张邪气而嗜血的面容，仿佛被一团黑色雾气笼罩着，扭曲而疯狂。

幽冥仰头看着被自己单手掐着喉咙高高举起的天束幽花，她太阳穴上的血管在皮肤下跳动着，像是要爆裂一般，她的脸已经涨得通红，她的胸腔里发出含混的窒息声响，眼神散乱而痛苦。幽冥享受着眼前濒死的景象，像是在欣赏一幅精美的画卷。

突然，他朝身后猛地回头，另一只手飞快地在自己眼睛前面用力挥舞，"叮——"的一声锐响打破了空旷院落的寂静。幽冥侧过头，一柄秘银银短剑，已经随着自己刚刚的挥手而被打飞，钉进了他旁边的那根石头柱子。短剑一半剑身已经没入坚硬的石材，如果自己刚刚动作慢一点，此刻，短剑就不是插在柱子上，而是自己的脸上了。

他收回手掌，看了看自己手背上被划开的刀口，一条非常细的红线，正在手背上渐渐洇开，然后凝聚成血珠。幽冥笑了笑，把手背放到嘴边，轻轻舔了舔，伤口缓慢地愈合起来。

"哟，果然，这么多人来找你，看来你比我想象中还要重要嘛。"幽冥的视线顺着刚刚激射而来的短剑望去，阳台对面的屋顶上，银尘和莲泉迎风而立。他们两人白色的战袍和铠甲，在黑夜中反射着皎洁的月光。他把天束幽花放下来，挡在自己面前，他从天束幽花的身后伸出胳膊，紧紧地将天束幽花勒住，令她动弹不得，不过至少，天束幽花恢复了呼吸的自由，她猛地吸了几口气，模糊的视线渐渐清晰起来。

"你有很多的剑吧，再来几把，朝我这里射，别打偏了哦。"幽冥把脸枕在幽花的耳边，看起来像是男子从身后拥抱着自己的恋人，他朝着远处的银尘，充满嘲讽地说。

"堂堂二度王爵，竟然要躲在一个小姑娘背后，你不感到羞耻吗？"鬼山莲泉的声音里，明显地带着愤怒和不齿。

银尘和莲泉从对面屋顶上凌空跳下，穿过庭院，朝着幽冥的位置飞掠而来。

"啧啧啧，你长得这么好看，你说什么都对，我听你的。"幽冥舔了舔嘴唇上残留的鲜血，瞳孔里闪烁出金色的光芒，"不过，这么漂亮的庭院，有点可惜了啊……"

天束幽花还没反应过来他这句话的意思，就突然听见冰晶密集生长的声音。她抬起视线，看见整个庭院中已经密密麻麻地开始生长出黑色的冰晶来，无数黑色的冰晶从土壤下破土而出，不断簇拥生长，仿佛疯狂的荆棘，沿着地面、墙壁、喷泉、雕塑……朝着一切可以附着攀爬的东西蔓延而去，像是黑色的梦魇企图将一切吞噬。庭院内原本茂密浓郁的树木和花朵，在触碰到这些冰晶的瞬间，都纷纷枯萎凋谢，变成灼烧后的黑色枯枝，发出白色的寒气……

莲泉突然拉住正在疾跑的银尘，然后伸手朝旁边的墙壁上投掷出一根锁链，用力地将两人拉向墙壁，两人瞬间离地而起，仿佛两只蝙蝠一样，挂在三楼的屋檐之下。

"小心，冰晶有毒。"鬼山莲泉看着脚下疯狂蔓延的黑色冰晶，皱起了眉头，"这些黑色的冰晶已经不是简单地操纵水元素凝结而成的了……他应该是将自己和某种带有剧烈毒性的魂兽进行过熔炼，所以他才能够……"

"不是熔炼……"银尘看着庭院里大面积枯死的植物，低声打断莲泉，"这是他的魂兽所赋予他的新的能力。"

"他的魂兽？"鬼山莲泉看向银尘，"是毒蛇之类的吧，他看起来就像一条冷血的蛇，没错。"

"不是，是上古四大魂兽之一的诸神黄昏……"银尘的声音有一些不易觉察的颤抖。

鬼山莲泉不再说话，此刻，她明白了银尘眼里的担忧和恐惧。

"如果幽冥释放出诸神黄昏，以你现在的能力，能够将其催眠吗？"银尘看着莲泉。

"不能……我顶多可以干扰它，但是完全控制它，是不可能的。上古四大魂兽级别的，都无法被控制。"莲泉顿了顿，"不过，我觉得幽冥不敢轻易放出诸神黄昏，因为他知道我的天赋是对魂兽进行催眠，他在雷恩海战的时候，就没有冒险，而且，释放魂兽之后，魂力会持续处于剧烈消耗的状态，虽然他看起来狂暴野蛮，但我相信他的心思极其缜密……"

"嗯，不过这些黑色冰晶，也不好对付……"银尘看着脚下渐渐朝着墙壁上攀爬而来的冰晶，声音里的忧虑越来越重。

莲泉双眼突然金光大放，汹涌的魂力一瞬间像是浪潮一样将整个庭院覆盖淹没。

无数锁链从地面和三面合围的建筑外墙上爆炸而出，仿佛飞梭一样在空气里快速编织交错，四处连接，哗啦啦的锁链声响震耳欲聋，很快，庭院上空就已经编织出了一张横七竖八的巨网。

莲泉和银尘飞身跃上锁链，两人凌空踩着锁链，飞速地冲向幽冥。

幽冥看着整个庭院上空被架起的锁链巨网，嘴角的笑意变得冰冷。他抓起幽花的衣领，朝阳台外面一扔，幽花尖叫着，朝着庭院下方的尖锐冰晶坠落而去。

银尘和莲泉看见坠落的幽花，大吃一惊，然而，他们的距离太远，根本无法出手营救。突然，地面上的黑色冰晶像是有知觉的生物一样，迅速分散开一块干净的空地，幽花重重地摔落到地面，发出一声惨叫，她挣扎着，想要站起来，然而，黑色冰晶又迅速地聚拢，锐利的冰凌交错生长，将她困在黑色的剧毒牢笼中央。

幽花生气地一拳砸在黑色冰晶之上，剧烈的疼痛瞬间闪电般刺进她的脑海，她触碰到冰晶的皮肤像是被烈火焚烧过一样，迅速焦黑了一块。她缩在牢笼里，不敢再轻举妄动。

幽冥冷哼一声，从手上凝固出一把黑色冰剑，从阳台跃出，他跳上锁链，朝银尘和莲泉快速地冲去，他的动作极快，在锁链上几乎如履平地，夜风吹动他的披风，他整个人看起来像是一只黑暗中的夜枭。

四处横躺的士兵尸体，让麒零的心越发抽紧。他加快了脚步，飞快地朝着此刻魂力汹涌的庭院冲去，以他的感应来说，此刻，庭院里正在进行一场剧烈的战斗。

他冲出官邸的大门，迎面看见已经变成冰天雪地，不，应该说是漆黑冰窖的庭院。庭院上方无数锁链错综复杂地编织缠绕着，兵器撞击发出的火光，不断地在巨网中迸发闪烁。

银尘、莲泉、幽冥，他们三人此刻正如同蜘蛛网上的三只小虫，彼此剑拔弩张地对峙着。

幽冥看了看两人脚下的锁链，目光一路追逐，然后他突然飞跃而出，伸出手，在密密麻麻的锁链中准确地抓住一根，黑色冰晶瞬间从他的掌心蔓延而出，朝着银尘和莲泉逼近，黑色冰晶包裹住锁链的同时，剧烈的毒性开始对锁链进行腐蚀，很快，莲泉和银尘所站的那根锁链断裂成了碎片，他们迅速跳跃到另外的锁链之上。

幽冥冷笑着，身形再次展动，宽大的披风像是黑色蝙蝠，他在空中画出一个漂亮的弧线，四五根锁链已经被他抓在了手里。

锁链不断地被腐蚀断裂，莲泉和银尘被迫朝着下层锁链持续跌落，勉强稳住身形。

莲泉催动魂力，迅速在庭院中召唤出更多的锁链。

幽冥心里暗暗吃惊于莲泉的变化，她的魂力强度和永生岛海战时，已经完全不可同日而语，他甚至无法判断，自己和她究竟谁的魂力更强。

而战局变化，就发生在幽冥分神的这一个瞬间，莲泉腾空而起，从空中甩出两根新的锁链，迅速拉紧，银尘紧随而上，在锁链上释放出一面盾牌，盾牌平放在两条锁链中间，莲泉拉着两条锁链，朝高空飞掠，突然倾斜的角度让踩在盾牌上的银尘朝幽冥飞快地滑去。然后，莲泉双臂用力一拉，借助锁链的力量，将自己也一起拉向幽冥。

"银尘！莲泉！我来帮你们！"

听见麒零的声音，银尘吃了一惊，他回过头望去，看见麒零已经冲上了锁链，然而下一秒，他就开始在锁链上摇摇晃晃，根本无法稳住身形。

"你别过来！"银尘朝麒零厉声道。

幽冥被莲泉手中突然幻化出的巨剑扫中，整个人朝地面坠落而去，然而，就在他快要接触到地面上的冰晶的时候，他挥手一扫，地面上的黑色冰晶立刻缩回泥土之下，清理出一圈安全范围。他在地面上翻滚几下，卸去了下坠的冲撞力度之后，重新站了起来。

他看着此刻高高凌驾在锁链之上的魂力强盛的鬼山莲泉和银尘，又看了看摇摇晃晃的麒零，他冷笑起来。

"你走吧，我们不想杀你。"银尘冷冷地看着下面的幽冥，尽量不要激怒他，以免幽冥变成失去理智的困兽，而释放出诸神黄昏。

"谁说我要走啊？我刚热身好，还没开始玩呢，怎么会走？双身王爵又怎么样，不过五度六度而已，再加上一个最不顶用的七度，你们真以为自己能翻天啊？你们是不是忘了我是谁？我的名字，叫杀戮王爵。"幽冥一边说着，一边轻轻地抚摸着自己的喉咙，他的掌心随着他抚摸的动作从指缝中漏出金光。他突然转过身，朝自己身前用力地往地上一砸，一面巨大的黑色镜面，仿佛从天而降般出现在他的面前，他面朝着镜子，不羁而又邪气地朝着镜面轻轻亲吻了一下。

两个投影从死灵镜面中缓缓走出，一左一右地站立在幽冥身边。

幽冥转过身。

三个幽冥看着此刻待在巨网上的莲泉、银尘和麒零，他们就像是三只孱弱的小小昆虫，徒劳地在巨网上挣扎着。

他勾起邪气而英俊的嘴角，露出白色的尖牙，那是属于捕食者的笑容。

夜风将天空的云朵吹散，整个漆黑的天幕异常干净，漫天的星辰和皎月，朝地面倾泻着冰冷的寒光。

从天空俯视而下，被三栋建筑合围起来的庭院，闪烁着各种锐利的光芒：锁链的寒光，黑色冰晶的折射，刀剑挥舞的锋芒……整个庭院像是一个巨大的散发着寒气的黑色水晶原洞。

两个幽冥的分身正在和莲泉纠缠恶斗，其中一个分身像一条灵活的黑色游鱼一样，贴紧莲泉近身攻击，他将攻击距离保持得非常之近，莲泉的锁链本就属于半远程攻击类的武器，在如此近的距离，根本无法发挥出应有的威力，于是，莲泉只能召唤出本属于鬼山缝魂的巨剑，勉强应对；然而，另外一个分身，却趁着莲泉被贴身困扰之际，持续用黑色冰晶腐蚀锁链之网，越来越多的锁链在剧毒腐蚀之下碎裂，而莲泉忙于应付贴身进攻，没有时间补充新的锁链网，于是，中庭空间中的锁链越来越少，她和银尘的活动空间都被大大压缩，好几次，都险些坠落到下方的黑色冰晶丛中。

而幽冥的真身，也在对银尘进行狂暴的攻击，他的魂力本来就汹涌狂野，再加上剧烈毒性的附着，银尘不得不非常谨慎地小心应付，同时，银尘还要一直注意保护自己的爵印位置不要太长时间暴露在幽冥的攻击范围之内，否则，很容易被幽冥发动致命攻击。

幽冥沿着一条锁链斜斜滑过，黑色金属锻造的靴子朝银尘迎面横扫，力道万钧，银尘无法正面承受，只能朝后倒跃飞出，抓向远处一根锁链，稳住自己的身形，然而，就在银尘躲避的瞬间，幽冥再次起跳，这一次的目标，却是扑向了远处摇摇晃晃的麒零。

麒零只觉得眼前一花，还没看清楚，脚下的锁链就突然碎裂，他整个人失去重心，朝着下面荆棘般锐利的黑色冰晶丛重重地摔落下去。

黑色冰晶的边缘从麒零的脸庞边上擦过，一股锐利的刺痛像带着寒意的针尖一样袭进麒零的知觉，然而就在这时，突然，一双有力的手，将麒零拦腰抱起，朝着墙角飞跃而去。麒零虽然看不见，但是，身边熟悉的清冽香气，让他知道，是银尘救了自己。

数枚银剑朝着墙壁激射而去，钉进金松石的建筑外立面上，溅出四射的火星。银尘和麒零的身形随后就到，他们落在墙壁上，手脚攀爬，踩着银剑，勉强将自己固定在了墙角，不至于跌进此刻已经变成剧毒深渊的庭院。

"银尘！"麒零看着银尘熟悉而冷峻的面容，就在日落之前，他还抱着一摞银尘的画像，站在冰冷的大雨里，不知道什么时候才会和他相见，然而此刻，当他的面容距离自己仅仅咫尺之遥，却有一种说不出的冰冷和疏离。

"待在这里，别动。"他的声音冷漠而冰冷，说完，银尘再一次飞身跃出，与此同时，四面盾牌从空气里幻化而出，形成十字盾墙，护在银尘身前，朝着幽冥飞快地撞去。四面盾牌在空气中不停地拆分、组合。拆开的时候，四面盾牌变成独立的个体，仿佛四条海中的游鱼，围绕着幽冥飞快旋转，盾牌锋利的边缘不时急速划过幽冥，而组合在一起的时候，四面盾牌形成盾墙，将银尘和幽冥隔绝开来，以保证银尘不被幽冥贴身进攻——简单几个回合之后，银尘已经摸清楚幽冥的攻击规律和方式：贴身近战的幽冥，之所以一直维持魂力狂暴全开的状态，并不是他不懂得精准控制，相反，是因为，一方面，在强大魂力的支持下，他敏捷的速度和柔韧修长的身体，使他可以做出各种超越人体极限的动作，可供选择的攻击线路范围变得极大，袭击角度更加刁钻而匪夷所思，再加上攻击速度惊人，在贴身近战的状态下，要躲避他闪电般的攻击基本没有可能；

而且，更重要的是，当他全身魂力高强度运转的时候，处于他近身狂暴魂力覆盖范围之内的自己，自身魂力会受到非常强烈的干扰——这应该也是他体内的魂兽诸神黄昏所带给他的额外恩赐，银尘曾经感受过那只巨大蜈蚣的叫声，在它的鸣叫之下，体内的魂力会渐渐沸腾最终失控。因此，必须和幽冥拉开足够的战斗距离，否则，自己的魂力会被全面压制，甚至混乱失控。

这才是杀戮王爵的秘密！

意识到这一点的银尘，转过头看向莲泉，果然，此刻的莲泉已经被两个幽冥的分身死死纠缠，贴身近战，完全失去了优势，她只能勉强挥舞着手上的巨剑，在锁链上疲惫地防御着幽冥分身越来越快的进攻，她的气息和身形都越来越乱……

"莲泉！拉开和他的距离，不要和他贴身近战！"银尘朝鬼山莲泉喊道。

然而，已经晚了，莲泉此刻的听觉已经混乱，她只隐约听见银尘在朝自己大喊，然而他具体说了什么，却听不到，银尘的声音传到她的耳际，已经变成扭曲的音浪。她所有的注意力都在恐惧自己体内正在逐渐失控的汹涌魂力，仿佛一座沉睡已久的火山，正在逐渐苏醒。她感觉身体越来越烫，胸腔里像是有一只野兽，正在疯狂地挣扎，想要逃脱出来，她的视野开始出现叠影，眼前两个幽冥飞快闪动的分身看起来像是四五个那么多……

她突然从锁链上摔了下去，整个人重重地砸向黑色的水晶丛里。

她的白银铠甲将黑色水晶压断，哗啦啦清脆的响声像是玻璃碎裂的声音，然而，还是有很多锋利的冰晶，从大腿、胳膊等软皮甲的位置，穿刺进了她的体内。剧烈腐蚀的毒性瞬间侵蚀而入，被水晶刺穿的伤口迅速溃烂，大面积的皮肤冒出黑色的水泡，她发出凄厉的惨叫声来。她全身的金色刻纹瞬间暴涨，顷刻间，溃烂的皮肤开始愈合，将溃烂锁紧在被水晶刺穿的伤口处，阻止着毒性的蔓延，永生天赋此刻正在和幽冥的毒性激烈地对抗……

两个幽冥的分身丢下已经失去战斗力的莲泉，开始朝银尘和麒零飞跃而来。

银尘双臂一震，数百把闪烁着银色光芒的短剑在天空中密集飞舞，如同深海游动的巨大鱼群，鱼群分裂为两股，一股朝着幽冥的分身攻击而去；另外一股，朝着麒零所在的墙壁激射而去，叮叮叮一连串声响，墙壁上密集地钉出一大片剑阵丛林。

"麒零！走！"银尘朝着此刻已经在墙壁上吓傻的麒零大喊！

"那你呢？"麒零急得不知道该怎么办。

"快走！"

麒零红着眼睛，借助着钉在墙上的短剑，快速地朝屋顶攀爬。

三个幽冥持续朝着银尘逼近，然而，天空中飞舞的剑阵，始终将三个幽冥阻绝在他们狂暴魂力的干扰范围之外，幽冥冷笑一声，歪了歪头，两个分身开始在躲避银尘剑阵进攻的同时，不断地朝着麒零投射黑色的冰箭。

麒零攀爬的速度在冰箭攻击的干扰下立刻变慢，好几次差点被冰箭射中，险些坠落。

银尘看着被持续进攻的麒零，心里一急，十字盾牌朝着幽冥的两个分身激射而去，两个分身被盾牌撞开一段距离，银尘立刻踩着锁链朝麒零飞快地掠去。

——然而，他忘记了，真正的幽冥，已经消失在了他的视野范围之内。

突然，一阵凛冽的气息从身后袭来，一双肌肉结实的手臂快速穿过银尘的腋下，反手用力勒紧他的胸口，坚硬而冰冷的铠甲一瞬间就贴紧了他的后背，幽冥炽热的气息喷在他的耳边，仿佛毒蛇般的呼吸，贴着银尘的耳际："美人，你怕痛吗？"

胸膛上那双手掌心中突然刺出黑色的冰刺，剧烈的毒液渗透进银尘的体内，他本能地瞬间激荡起来全身的魂力自我保护——然而，金色刻纹流动汇聚之处，爵印的位置也就瞬间暴露。

"让我来看看，你的爵印在哪儿？"幽冥贴着银尘的耳朵，轻声呢喃，用仿佛恋人般温柔的语气，诉说着最终杀戮的话语。

"别杀他！"麒零看着被幽冥牢牢锁住的银尘，眼睛里充满了愤怒的血丝。

"我当然不会杀他……"幽冥笑了笑，"哦不对，应该说，我当然不会在他的爵印还没有显形之前杀他。能够摧毁吸收上代天之使徒和双身王爵的魂路，这简直是天神的恩赐啊，哈哈哈……"幽冥看着拼命压抑自己魂力流动的银尘，摇了摇头，叹息着，"啧啧，很少有人能够被我的冰晶灼伤这么久，还能忍住不运行魂力对抗毒素的入侵啊，你对疼痛的忍耐度真是厉害，不过我想，你也就还能再坚持几分钟吧……"说完，幽冥抓起银尘的手腕，一大簇黑色的冰晶碎碴儿扎进银尘的动脉，黑色毒液沿着血管疯狂地朝银尘体内流窜。

银尘咬牙全力抵抗，然而，当魂术师的身体处于异常状态，魂力会自发流动，开启自我修复和保护，这几乎和人摸到针尖会自动缩手一样，是一种本能，要对抗自己的本能，太难。

幽冥的目光里有一种疯狂的期待，从年少的时候开始，他就是这样通过不断摧毁各种魂印吸收各种魂路，从而突破自己的魂力上限，让自己不断进化，超越巅峰极限。然而，当他越来越强之后，已经很难遇到可以让他再突飞猛进的猎物了。

但是今天的银尘和莲泉，如果能够将他们两个人的灵魂回路全部吸收，那幽冥就能够瞬间获得难以想象的提升。

突然，一团白色的光影朝幽冥闪电般冲来，几枚无限伸展的钢刃像是锐利的指甲划向他的胳膊，他还来不及反应，手臂上就被割出一道非常深的伤口，剧痛让他不得不缩回手，朝后面倒跃飞出。他的两个死灵投影立刻回到他的左右两边，贴身守护。

幽冥站稳身形，抬起头朝刚刚攻击袭来的方向看去。

一只银白色的狮子正张开巨大的羽翼，嘶吼着守护在银尘的身前。

"一只小狗，还要咬人，呵呵。"幽冥握住受伤的胳膊，掌心翻涌的魂力加速愈合着伤口。

"小朋友，你听过狗咬狗这句话吗？你这只小畜生，还轮不到我动手。"

说完，幽冥朝身后伸出手臂，他修长的手指快速勾动，死灵镜面从水晶丛里拔地而起，高高飞过他的头顶，猛然下降坠落在苍雪之牙的面前。

空洞的黑色镜面转向苍雪之牙。

麒零的心脏像是被人抓紧了——此刻的战局，是会稍微挽回，还是会滑向更加黑暗的深渊，就取决于死灵镜面能否顺利地投影苍雪之牙。他焦虑地等待着，瞳孔剧烈地颤抖。

幽冥咧开嘴笑了。

一只漆黑的巨大狮子，正从液化成黑色胶质的镜面里挣扎而出。

扭曲液化后的漆黑镜面反射出清冷的月光，看起来像是一团毒蛇的毒液，咝咝作响，麒零拔起墙面上插着的短剑，朝着镜面里正在挣扎而出的狮子扔过去，然而，短剑在接触到黑色液体的瞬间就被包裹，融进了镜面内部，麒零不断地抓起墙壁上的短剑朝镜子丢过去，但也只是徒劳罢了。

幽冥忍不住冷笑。

周围可供麒零抓取的短剑已经被他拔光了，麒零的眼眶里涌出滚烫的眼泪，他召唤出自己那柄残破的断刃巨剑，并没有意识到，他身体里此刻因为愤怒而沸腾的魂力正在源源不断地注入断刃巨剑之中，他手臂用力甩动，巨大的剑刃朝着幽冥的镜面激射而去。

断刃刺向镜面的瞬间，本来还在挣扎着成形的黑色狮子，突然像是看见什么凶狠野兽似的，猛地缩回镜面里去了，那些咝咝作响的黑色液体，瞬间收缩凝固成坚硬的黑色冰晶，断剑猛然击打在水晶镜面之上，"咔嚓"一声，一道清晰的裂纹在镜面上被击打而出。

幽冥身边的两个死灵投影立刻收缩成两个金色的光点，消逝在幽冥身后。

幽冥的太阳穴上跳动着暴怒的血管。

他伸出手，将死灵镜面召回，巨大的镜体化成飞舞的金色光线消失在他的喉结处。

苍雪之牙已经将麒零从墙壁上接下，飞到了银尘身边，此刻，鬼山莲泉也已经挣脱了黑色冰晶的困扰，她射出锁链，将自己拉向麒零、银尘的位置。

幽冥咬咬牙，突然全身魂力暴涨，他前方地面之下，一个巨大的黑冰晶尖角正在如笋般刺破地面拔地而起，一簇巨大的黑色冰晶越升越高，已经超过了三层楼的高度。

银尘感应到冰晶内部剧烈的魂力异动："快躲起来！"他双手挥舞，空气里十几个金色的光点扩散成十几面盾牌，将他们全部围住。

麒零的视线刚刚被盾牌遮挡的瞬间，就听见一声震耳欲聋的爆炸，那一大簇黑色的冰晶炸裂为成千上万块四处激射的碎片，每一块碎片在接触到地面墙面上原本存在的冰晶时，又引发了新的爆炸，整个庭院的空间都变成一个被黑色毒性碎片快速切割的致死牢笼。

更多的盾牌从空气里幻化出来，密不透风地将银尘三人和苍雪之牙团团围住。然而，不时还是有黑色高速飞溅的碎片从盾牌的缝隙打进来，划破他们的身体。剧烈的疼痛随着被灼伤的肌肤蔓延到身体内部的神经末梢。

噼里啪啦的碎片撞击在盾牌上的声响渐渐停歇下来，银尘收起盾牌，空旷的庭院里，幽冥已经消失了踪影。整个庭院像是被烈火焚烧过一样，漆黑而惨烈。

黑色的冰晶随着幽冥的离去而渐渐融化。

银尘和莲泉看向庭院角落原本被困在冰晶牢笼中的幽花，黑色的冰晶牢笼也已经在刚刚的大爆炸中被引爆，幽花一动不动地躺在地面上，难以想象处在爆炸中心的幽花会是什么情况。

银尘和莲泉朝着幽花跑过去，麒零紧紧跟在他们身后。

莲泉抱起躺在地上的幽花，她浑身被切割开了无数道伤口，伤口已经溃烂，里面流出的血液也都是漆黑的黏液，她的脉搏和呼吸都非常微弱。

"你们俩稍微站开一些。"鬼山莲泉说完，脚下扩散开一圈金色的光芒，银尘知道，她开启了永生之阵，"你们的伤一会儿再说，我需要全力救助幽花，你们先不要分散永生之阵的力量。"

金色的光芒翻涌着，莲泉闭着眼睛，丰沛的魂力仿佛泉水般从光阵中涌出，她怀里，天束幽花身上的伤口开始流出红色的新鲜血液，溃烂的皮肤开始缓慢愈合，一会儿之后，天束幽花孱弱的呼吸开始渐渐清晰平稳起来。

【西之亚斯蓝帝国·深渊回廊】

那根清晰的牵引线消逝在浓厚沼泽瘴气里，依然看不见尽头。特蕾娅抬起眼睛，周围古木林立，藤蔓缠绕，雾气浓重，地面上累积着厚厚的一层落叶，不止一层，应该是几百年树木的枯叶持续掉落、腐烂，变成了脚下这块松软的湿地。

这里已经是罕无人迹的深渊回廊尽头。

特蕾娅的心情不是很好。

尽管她拥有女神的裙摆，那些疯狂冲来的野兽对她来说只是行进路上根本构不成威胁的障碍，然而，每次释放裙摆躲避那些攻击的野兽，都会拖慢特蕾娅行进的步伐，刚开始还好，深渊回廊的边缘，魂兽并不是很多，也不是很高级，特蕾娅的魂力远远凌驾在它们之上，轻易就能突破它们身体的屏障进入它们身体内部，操控它们体内的水元素，只需要挥挥手就能让它们碎裂成冒着热气的尸块。

然而，越往深渊回廊深处行走，魂兽的等级就越来越高。特蕾娅只能不断地使用女神裙摆，来隐匿自己的存在。每一次都要等那些魂兽从裙摆穿过，发狂地奔向远处之后，她才可以继续行进。

时间消耗越久，牵引线对她魂力的攫取就越大，她有点烦躁了。

她睁开双眼，眼睛里白色的混沌翻涌起来，她尽可能地感应着最大范围内的魂力异动，她并不是要感应有多少魂兽，魂兽不用感应，越往深处走，肯定越多越凶残，她也不用感应需要寻找的小男孩的尸体，因为有那根牵引线作为清晰的指引。她要感应的，是周围有没有别人的存在。

"很好，没人。"

她的嘴角轻轻勾起一个微笑。

飞舞在她身边的白色丝绸旋转收拢，她转过身，像是最美艳的女子转动着自己的裙摆，飘逸的白色纱雾降落，一个英俊得足以让大多数少女屏住呼吸的年轻男子，安静地出现在她的身后。

他低垂着眼帘，浓密而柔软的睫毛覆盖着他蓝色海洋般的瞳孔，他的嘴唇有着性感的轮廓，上面一层非常浅的青涩胡楂衬托出他男性的气息，他的眉头微微皱着，这让他的眉弓显得更高，锐利如剑。他睁开眼睛，宝石般剔透的眸子周围，却呈现出一种海棠色的暗红。

"我想要快速地赶路，可是，有太多烦人的虫子，一直困扰着我，让我走得很慢，你能帮我解决吗？"特蕾娅娇媚的声音听起来特别具有魅力，仿佛她在这么英俊的男人面前，也忍不住娇羞起来。

"没问题。"年轻男子的声音充满着让人心动的磁性，"您想要去哪儿？"

"有一条你看不见的线，在指引我……"特蕾娅伸出手，顺着牵引线的方向指过去，"是那个方向。"

"好的，我保证，这个方向上，不会再有任何困扰您的虫子存在。"

说完，年轻的男子身上突然涌动出剧烈的魂力，金色光芒之下，一根又一根仿佛螳螂前臂般的利刃，从他身上伸展出来，他的掌心、手肘、脚跟……一根根泛着生物光泽的利刃将他整个武装起来，他整个人看起来就像是一个活动的斩杀剑阵。

然后，他朝着前方闪动而去，他的身形快得简直不可思议，空气里几乎没有留下他的残影，只剩下被他荡开的浓雾，划出一条清晰的轨迹。

"这么好用的一个'裙下之臣'，我可舍不得被人知道了呀。嘻嘻。"特蕾娅眼睛里闪着妩媚的光芒，脸上涌起一片娇羞的红晕来。

【西之亚斯蓝帝国·雷恩·郡王府】

大束幽化睁开眼睛，看见银尘、莲泉和麒零三人站在自己面前，她挣扎着起身，脑海里依然残留着刚刚黑色冰晶爆炸时的惨烈场景，身体上还残留着刚刚剧烈的痛觉。

她环顾着空旷的庭院，此刻，已经变成爆炸后的废墟。所有精心修剪的植物都被摧毁成了黑色的灰烬，其中有一些名贵的花卉，还是从异国他乡整株运来，经过园丁长年精心照料后才存活的，也一并在这场突如其来的灾难中被摧毁了。厚重的金松石建筑外立面也被炸出了好几个巨大的缺口，本来切割完整的金松石，露出充满金色纤维的内部，浓郁的香味弥漫在空气里，混合着幽冥毒性冰晶残留下来的清冽气息，仿佛一种致命的诱惑。

"这到底是怎么回事？！"天束幽花看着自己被破坏的庭院，不由得有点发怒。

银尘和莲泉沉默着，在思考应该怎么回答。麒零拉拉银尘的袖子口，掩饰不住脸上的开心："你终于回来找我啦，我本来在驿……"

"我们是来找你的。"银尘没有理会麒零，他径直朝幽花走去，站在幽花面前，淡淡地回答。

幽花看了看银尘身后的麒零，他的脸上明显是失落的表情，他的眼睛在刚刚的爆炸中本来就有一些血丝，现在更是变得通红。

"找我？找我干什么？我又不是你的使徒。"幽花看着面前的银尘、莲泉二人，有点抵触。

"我和银尘准备前往营救吉尔伽美什，我们需要借助你永生的力量，来制造大量鲜血……"

"所以幽冥才要来抓我的吧？！是吧？！"天束幽花看着莲泉，突然明白过来，瞬间脸色变得苍白而愤怒，"营救吉尔伽美什？你们疯了是吗？你们知道这意味着什么吗？你们背叛白银祭司，惹得所有王爵使徒联手追杀，你哥哥已经为了你送掉一条性命了，你还没清醒过来吗？银尘要跟着你发疯，那是他的事，你们不要拉着我一起下水好吗？救吉尔伽美什和我有什么关系？我不去！"

"这是你父亲，也就是前六度王爵西流尔临终前留下的遗愿，这是他用生命换来的机会，你难道……"

"你别提我父亲！"天束幽花打断鬼山莲泉的话，"你和他在洞穴里究竟发生了什么，鬼才知道。什么遗愿不遗愿，我还可以猜测是你用什么花言巧语欺骗了我父亲，等到他对你赐印之后，你就从岛屿内部摧毁了他呢！不然怎么会整座岛屿都突然就大爆炸，然后分崩离析了呢？他要是嫌自己活太久活得不耐烦了要自杀，早就自杀了，不用等那么久，非得等到你去了他才自我引爆吧？"

"岛屿发生爆炸，是因为山洞内部已经被漆拉布下了数量惊人的棋子，所有的棋子都是循环触发的，也就是人会在里面反复循环，重蹈覆辙，一旦进入山洞内部就根本不可能再出去。

西流尔王爵将岛屿炸毁，一方面是打开新的通路，让我可以逃脱；另一方面，本来是企图埋葬追击我的特蕾娅，西流尔为我开辟出的逃生通路异常复杂，没有他的指引我自己都出不来，然而不知道为什么，特蕾娅却仿佛能时刻知晓我的位置似的，一路跟随在我之后，最终她也逃了出来。"

"特蕾娅的天赋是大范围的魂力感知，当然随时都能够知道你在哪儿。"天束幽花冷笑道。

"我知道她的天赋，但是，西流尔经过漫长岁月的熔炼期，已经将自己和岛屿融为一体，岛屿内部其实就等于是西流尔的体内。魂术师的身体里布满了密集的灵魂回路，这些流动的魂路就是最好的屏障，绝对能够干扰特蕾娅的天赋判断，而且我在逃生的时候，完全压抑隐藏了自己的魂力，她是很难追踪的……"

"谁知道为什么，也许特蕾娅有什么更厉害的能力我们不知道罢了。要么就是西流尔的魂路太弱，已经是一个半人半石头的废物了，根本阻挡不了特蕾娅。"天束幽花冷冷地说。

"幽花，你别这么说你父亲……"莲泉的声音很软，她的目光低下去，"他很爱你的，他赐印给我，也是为了保护你……"

"闭嘴吧！你自己听听你说的，为了保护'我'，所以赐印给了'你'？这话说出来，你自己信吗？呵呵，那我是不是还要感谢你们俩啊？我从出生到现在，他看过我一眼吗？他知道我长什么样子吗？他知道我从小到大都是怎么一个人生活过来的吗？"天束幽花冷漠的脸显得非常倔强，然而，一颗硕大的泪珠还是从她眼眶里滚落了出来，她的声音因为激动而有些沙哑，"他连临死前也把他的灵魂回路给了你，没有给我。他的遗愿要完成也该你去完成。你不是已经拥有永生天赋了吗？要流血你自己去流！"

天束幽花说完，转过身朝官邸大门里走去，她的背影小小的，看起来有些颤抖。

"我跟你们去！我去帮你们！"麒零跑过来，看着银尘，眼睛亮亮的，他用力地挺起胸膛，尽量让自己看起来成熟挺拔一些，没那么孩子气，"管他什么白银祭司黄金祭司呢，我才不怕他们，银尘，我跟你一起去！"

"你不准去。"银尘的声音冰冷而锐利，像是从冬天的寒泉里拿起的一把冷剑，带着刺人的寒气，抵在了麒零的心口。

"为什么？"麒零的声音听起来难过极了。

银尘沉默着，并不回答他的问题。

麒零有点着急，他拉过银尘的肩膀，看着他的眼睛，他想在那双冰雪般冷漠的眼睛里找到他所熟悉的温暖和守护，然而，银尘的眼睛像是彻底冻结的湖面，反射着冰冷的寒光。麒零的眼睛红了起来，声音弱下来："银尘，你是不是又要丢下我了？是你和我说过的，王爵和使徒永远一起战斗，永远都不分开的。你是骗我的吗？"

"我去救吉尔伽美什，我要追随我的王爵，跟你没关系。"银尘转开眼睛。

"怎么没关系？你要追随你的王爵，我也要追随我的王爵！"麒零抬起手，擦掉眼睛里滚出来的眼泪，他平日嬉皮笑脸的面容上，是一副非常少有的倔强，他咬着牙齿，尽量不让更多的眼泪掉出来，"我问你，你的王爵曾经有丢下过你吗？他也会不要你吗？！"

一阵锐利而细微的刺痛，滑进已经冰冻的胸口。

像是薄薄的书页不小心划破指尖的痛苦。

像是浑身伤痕累累第一次泡进硫黄温泉里的痛苦。

像是采摘红瑚木浆果时被不小心刺到手指的痛苦。

银尘的声音里像撒了一把滚烫的沙子："我说了，不行就是不行！"

"幽花行，我为什么不行？我一定要去！我可以保护你！"

银尘的眼睛里面突然金光一敛，一枚细身软剑从空气里突然幻化出来，仿佛鞭子一样，"啪"的一声重重抽打在麒零的脸上。麒零还没来得及看清楚，空气里更多的短剑蜂拥而出，朝麒零激射而去，麒零被乱剑逼得脚步跟跄，连连倒退，一把重剑突然从高空拍落在麒零的肩头，麒零的肩膀一阵剧痛，失去重心，狼狈地跌倒在地上。

"你连几把剑都打不过，凭什么保护我？"

麒零挣扎着爬起来，还没站稳，就看见十几面比人还要高的士兵守城用的盾牌，从高空直坠而下，圈成一圈，将他围了起来，然后，盾牌和盾牌的间隙中，十几把长枪缓缓地朝里面推进，枪尖顶住他的胸口、大腿、后背，他不敢再乱挣扎动作。

他抬起头，刚刚想要从上方飞跃跳出，就看见头顶一圈银剑，悬空倒挂，威胁着他。银剑不断下压，一寸一寸地逼近他的头顶。他倔强地站着不肯低头，剑尖刺进他的发髻，刺进他的头皮，浅浅的伤口开始流血，然而银剑还在不断地持续下压……

麒零最终屈辱地跪了下来。

他只能把身子越趴越低，最终，像一条被人丢弃的小狗一样，趴在地上，银剑停止了下坠。

　　麒零抬起头，满脸的泪水，模糊的视野里，是盾牌缝隙里银尘最后的面容，他冷漠而又无情地转身离去。

爵迹

Chapter 02

新血渗痕

L.O.R.D
·Legend of Ravaging Dynasties·

【西之亚斯蓝帝国·格兰尔特·白银祭司房间】

"白银祭司，您要我寻找的尸体，我已经带回来了。"特蕾娅行完礼之后，从冰凉的古老石面上站起来。

此刻，水晶墙面前的冰凉石面上，正躺着那具白银祭司命令她前往深渊回廊寻找的小男孩尸体。冰凉僵硬的尸体之上盖着一层厚厚的白布，白布之下，是一个隆起的能看出是小小男孩的人形轮廓。

特蕾娅抬起手掩住鼻子，似乎有些难以忍受小男孩尸体带给自己的恶心感觉。

倒不是因为尸体腐烂发出的臭味——相反，尸体保存得相当完整，没有任何腐败的味道，甚至带着一些凛冽的寒气，仿佛是松针落叶在积雪里被冻结之后的气味。

深渊回廊是一个终年潮湿阴暗，峡谷内遍布各种鲜艳腐生类菌菇的原始丛林，但是这具尸体没有丝毫腐烂的迹象，这显然很不合情理。特蕾娅非常肯定，这不是普通意义上的尸体，它并非是骨骼血肉搭建的单纯肉身。

当特蕾娅走到牵引线的尽头时，她第一时间其实有一点怀疑是否牵引线的指引发生了错误，因为眼前的东西，是的，东西，只能用这个词来形容，根本谈不上是尸体，准确地说，它更像一个——

——壳。

有点像蝉蜕，又有点像蟒蛇蜕下的皮。它是一个拥有完整人形特征的透明蛹，有着清晰的四肢、头部、五官等人形特征，然而，却没有骨骼没有五脏六腑没有血肉筋脉，它像是用水晶雕刻出来的一个空洞容器，材质有点半透明，不硬也不软，有点像是半干涸的凝胶。头部原本眼睛的部分，眼睑已经没有了，只剩下两个茫然的空洞，往外冒着森然的寒气。空壳额头的部分，有一条几乎看不见的细缝，细缝上残留着一些黑色沥青一样的胶质，几乎快要消失不见了——当特蕾娅找到这具尸体的时候，牵引线正笔直地终结在额前的这条细缝上——牵引线追踪的，一直就不是尸体本身，牵引线一头连着的是白银使者手中捧着的那个盒子里的黑色液体，另一头，指向了尸体额间最后残留的漆黑。

特蕾娅抬起头："不过我有点不是很明白，这具尸体……"

"你退下吧。"没有等特蕾娅说完，白银祭司冰冷的声音就从水晶墙面里透出来，打断了她。

"……是。"特蕾娅有一些意外，但是，她只是稍微迟疑了一下，就浅浅地笑了。她瞄了一眼此刻在墙角阴影里等待的白银使者，然后没有停留，转身走出了房间。

【西之亚斯蓝帝国·格兰尔特·十字回廊】

白银祭司房间沉重的石门缓缓开启。

之前一直在房间角落中等待的白银使者，此刻双手托着那具白布包裹的尸体，慢慢地走了出来。他的脚步很快，没有任何迟疑。

白银使者的身影，很快消失在十字回廊的尽头。

阴暗潮湿的走廊，很快恢复了寂静。

转角的阴影里，特蕾娅控制着脚步，轻轻地走了出来，她眨了眨眼，眸子变成混浊的白雾，周围的高墙、雕像、蓝色火焰、壁龛……全部消失不见，四周只剩下原始而彻底的漆黑。漆黑的深处，一个金色的微弱光点正在远去。

特蕾娅扬起嘴角，悄然跟了过去。

一开始，还是特蕾娅熟悉的格兰尔特王宫之下的地宫，平日里出入闲来无事时，特蕾娅已经基本上把格兰尔特王宫的格局摸清摸透了，甚至在某几个她觉得特别"有趣"的地方，还特意留下了几乎不被察觉的记号。

然而，白银使者却一路往下，不断下沉，朝着一个很明显从未对外开放和提及的区域而去。

周围的士兵和守卫渐渐稀少，很快，只剩下前方白银使者魂力残留的痕迹，周围已经空无一人。特蕾娅看着越来越斑驳的墙面，年久失修的铜门，走廊角落偶尔甚至会出现青苔……他抱着这具尸体，这是要去哪儿？

一扇又一扇大门开启。

一段又一段台阶沉落。

特蕾娅心里渐渐升起一丝不安。

一个巨大的洞穴，像是一口井般出现在特蕾娅的面前，一段楼梯沿着井的内壁盘旋而下，古老的石阶通往暗无天日的地底。特蕾娅小心控制着自己的脚步，以免在这个仿佛深井般的螺旋梯井里，弄出巨大的回响。

台阶终于结束，一扇锈迹斑斑的大门出现在特蕾娅的面前，门没有上锁，刚刚白银使者就是消失在这扇门之后。特蕾娅的双眼中白光汹涌，门后是一个走廊，往前不远处就是一个转角，转角处，三个白银使者手持利刃，无声守卫着。如果特蕾娅打开这扇大门，就会在瞬间暴露在三个白银使者的面前。特蕾娅收回感应，低下眼帘，沉默着，像是在思考着什么。

"刺啦——"

"哗哗呼——"

从天而降的白色丝绸，仿佛狂暴的巨蟒，瞬间缠绕住三个白银使者，往屋顶盘旋而去，白色丝绸将他们高高吊起，反复缠绕，很快，屋顶角落上，就结出了三个白色的蚕茧。蚕茧不断地挣扎蠕动，仿佛里面的飞蛾正要破茧而出，但片刻之后，白茧不再涌动挣扎，彻底平静了。

特蕾娅沿着走廊一路往前，走廊里不时还会继续出现一段下沉楼梯，然后再平走一段。几次反复之后，特蕾娅终于到达了尽头。

一扇巨大的双开门矗立在她的面前。

双开门大概有十几米高，像是黑铁锻造般泛着光滑冷冽的色泽，但走近后发现是坚硬的石材完整切割而成，上面雕刻着循环交错的复杂花纹，看起来不太像是亚斯蓝近代的风格，应该是非常古老了。石门没有把手，也没有锁眼，只有两扇石门中间那道不仔细看几乎无法发现的细缝。

特蕾娅伸出手推了推，石门重逾千斤，纹丝不动。

特蕾娅再次发动大范围魂力感知的天赋，沉重的石门背后，白银使者的魂力正在渐渐远去，除此之外，感应不到其他异常。

特蕾娅将感知视线收回到眼前的石门上，很快，她发现了像是金色粉末般残留在石门上那些雕刻花纹凹槽中的魂力。看得出来，白银使者在门上留下的魂力极其微弱，几乎难以分辨，就像是数百年前壁画上残余的金漆，金色粉末在其中一些凹槽中延展，编织出了一个看起来仿佛加密的纹路。

特蕾娅伸出手，将掌心的魂力小心翼翼地沿着残留痕迹注入那些凹槽，魂力缓慢地流动着，拼凑出了一个中心对称的复杂花纹，看起来像是一张竖过来的嘴唇。

特蕾娅看了一会儿，微微有些意外，她的脸上泛起一丝红晕，但很快，就被一种隐隐的瘆人之感所笼罩。

沉重的石门慢慢地朝两边滑动开启，石门和地面接触的部分异常光滑，因此大门开启时无声无息。特蕾娅不由得有些庆幸，如果石门开启时发出沉重的轰隆声响，那么里面的白银使者一定会有所察觉。

特蕾娅将身影藏在黑暗之中，无声地潜了进去。

走进石门，光线竟然变得明亮起来。说是明亮，其实有些不准确。光线依然是昏暗的，只是原本黑暗的空间里，持续闪烁着殷红的涟漪光波。

石门内部是一个巨大的地底深洞，庞大的洞穴底部，有一个猩红色的湖泊，洞穴里诡异的红光就是从这个湖泊的水底渗透出来的。湖水非常地黏稠，不像水，像血。洞穴的顶部有很多巨大的钟乳石倒挂而下，仿佛一根一根巨大怪兽的利齿高悬在头顶上方。

一条粗糙的石阶沿着洞穴的边缘朝下螺旋延伸，石阶的尽头，连接着一道石头桥梁，桥梁横在血色的湖泊之上，其实也不能说是桥梁，准确地说，是一条从岸边延伸到湖中心的水面石路。

石路大概四五米宽的样子，一直延伸到湖心位置，尽头处是一个圆台，圆台的边缘是弧形的台阶，一阶一阶往下，一直伸进血色的池水里。

此刻，白银使者正抱着那具尸体，朝着湖心走去。

洞穴里弥漫着令人作呕的血腥气，恶臭里带着一丝黏腻的甜，像是在腐烂已久的内脏里糅进很多玫瑰花瓣后的气味，特蕾娅突然意识到：这是经血的气味！

特蕾娅忍不住弯下腰，捂住嘴强忍着胃里的抽搐，但还是压抑不住干呕了几下，她尽量不让自己发出声音，因为在这个地底洞穴里，一点点小小的声音，都足以引起惊天动地的回响。

白银使者已经走到湖心的那个圆台上，他走到圆台边缘，走下两级台阶，把手里的白布打开，然后，将小男孩的尸体轻轻地放到血色的湖水里，他把漂浮在水面的尸体，朝着湖心深处推过去。

　　尸体缓慢地朝着远处漂浮而去，白色的空壳在血浆上面浮浮沉沉，看起来说不出地阴森诡异。

　　这是要干什么呢？是要埋葬这具尸体吗？看起来像是某种仪式。

　　水葬？

　　但是如果是要埋葬的话，这么大费周章地寻找回来又是干吗呢？

　　特蕾娅忍不住往前探出身子，想要看得更清楚。

　　光线昏暗的视野尽头一片猩红，这时，小男孩尸体前方的水面突然无声隆起，然后，一个小小的黑色尖角从黏稠的血浆里探出来，显然，水底潜伏着某种诡异的生物，此刻正朝着尸体悄然游近。

　　特蕾娅的瞳孔突然放大，因为她已经意识到了白银使者究竟在做什么：他在投喂。

　　小小的黑色尖角仿佛鲨鱼的背鳍，在水面无声地滑行着。只从露出水面的部分来说，很难判断这是什么东西，体积看起来不是很大，差不多一匹马的大小。

　　特蕾娅发动起天赋，然而，却感应不到它的魂力状态，极其微弱，极其极其微弱……

　　特蕾娅迷失在了这种似有似无的魂力感应中，像是被一种无形的诱惑吸引着，忍不住朝前靠近，她完全没有看到再往前走几步就是悬空的断崖，这时，一枚小小的石子被她踢下了石阶，石子在洞穴岩壁上滚动弹跳着，发出清晰的啪嗒啪嗒的声响。

特蕾娅回过神来，迅速朝石门外退去。

白银使者回过头，看了看洞穴上方石门入口处，石门紧闭着，没有任何动静。他回过头，继续等待着，黑色的尖角，已经游到了尸体的面前。

【西之亚斯蓝帝国·雷恩·郡王府】

清冷的月色下，麒零在一片狼藉的庭院里孤零零地坐着。他坐在已经破败残损的喷水池边上，池水从喷泉石台边缘缺口处往外流淌，在庭院的地面上积出一圈一圈小小的水洼。

麒零耷拉着脑袋，无意识地搓着手指上已经凝固的血迹。他的脸上还有被黑色冰晶碎屑划破的伤口，虽然已经停止了流血，但幽冥黑色水晶的毒性非常剧烈，所以，伤口还没有完全愈合。麒零低着头，几乎要把脸埋进自己的双腿中间，没人看得见他的眼睛，只看得见他微微颤抖的肩膀。

身后传来一阵脚步声。

麒零抬起头，用手揉揉自己湿漉漉的眼睛，深呼吸了一下，转过脸，看见朝自己走来的天束幽花，她的脸色并不好看。

麒零重新低下头，没有说话。

怎么可能是银尘呢，他已经不要你了啊。麒零在心里对自己小声念道。

"你是不是疯了？你知道银尘和鬼山莲泉要去哪儿、去做什么吗？"

麒零闷声回答："我知道。"

"你知道什么你知道！"天束幽花站在麒零面前，声音有些锐利，"背叛白银祭司，是会被所有王爵使徒联手追杀的，你打得过那些像怪物一样的人吗？你不要命啦？！"

"我不在乎什么白银祭司，我只在乎银尘。他是我的王爵，他做什么，我就做什么。他去哪儿，我就去哪儿。"麒零的声音很低，但没有任何犹豫。只是他的声音里还是有一些非常明显的失落和无助，像是迷失在森林里的小动物低声的呼唤。

"他去送死，你也跟着去吗？"

"我去。"

"你只想着去去去，那你有想过银尘为什么不要你去吗？他是为了保护你啊，你怎么就不明白呢？"天束幽花生气地在麒零身边坐下来，侧过身看着他。

"我明白，所以我更不能让他一个人去冒险。我麒零没别的，谁对我好，我就加倍对他好。从小到大，除了我父母，没什么人对我好，只有银尘关心我，毫无保留地教给我所有的事情。虽然他平时看起来冷冰冰的，脸上一直都挂着生气的表情，但是我知道他是真的对我好。他从来没有因为我是个什么都不懂的普通人，而看不起我。"麒零抬起头，看着天空迅速流动的云朵，月光将每一朵云的边缘都勾勒出一圈闪亮的银边，"幽花，你说的我都知道，我不傻，我当然知道他是为了保护我，可是，我也想要保护他啊！"

"你凭什么保护他？你连你自己都保护不了！"天束幽花的脸色发白，她控制着自己的愤怒，忍住了不抬起手拍他的脑袋。说实话，她有点想把他踢到喷泉池里清醒清醒。

"我知道……在你们眼里，我是个什么都不懂的半吊子使徒，不久之前，我是一个连什么是魂器、什么是魂兽都不知道的人，幽花，有时候我很羡慕你，我不是羡慕你的皇室身份和奢华生活，我羡慕你知道那么多的东西，如果我也懂更多的魂术就好了，这样银尘也许就不会嫌弃我，愿意和我并肩作战了。"麒零的眼眶又红了起来，他浓密而纤长的睫毛湿漉漉的，像是冬天早晨凝结了露水的细绒，"幽花，我不想一直做一个没用的人。哪怕帮银尘挡一剑也好，帮他多杀一个小魂兽也好，甚至他需要的话，我就把我所有的魂力都给他！只要能和他并肩战斗，就算刀山火海，我也不怕。"

"你怎么就这么一根筋呢！"幽花转过脸，深吸了一口气，压抑着自己想要骂他的冲动。

"幽花……可能你心里没有这样一个重要的人吧。"麒零看着别过头去的幽花，"当有一天，你心里有了这样一个人之后，你就会明白这种感觉了……被全世界追杀也好，被所有人放弃也罢，被误解、被伤害、被怨恨……这些都不再重要，你只想待在他的身边，不管去哪儿，只要在他身边就好……"

天束幽花没有回头，她的背影看起来有些孤独。月光在她的头顶上投下皎洁的边缘。

麒零低下头，继续轻轻地搓着自己手指间凝固的血迹。

几只黑色的寒鸦从远处的树林里飞进庭院，它们在被爆炸弄得漆黑一片的屋檐下停驻。它们把头埋进翅膀，发出低声的嘶哑鸣叫。

麒零不知道黑色寒鸦的意义。

但天束幽花明白，在大多数人的心中，黑色寒鸦的降临，

象征着死亡、战乱、瘟疫，象征着难以熬过的严峻寒冬即将
来临……

只有在少数崇拜黑暗力量的魂术师心中，漆黑的寒鸦象征
着从灰烬中重新崛起的新生，象征着用鲜血和尸骸，引领出更
新换代的觉醒。

一座繁华的都市，在大量寒鸦聚集之后，很快就会成为一
座死寂的空城。

而一个荒芜的废墟，却也会迅速崛起成为新一代的力量
中心。

天束幽花看着此刻残破死寂的庭院，又想象了繁华盛世的
雷恩，她也有点疑惑了。

银尘坐在黑檀木雕刻出的精致圆桌前，桌上的蜡烛已经快
要燃尽，他冷峻而清澈的面容，被烛火映照出一种难以言说的
孤独和隐忍。

房间的门被轻轻推开了，鬼山莲泉走了进来。

"怎么样？她同意了吗？"银尘问道。

"她没在房间。"莲泉在银尘身边坐下来，顿了顿，然后
小声地说，"你要不要去看一下麒零？如果我们明天就要离开
的话……你应该知道我们的机会非常渺茫吧？也许，这会是你
们最后的道别了……"

银尘沉默着，没有说话。他的目光里跳动着烛火的光影。

"我知道你是为了保护麒零，不愿意让他跟着我们冒险，
可是，你的方式对麒零来说会不会太残忍了？"

"就像你说的，我们的机会非常渺茫，一旦失败，就要付

出生命作为代价。我不想让他陪着我白白送死，他这么年轻，他甚至都还没有来得及好好享受这个世界，他应该娶妻、生子，享受子孙满堂的生活。他不应该像我一样，活得这么潦草和茫然，他应该有更好的未来。"

"什么未来？成为白银祭司控制下的新一代的人形魂兽吗？他从成为你的使徒那天开始，就注定不可能再拥有普通人所能够拥有的平凡岁月了。你觉得麒零不在我们身边，他就安全吗？"鬼山莲泉拿过一支新的蜡烛，点燃之后，重新放进水晶灯罩里，室内的光线稍微明亮了一些，她看见银尘发红的眼眶，心也不由得柔软下来，"你有多在乎吉尔伽美什，麒零就有多在乎你。"

银尘的眼帘低垂着，浓密的睫毛覆盖着他清澈的眸子。

"我可以跟你们一起去……"天束幽花的声音从门口传来，银尘和莲泉抬起头，脸上的表情有着明显的惊讶，"但我有一个条件。"

鬼山莲泉点点头："你说。"

"麒零得和我一起。"天束幽花没有看莲泉，她直直地看着银尘，等待着他的回答。

莲泉有些意外，她本来在内心已经做好了一切准备，不管天束幽花开出什么样的条件，就算她要自己的一条手臂，她也会二话不说地砍下来给她。然而，这个条件，她无法回答。她沉默着，转头看向银尘，银尘也低着头，没有说话。

半晌，银尘抬起头，看向半开的房门，那里空无一人，他却对着门外，冷冷地说了句："麒零，你出来。"

一只手小心翼翼地从门框边上伸出来，然后是一只脚、小半个身子，最后，麒零探出半个脑袋，他瞄了瞄冷冰冰的银尘的脸，吓得立刻把脸埋到门框上，可怜巴巴地躲在门背后，不敢说话。他的手指在木头上抠来抠去。

银尘无奈地看了看幽花，又看了看麒零，几次欲言又止，最后，他轻轻地叹了口气。

听见叹气声的麒零抬起头，忍不住偷瞄银尘，他黑黑的大眼珠子滴溜溜地转动着，掩饰不住自己脸上的兴奋："所以，你刚刚那个叹气的意思是……"

"意思就是，他答应了。"鬼山莲泉忍不住笑了，她看着别扭的王爵使徒两人，摇了摇头。

麒零难以掩饰内心的狂喜，但又不敢太过激动，免得银尘反悔，他把脸埋在门边上，吭哧吭哧地笑着。

"但我先说好了，营救吉尔伽美什的任务非常危险，沿路上一切都必须听我的，绝对不可以自作主张。"银尘继续板着一张冷冰冰的脸，但是他的目光已经变得柔和，眸子里的笑意温柔而动人。

"放心放心，我保证你指哪儿我打哪儿，我以苍雪之牙的脚掌肉垫子发誓，我绝对比你的魂兽还要听话，你看见我脑门上金色魂力流动成的三个字了没？'靠，得，住！'"

"吱——"不知道什么时候出现在桌面上的雪刺，此刻已经竖起了两只钳子，它交错着双钳，冲着麒零比画出一个"叉"的手势。

麒零冲雪刺翻了个白眼，嘴里"啧"了一声。

"你这身衣服……"银尘看着麒零身上新换上的华贵长袍。

"哦……是吧，哎呀，我也觉得，这身衣服完全不行，不上档次，穿起来还很不舒适，浑身缝满了各种宝石，走在大街上像一个路边的花灯一样，比你送我的那套差太多了，我本来不想换，都怪天束幽花，非要让我脱衣服，你知道，毕竟寄人篱下，有时候不得不低头，这套衣服……"

"——挺好看的。"银尘接过麒零的话。

麒零："……（这人看起来不太对劲，感觉有套路……）"

银尘："……嗯？"

麒零："嗯哈？……哈！是吧，我也觉得，感觉非常贵气，你看这些金丝刺绣，真是巧夺天工。感觉很符合我七度使徒的身份。低调奢华，古典高雅……哦对了，银尘，幽花家地下有一个非常棒的温泉，里面的泉水滚烫滚烫的，还有一股草药味道，感觉应该可以活血。我知道你常年手脚冰冷，我想应该是你体寒。怎么样，你要不要去泡一下？泡完浑身充满香气……"说着，麒零一个箭步蹿到银尘面前，抬起自己的胳膊，凑到银尘脸边上，"你闻闻看，怎么样？迷不迷人？"

银尘："……"

"咳咳……你有点严肃。"麒零看银尘的脸色渐渐发青，知道他快要往自己嘴里塞冰碴儿了，要么就是从地上叫一根冰柱顶在自己裤裆上，他赶紧转过头，冲莲泉道，"莲泉，你也可以和银尘一起去感受一下。"

莲泉本来还在看着脸色发青的银尘幸灾乐祸，突然迎面被麒零丢过来一句，不由得有点尴尬，又有点恼火。

"哎呀，你看你，你明显想多了，我的意思又不是让你和银尘一起泡，你想什么呢，真是的，看你平时一本正经的，关键时刻也是信马由缰，思想极其开放。我告诉你，那个浴室非常大，而且好多个房间呢，不用你们一起泡的……"麒零看着鬼山莲泉的脸越来越红，突然想到了什么，认真地说，"哦，还是说，你想和银尘一起？我反正是没什么意见，就看银尘了。"

鬼山莲泉的目光直直地看着墙角，脸上的表情看起来有点忧愁："银尘，我觉得你的考虑是对的，我们还是不要带上他了。"

"哎呀，你看你，干吗这样嘛，多伤感情，你们先聊，我先走了。明天见。再见，再见。"麒零快速地摆着小手，一溜烟跑掉了，房间的门嘎吱一声关了起来。

莲泉、银尘、幽花三人，有点无语地看着关起来的房门，沉默了。

房间里面一片尴尬的死寂。

过了一分钟，银尘深呼吸，额头上的青筋看起来有点明显："你到底走不走？"

"哎？你们怎么知道我在门口偷听啊？我早就走了。"

麒零的声音从门背后传来。

银尘有点无语地看着门缝中间夹着的一大截麒零的披风，他自己都没有意识到，此刻他的嘴角满满都是掩饰不住的温柔笑意。

鬼山莲泉看着银尘，被他眼睛里的光芒感染了，忍不住也微笑起来，她侧过头，看着天束幽花年轻的脸庞，她盈盈笑着，微微弯起的眼睛此刻正看着门外，脸颊上的红晕像是一抹浅浅的桃花。

麒零醒来的时候，天刚蒙蒙亮。

客房里燃烧了一夜的炉火已经熄灭，此刻，壁炉里只剩下残留的一些暗红色火星，在一堆暖烘烘的灰烬里明明灭灭着。

麒零起身穿好衣服，走到窗前，将窗户推开，一阵凛冽的寒风迎面吹来，夹杂着一些白色的冰碴儿碎雪。他抬起头，沉甸甸的乌云压得很低，里面像是装满了冰冷的雨水，从天空飘落而下，半空中就凝结成了雪花。

庭院已经覆盖上了一层薄薄的白雪，将之前的漆黑残破掩盖了起来，整个世界像是焕然一新，洁白无瑕。

楼下传来浓郁的麦茶香气和刚刚烘烤出的面包芬芳。麒零的肚子忍不住咕咕叫了几声，他关上窗户，朝楼下的餐厅跑去。

吃过早餐之后，鬼山莲泉把大家叫到了二楼宽阔奢华的会议室里。

会议室的中央有一张巨大的石桌，石材看起来有些斑驳，但桌角边缘都非常光滑，应该年岁已久，经过无数双手的抚摸，已经变得温润。

会议室墙壁上挂着天束幽花家的族徽和刺绣着巨鹰图案的三角战旗，墙壁的正中挂着一张亚斯蓝全领域的手绘地图，地图非常庞大，上面的内容极其详尽，精细的工笔画将亚斯蓝的各处地貌都描绘了出来，极北之地的雪原，深渊回廊的茂密丛林，雷恩的沿海高大建筑，都以微缩的形式呈现在地图之上。

麒零仰着头，在地图上寻找着福泽小镇的位置，但是找了半天，还是没有找到。他有些失落，但过了一会儿，就把这事完全抛到脑后去了。他看了看依然严肃地坐在会议桌两边的银尘、莲泉和幽花，默默地回到他自己的座位。他看了看自己左边毛茸茸的仿佛一个巨大雪球一样的苍雪之牙；又看了看自己右边因为身高太矮，坐在椅子上只能从桌面上露出一双滴溜溜的眼珠子和一双钳子的雪刺；又看了看离自己非常遥远，坐在主人位置正在研究地图的银尘和莲泉，以及他们身边一边听他们讨论，一边用鹅毛笔在羊皮卷宗上记录的天束幽花，心里默默地叹了口气。

他感觉此刻巨大的会议桌两边，仿佛是两个阵营，一个阵营叫作"深谋远虑调兵遣将组"，而自己这边是"头脑简单卖萌为生组"。

麒零、苍雪之牙和雪刺，耸着肩膀耷拉着脑袋，齐刷刷地看着银尘和莲泉，他们仁的表情显得有点凝重和忧伤……

"要抵达囚禁之地，第一层需要突破的关卡，就是上古四大魂兽之一的祝福。祝福在魂塚底部已经存在了很长一段时间，血色触手的数量也随着它在每一个月圆之夜的自体繁殖、自我分裂而逐渐增大，到目前为止，数量应该已经非常惊人。"鬼山莲泉看着铺展在会议桌上的一张手绘地图，指着魂塚底部的位置说道，"因为自体繁殖会耗损大量魂力，因此，月圆之夜也是祝福力量最薄弱的时候，是我们突破的最佳时期。但即使是这样，它的魂力都远在我之上，我催眠魂兽的天赋没法完全控制它，只能勉强骗过它。而且，如果我们不能在月圆夜结束前救出吉尔伽美什的话，我们将面对比之前数量更加惊人的祝福触手……"

麒零揉揉自己的耳朵，转过头左右看了看苍雪之牙和雪刺："你们俩听得懂她在说什么吗？"

苍雪之牙和雪刺同时耸耸肩膀，它俩脸上的表情看起来有点惆怅……

"那就好，这样我多少觉得有些欣慰，如果连你们俩都听懂了，我的自尊心会受到严重的伤害，很可能会一蹶不振，英年早逝……"

苍雪之牙伸出毛茸茸的肉垫，在麒零的脑袋上善解人意地拍了拍。

麒零点点头，脸上重新露出微笑，他决定不再浪费精力去听鬼山莲泉和银尘此刻嘴里听起来像是魔法咒语般深奥难懂的对白，他伸出手和苍雪之牙开始猜拳，麒零快速地比画出了"剪刀"的动作，此刻，正平摊着自己毛茸茸的大爪子比画出"布"的苍雪之牙，瞪大了眼睛，无法接受自己的失败，它的舌头从嘴里吐了半截出来，歪到一边，看起来心情不是很好。雪刺吭哧吭哧地奸笑着，从桌上的果盘里用它长长的尖尾巴戳起一个苹果，放到了苍雪之牙的脑袋上顶着，苍雪小心地维持着自己的平衡，转头和雪刺开始比画。

结局没有任何悬念，苍雪之牙把毛茸茸的肉掌攥成一个拳头，迎面伸向此刻正探出钳子做出剪刀姿势的雪刺。

雪刺点点头，非常自觉地翘起蝎子尾巴，将一个苹果放到自己的头上顶起来。它非常愿赌服输，但是它并没有意识到它的智商有问题，它被套路了，因为它的钳子除了做出剪刀的动作之外，是没办法做出石头和布的……

"可是，现在离月圆之夜还有一段时间，我们的行踪已经暴露，白银祭司一定会在月圆之夜到来之前，派出更多的人对我们进行追杀……"银尘抬起头，目光里闪动着几丝担忧。

"所以我们必须尽快在月圆夜到来之前，寻找到一个绝对安全的地方，躲避白银祭司的追踪，同时进行必要的训练和准备。"鬼山莲泉点点头，她的声音听起来并不轻松，"但是，一旦走出这个大门，整个雷恩城，甚至整个亚斯蓝的国境内，到处遍布着白银使者，以及我们所不知道的专属于白银祭司的情报系统，随便我们去哪儿，都逃不过他们的监视……"

"……等等，你刚刚说什么……你再说一次……"天束幽花突然停下笔，从羊皮卷中抬起头，她从莲泉的话语里，隐约捕捉到了一丝一闪即逝的亮光，但是仿佛深潜在湖水底部的银鱼，很快就消失了。

"我是说，随便我们去哪儿，都逃不过白银使者的监视。"鬼山莲泉看着幽花认真思考的面容，她感觉到她应该是想到了什么，她不知道自己刚刚话语里的哪个部分触动了天束幽花，于是她缓慢地重复着自己刚刚的话语，希望能够对她产生更清晰的提示……

"既然整个亚斯蓝到处都是白银使者，我们只要离开这里，就会被全面监控，不管我们出发去哪儿，都会被跟踪。但如果我们不离开这里，等于是在原地等死……"天束幽花低声重复着，过了几秒钟，她的眼睛突然亮起来，"……如果这样的话，有一个地方，我们可以试一试。"

莲泉看着天束幽花眸子里闪烁着兴奋的神色，隐隐明白了天束幽花的打算，她点点头，脸上露出了赞赏的笑容："我们今晚连夜出发。"

听到莲泉因为兴奋而略微升高的音调，麒零和苍雪、雪刺同时转过头来，头上还都顶着高高的一堆苹果，摇摇欲坠。

"我们要去哪儿？"麒零有点慌张。

"出城。"

麒零、苍雪和雪刺三个一惊，头上的苹果滚落到会议桌上。

暮色渐渐降临，已经快要圆满的皎月升上了寒冷的夜空，它的清辉在郡王府的门前投下了浓郁的树影，树影被风吹得晃动摇曳，扫过门前喧闹集结的车马队伍。

大大小小的精致行李箱被仆人和士兵搬运上马车，马车顶棚都覆盖着深蓝色的郡王府家族旗，鬼山莲泉四人，分别上了两辆最宽大的马车。

车队浩浩荡荡地出发，向着雷恩东面的城门飞快地前进。

十几匹骏马和数十辆华贵的马车从雷恩城中穿行而过，沿路的行人纷纷避让，所有人都对飞扬旗帜上的巨鹰图腾格外熟悉，他们都知道这是郡王府的车队，只是，没有人知道，他们前往何方。

黑铁锻造的城门栅栏缓缓上升，穿着沉重铠甲的士兵目送着车马队伍消失在城外主道的尽头，喧闹的城门恢复了平静。

城墙上的士兵举目远望，车马队伍在主干道不远处的十字路口，分成了三个方向，飞快前进，飞扬的尘埃很快落定。只剩下皎洁的月光，笼罩着城外葱茏的树海。

——"天束幽花的车队已经分成了三个小队，他们分别前往了三个不同的方向。"

——"继续保持对每一个车队的跟踪。"

城外近郊在浩浩荡荡的车队经过之后，尘埃缓缓降下，树木停止了摇晃，冷月清辉仿佛一层白霜，覆盖在山崖的岩石之上。

嶙峋错乱的乱石之中闪烁着几双明亮的眼睛。四个穿着漆黑斗篷的兜帽人，悄无声息地消逝在了夜色里。

漆黑的郡王府已经人去楼空，没有一盏灯火。巨大的建筑在黑暗里静默着，仿佛一栋被没落望族废弃多年的官邸。

巨大橡木上突然有一只夜莺惊起，很快地飞进了厚厚的云层中。

沉重的铁门缓缓地开启，四个戴着兜帽的人，走进了郡王府空旷而黑暗的大堂里。

他们摘下兜帽，露出熟悉的五官。

"现在，整个雷恩城的百姓、士兵，以及隐藏的白银使者，都目睹了我们出城，我相信，白银祭司很快会派出队伍追击。"鬼山莲泉轻声说道。

"也因此，郡王府就变成了最安全的地方。"天束幽花看着麒零，脸色有些得意。

麒零半张着嘴，看着莲泉和幽花，竖起了大拇指，嘴里忍不住啧啧啧啧地赞叹着："搞这么大场面，他们应该会相信吧？而且还兵分三路，追我们的人就算半路追到了，发现马车里没有我们，肯定会以为我们在另外的道路上，等到三路追击的猎手一碰头，他们肯定会质疑自己的人生吧，这都能跟丢……哈哈哈……"

"虽然如此，但是，我们这段时间待在郡王府，还是要小心隐藏自己的魂力，毕竟四度王爵特蕾娅的天赋是大范围的魂力感知，不排除被她找到的可能。"银尘看着手舞足蹈兴奋不已的麒零，还是忍不住提醒他，天知道这个熊孩子是不是还是依然没事就骑着苍雪之牙在庭院的高空上翱翔……

"小心谨慎是对的，但是也不要太过担心，因为整栋郡王府都是由金松石修建而成，所以，对我们来说，是最佳的掩护。"天束幽花接过银尘的话。

"为什么啊？因为金松石的香气会掩盖我们的味道吗？"麒零突然恍然大悟，"白银祭司是不是养了猎人，会闻着味过来？"

"不是。所有皇室居所，大多都采用金松石的原因，一方面就像之前对你说的，这种石材天然的香气高贵而内敛，符合皇室家族的地位和身份，但还有一个重要的原因，是金松石内部那些金色的脉络，蕴含丰沛的魂力，魂力会随着香气的扩散而弥漫在建筑四周，从而为皇室家族提供巨大的能量补给。如果是普通建筑，在人去楼空之后，是不会有魂力异常变动的，如果出现魂力异常，则必然证明看似空旷的建筑里，一定有魂术师潜伏。但金松石散发出的强大魂力场，足以将我们的魂力痕迹掩盖得忽略不计。"天束幽花抚摸着大厅光滑的墙面，对麒零解释着。

"所以，我才说，这里，是最安全的地方。"鬼山莲泉看着恍然大悟的麒零，默契地接过天束幽花的话语。

"那接下来，我们要干吗？"麒零摩擦着手掌，有些兴奋。

"强化你和幽花的能力。"银尘看着麒零，认真地说道。

因为遣散了郡王府里的所有侍卫和仆人，所以，平日里的一日三餐和衣物换洗，就落到了麒零的身上。这对从小就在驿站端茶倒水煮饭砍柴洗衣喂马的店小二麒零来说，完全不成问题。区别只是将曾经自己熟悉的那些铁锅铜铲，换成天束幽花家精致的纯银餐具和水晶瓷杯盘而已。

一开始银尘还有一点过意不去，觉得把麒零当仆人使唤有点心疼，于是自告奋勇地去厨房和洗衣房企图帮忙，结果很快他就笨手笨脚地点燃了角落那堆备用的干柴，也打碎了三个镶嵌着红宝石的水晶托盘，顺便把自己那身纯白的衣服弄得像是从煤炉子里面钻出来的一样。麒零看着一脸黑炭灰双眼被熏红的银尘说："求求你了，你出去好吗？"

银尘帮忙的第一天，天束幽花在午餐的时候，表情一直有点惆怅，她最终还是将手中那碗鸡汤放下，一边从嘴里往外面吐着没有拔干净的鸡毛，一边认真地对坐在自己对面，此刻正满脸期待地看着自己，期待着反馈的银尘说："听说你是在东边那个叫作褐合镇的地方长大的，你们那里的鸡汤里面都是放糖的吗？"

银尘："……放盐……"

幽花："……那鸡肉上面的毛，你们会连着一起吃吗？"

银尘："……"

银尘帮忙的第二天，鬼山莲泉一边在会议室开会布置作战计划，一边一直磨蹭着自己的后背，看她的样子，感觉她衣服里面爬满了蚂蚁一样，让她坐立难安。银尘有点疑惑，关心她怎么了。鬼山莲泉犹豫了一下，问他："我这身衣服听说是你负责清洗的？"银尘认真地点点头，说："是啊，而且听麒零说，加入皂角果实的浆液一起清洗，可以产生很多泡沫，能够把衣服洗得更干净，所以我还加了很多。"鬼山莲泉的脸色有点尴尬，她欲言又止了一会儿，终于还是忍不住问他："那你知道，加入了皂角浆液之后，需要用大量的水清洗干净后再晾晒吗？"

银尘："……"

总之在那几天，麒零在这个小团体里，受到了空前的欢迎，地位一时直逼银尘。

随着时间一天一天过去，夜空的那轮明月也日渐圆满。银尘和鬼山莲泉的压力也越来越大。四个人一起待在会议室的时间也越来越多。

"银尘，你说永生岛下面的第一层空间就是魂塚，要抵达囚禁之地，就必须层层下潜，对吧？"麒零一边往壁炉里添加柴火，一边问。

"嗯，魂塚是我们需要突破的第一层空间。"银尘从窗户边走回会议桌旁，他刚刚将已经关闭了一天的窗户打开，冷冽的寒风吹进被炉火烘烤了一整天的会议室，他感觉闷闷的胸腔舒服了很多。

"可是，我记得你和我说过，通往魂塚的那个位于雷恩甬道的十七神像棋子，只能进去一次……"麒零皱着眉头，有点不明白。

"据我所知，亚斯蓝领域上的大部分棋子，都是可以反复使用的，而通往魂塚的棋子，却严格地将使用次数限定为一次，同时神像之外的那面进入甬道的石墙，也是具有靶向过滤的棋子，只允许王爵和使徒通过。以前我并没有过多地思考其背后的深意，但从现在的情况看来，白银祭司设下这些限制，一定是为了最大限度地减少别人靠近吉尔伽美什的机会。"

"所以有可能在我们之前几代的王爵和使徒，他们都能无数次进入魂塚？"天束幽花的语气里有所保留。

"有这个可能。"鬼山莲泉接过她的问题，"只是因为每个王爵和使徒，只能从魂塚取得一件魂器，有这个栓梏的存在，所以进入过魂塚的人，也不会特意再次进入魂塚，毕竟里面除了魂器，就只剩下危机四伏的黑暗和邪恶的上古魂兽，因此大家可能都不太清楚，究竟十七神像的棋子可以多次使用还是只能单次触发。"

"那我们该怎么办呢？莲泉，你能够将你的回生锁链射进海底，然后将我们飞快地拉潜下去吗？"麒零挠着头发，"我看你的锁链好像是可以无限伸展的呢！"

"恐怕不行，我的回生锁链之所以能够无限延展，基础是永生王爵的极限再生天赋，锁链内部的芯，其实是六度王爵西流尔的头发……"鬼山莲泉停了下来，她看了看天束幽花，犹豫了一下，但幽花的脸上并没有特别的反感或者抵触，于是她接着说道，"但魂塚所在的海底深度太深，我不是很确定锁链分裂延展的极限，能否到达魂塚的深度。而且要在我们下潜屏住呼吸的时间之内到达那个深度，那么回生锁链拉扯我们下潜的速度必须非常快，超过一定深度之后，深海里快速变化的水压顷刻间就能让我们七窍流血。"

"那能够在海里做出一个通道或者空洞之类的吗，亚斯蓝的王爵不是都能控制水吗？银尘你能吗？"麒零还是有点不太甘心。

"不行。"银尘轻轻地叹了口气，"魂塚的深度太深，我的魂力控制不了这么长距离的水。"

"那我们怎么去？"麒零靠在椅背上，耷拉着眼皮。

"我们可以借助海银的力量。"鬼山莲泉抬起头，目光里闪动着炉火的亮光。

"海银是谁？这么厉害？"麒零坐起身子，托着下巴问鬼山莲泉。

"海银是生活在深海的巨型魂兽，曾经属于我哥哥鬼山缝魂，而我和我哥哥一直共享魂兽和魂器，所以从某个意义上来说，海银也是我的魂兽。"鬼山莲泉看着窗外阴云密布的天空，看起来像要下雪的样子，光线很暗，已经快要接近日暮时分，"但我哥哥去世的时候，海银也随之一起消失在了大海里。我必须先找到海银，将它收回爵印，才可以继续控制它，让它带我们下潜。"

"就算我们能够成功寻找到海银，但要怎么突破蛰伏在魂塚底部的上古四大魂兽之一的祝福，从而抵达下一层尤图尔遗迹呢？你们俩该不会已经忘了祝福有多恐怖了吧？"天束幽花说到这里，后背忍不住起了一层鸡皮疙瘩，她脑海中闪过祝福巨大的猩红触手，以及迎面而来的巨大腥臭气味，有点汗毛倒竖。

"莲泉，你还记得魂塚尽头的那扇大门吗？上面有两个铜环的那扇石门，你记得吗？那两个铜环都是棋子，都通往尤图尔遗迹啊！"麒零眼睛一亮。

"如果要阻止我们营救吉尔伽美什，那么他们一定会撤销所有通往囚禁之地的通路，以我对漆拉的了解，他的心思极其缜密，就算别人没有意识到这一点，但漆拉绝对不可能允许这种漏洞的存在。甚至，他有可能将那两枚棋子变更为彻底的'死亡陷阱'，将我们引向绝无生还可能的恐怖之地。"银尘望着外面昏暗的天色，他的目光里涌起一些阴霾。

"漆拉这么险恶啊，我看他长得眉清目秀的，没想到他是这种人。"麒零双手抱在脑后，气鼓鼓地说。

"如果是这样的话，那以我们四个人的力量，绝无可能杀掉魂塚底部处于雾海深处的祝福。"天束幽花有点不耐烦，整个营救计划远比她想象的还要困难。

"以我们四人现在的魂力，确实不可能战胜祝福……"鬼山莲泉的表情看起来却并不是很消极，"但是，如果只是想要穿过祝福这道防线，快速到达下一层尤图尔遗迹的话，我还是有一些把握的。"

"不杀掉祝福，它怎么可能允许我们通过？"天束幽花不太相信，但是她看莲泉的表情，又不像是在胡说，"它存在的意义不就是作为囚禁吉尔伽美什的第一道防线吗？"

"如果是在之前，那我也没有任何把握。但现在，我觉得可以试一试。"鬼山莲泉的目光非常坚定。

"之前？什么之前？"天束幽花疑惑地问。

"在我成为五度王爵之前，也就是在我还只是使徒的时候。"鬼山莲泉眸子里闪动着微光，"曾经我们和麒零差一点就丧命在祝福手下。那个时候，我也企图用我的天赋控制祝福，但是没用，它的魂力实在是太庞大了，我的天赋在这种程度的魂力面前，就像是企图用一根细细的丝线，控制被卷进龙卷风里的风筝一样。但是现在，我已经变成了五度王爵，我对魂兽的控制能力与之前有了天壤之别。虽然不能完全操控祝福，但是，如果只是做到'骗过它'，那还是很容易的。"

"'骗过它'？"幽花不太明白，"你是指什么？"

"祝福之所以难以突破，是因为它会自发攻击感知范围内所有具有魂力的生命体，特别是在月圆之夜，它自体繁殖期间，会更加地敏感警惕。我的天赋和魂力虽然不足以完全操控祝福，使其彻底听从我的指令，但是，以我现在催眠的力量，可以严重干扰它的魂力感应，从而让它忽略我们的魂力，觉察不到我们的存在，我们只需要将自身的魂力隐藏到最低，将体内黄金魂雾流动的速度减缓到最慢，那么，我有把握可以让祝福错以为我们是从岩石上掉落的四颗小小石块，这样的话，我们只需要从它庞大的身体缝隙里穿过就行。"

"太好了！"麒零兴奋得两眼发光，但他的笑容突然垮了下去，眉头纠结地皱起来，"可是我们要怎么抵达魂塚底部啊？要到达雾海下面，必须得释放魂兽吧？我们能够隐藏压抑魂力，苍雪不行啊，它没了魂力就飞不动啦。总不能从悬崖峭壁上爬下去吧，那得花多长的时间啊，估计月圆之夜都过去了，祝福都已经生完孩子了。"

"所以，必须采取高空坠落的方式。"莲泉点点头，"我能够催眠祝福的时间极其有限，我们一定要在最短的时间内垂直突破。"

"你说的垂直突破，不会是指从悬崖上直接跳下去吧？"麒零嘟囔着，声音有些哆嗦，小脸看起来有些发白。

"没错，一旦穿越祝福之后，麒零，你和我就迅速释放魂兽——闇翅和苍雪之牙，负责让我们平稳着陆。"

"你说你催眠祝福的时间极其有限，万一我们还没来得及穿过祝福，它就清醒过来了，那怎么办？我可不是很愿意一头扎进那堆臭气熏天的肉肠子里。"天束幽花听着鬼山莲泉的计划，有点犹豫。

"就算是这样，我们也还有最后一道防线，那就是银尘拥有的女神的裙摆。"鬼山莲泉的目光投向银尘，"就算我的催眠失效，祝福觉察到有微弱的魂力向它靠近，那么，它即使发动攻击，必然也如同一只猛虎企图拍死一只蚊子，只会轻轻一挥。就算祝福是上古四大魂兽，但是女神的裙摆应该足以抵御它并未全力一击的试探。当祝福发现攻击落空时，必然更加确信它探知到的魂力只是错觉。"

银尘沉默了一会儿，轻轻地点了点头，从他凝重的神色上看来，他并没有太大的把握。

"不过有一点，我们必须注意，要压抑魂力并不容易，特别是当魂术师的身体处于异常状态的时候，魂力会本能地释放开启，从而自我保护……在从高空坠落的过程中，迅速变化的压力和失重干扰，会让我们的魂力处于极度不稳定的状态，所以，我们一定要反复练习……"

"说得容易，怎么练习？跳楼吗？"天束幽花没好气地呛声道。

"没关系，幽花，我有信心，我们一定可以的！从明天开始，我们俩就抓紧时间，练习跳楼！"麒零看着忧心忡忡的几人，为了让他们振作起来，于是他从椅子上站起来，拍着自己的胸脯，看起来信心百倍，"幽花，我们一定可以的！"

他一边说着，一边朝窗户边走去，他望了望窗外，会议室在四楼，他看着脚下渺小的喷泉雕塑，转过身来，尴尬地笑了笑，有点屁地说："先从二楼跳起！"

【西之亚斯蓝帝国·凝腥洞穴】

冰天雪地的旷野，几乎快要圆满的月亮挂在幽蓝的夜空之上。

凛冽的寒风在冰川峡谷间呼啸，风里卷裹着刺骨的冰碴儿碎屑。这个极北之地，已经很长时间没有人来过，地面厚厚的积雪像一床崭新的棉被，没有任何人的脚印。这个世界尽头的荒芜终点，温度和生机都毫无踪迹。

而这时，冰川合拢处的那个黝黑洞口里，传出了一阵轻微的脚步声。

黑暗的洞口处，石穴顶部挂满了锋利的冰柱，看起来像是怪物森然的獠牙，冒着森然的寒气，然而，洞穴内部和外面的天寒地冻截然不同，沿着古老的石阶越往洞穴深处走，就越来越潮湿闷热。

凝腥洞穴里面，此刻已经遍地尸体，四处喷溅在冰墙和石阶上的黏稠血液，已经渐渐干涸凝固。几乎不怎么流动的空气里，满溢着一种令人作呕的腥甜。那是血液混合着内脏的气味。

一双幼年的赤脚，不急不缓地迈过支离破碎的尸体，朝着洞穴上方光亮处走去。

沿着石阶一路往上，空气渐渐流动起来，闷热潮湿的腥味渐渐散去，少年轻轻地呼吸着逐渐冰凉清新的空气，他的嘴角勾起一丝微笑。

一双血迹斑斑的手突然从地面伸起，抓住了少年的脚踝。他低下头，看着脚下依然还在挣扎着企图阻止他的那个人，轻轻地叹息了一下，然后他蹲下来，把奄奄一息的垂死之人，温柔地抱在怀里，少年抚摸着那个人因为恐惧而踌躇的面容，然后用力地把他的头一拧。

颈椎骨咔嚓碎裂的声音，在洞穴里清晰地回荡着。

少年站起来，继续朝着越来越明亮的出口走去，他贪婪地嗅着鼻尖凛冽的空气，兴奋地迎向他早已等待多年的新天新地，迎向无限辽阔的崭新世界。

他迈上最后一级石阶，站在了凝腥洞穴的洞口。他浑身沾满血浆的破败棉袍，在风里卷动不息，如同一面泣血的欲望旗帜。他白皙的肌肤和精致如画的面容，和眼前银装素裹的天地看起来如此和谐，他就像是冰雪孕育出的年少灵子，俯视着属于自己的疆域。

他抬起一直低垂的双眼，欣赏着从未见过的纯白积雪、壮丽冰川、冰封万里的冻土和呼啸如刀的寒风。纤长浓密的睫毛之下，是一双红宝石般通透的眸子，他的眼睛里闪烁着像是火焰又像是血液的炽红光芒，在他的眼睛里，那两颗猩红瞳孔的边缘，是一圈无法解读的古老文字，仿佛用最鲜红的蔷薇花刺出的红色印痕。

少年看着站在洞口迎接自己的来者。

他穿着一身纯白的长袍，袍子厚重而又华贵，长袍像是用最柔软的翅根绒毛编织而成，月光笼罩其上，发出朦胧的幽光。长袍的中襟和下摆边缘，都用淡金色刺绣着一圈三角形的图案。

他戴着兜帽，低着头，面容隐藏在阴影里。

"你是谁？"少年薄薄的嘴唇勾起笑容，他尖尖的牙齿看起来像是温驯的小兽，处于变声期的嗓音听起来有一种混合着邪恶和纯洁的分裂感，"让我看看你的脸。"

"你不是想看我的脸……"迎接他的白袍人淡淡地笑了，依然没有抬起自己的头，"你是想看我的眼睛。"

少年的笑容在脸上收敛起来，他瞳孔中的红光，变得更加汹涌炽热。

爵迹

<hr />

Chapter 03

皇血衰败

L.O.R.D

·*Legend of Ravaging Dynasties*·

【西之亚斯蓝帝国·雷恩·郡王府】

金松石渗透出的魂力均匀而稳定，将整座官邸密不透风地笼罩其下。鬼山莲泉四人平日里，也都很小心地控制着自己的魂力，除了必要的训练之外，都在尽量减少魂力的使用。

麒零现在也可以非常熟练地从四楼尖顶上飞身跃下，然后在快要落地的时候，快速召唤出苍雪之牙，落在它毛茸茸软绵绵的后背上了。

倒是有一天银尘从厨房取水的时候，发现了步履蹒跚的雪刺，它走路看起来有点吃力，后背上本来坚硬发亮的硬壳，似乎有些凹了……

"雪刺，你……你不用练习的啊……"银尘有点心疼，但是又不是太忍心说破，他欲言又止地看着远去的雪刺一瘸一拐的背影，还是忍不住叫住了它，"雪刺，你应该知道，你是不会飞的吧？"

雪刺回过头来，它僵硬的双钳颤抖着，感觉有点不愿意接受这个残酷的事实。（……）

"我以为你从小就知道，这毕竟是常识啊……"银尘有点心疼，"你想吃苹果吗，我去帮你拿一个……"

雪刺摆了摆钳子，做了一个"罢了罢了"的手势，然后转身蹒跚地离开了。它应该是想一个人静一静。

夜色降临之后，他们基本都会减少照明的使用，如果需要点亮灯火研究资料或者地图，那么就一定会拉上厚重的窗帘，并且用布幔遮住所有漏光的镂空雕刻。毕竟，一栋已经人去楼空的官邸，如果每夜都亮起灯火，难免会引人注目。而会议室有一面墙是完全镂空的落地窗，没有任何的窗帘遮挡，因此他们基本只在白天使用。

莲泉将她从苍白少年以及西流尔处得到的关于囚禁之地第二层关卡的资料汇总起来，大概推测出了第二关的过滤机制。如果说第一层祝福是强制引发入侵者对抗的话，第二层关卡就是让营救者主动将自身实力大幅削弱。

"要突破第二层的关卡，需要消耗大量的鲜血，在尤图尔遗迹的中心有一个鲜血祭坛，能开启通往下一层白色地狱的入口，鲜血祭坛所需要的血量非常大，而且有一个极其苛刻的触发机制，那就是启动入口的鲜血，必须'同源'。"鬼山莲泉看着天束幽花。

"同源的意思，是指所有的鲜血，都是来自同一个人，对吧？"天束幽花认真地问道。

"没错，如此巨大的血量消耗，对任何人来说，都是难以承受的，所以这一关卡，基本上锁死了绝大多数人通过的可能，但我们俩所拥有的'永生'天赋，正好让我们成为绝少数能够突破这个死限的人。"

"这也没什么好值得骄傲的吧。"天束幽花冷冷地说，"既然我们两个都拥有永生天赋，那为什么你一定要带上我，让我替你去放血呢？"

"因为我会在前一关催眠祝福的时候，消耗大量的魂力，到达鲜血祭坛的时候，我的魂力很难恢复到足以支撑开启鲜血祭坛的程度，因此，需要你替我，制造大量同源之血。"鬼山莲泉看着幽花，有点抱歉，"这也是为什么，我们来找你，需要你帮忙的原因。"

天束幽花沉默着，没有说话，过了一会儿，她咬着牙，恨恨地说："白银祭司真够狠的。"

"是啊，想出这些个歪门邪道。"麒零咬着牙，攥紧拳头用力往桌子上一捶，"哎哟，对不起，雪刺，你啥时候爬上来的啊，我没看见，不好意思……"正准备爬上桌子偷一个苹果却被突然空降一拳的雪刺，虚弱地爬走，它背对着麒零挥舞着它的小钳子，做出"你别说了"的手势，感觉它心里有点苦……

"我不是指鲜血祭坛，我是指，白银祭司让我父亲西流尔和永生岛熔炼后成为囚禁吉尔伽美什的'封印'，这一招真的太狠了。"天束幽花的声音听起来非常冷漠，带着一种隐隐的仇恨，"因为西流尔具有的天赋，就是打开第二层关卡的钥匙，如果不是西流尔离开前悄悄对我母亲进行赐印的话，那么这个世界上，就不会再有人可以打开第二道关卡了。"

"你父亲对你母亲的赐印，是悄悄进行的？没有带回格兰尔特？"鬼山莲泉有点惊讶。

"……嗯。"天束幽花转开了目光，她似乎觉得自己说得有点多了。

"这有啥好奇怪呀，银尘也没有将我带回格兰尔特就赐印了呀。"麒零扯着自己的头发，嘿嘿地笑着。

"天也快黑了，我们差不多该离开会议室了吧。"天束幽花站起身来，走向壁炉，抬起手，炉火里飞快地凝结起冰霜。

鬼山莲泉看了看天束幽花离去的背影，又看了看低头沉默的银尘，只有麒零那傻小子，还在玩着苍雪之牙的脚掌肉垫子。

她转头看向窗外降临的暮色，眼睛里的光芒闪动着。

夜色如水，暗影笼罩着一片漆黑的郡王府。

高大建筑的窗户一扇一扇密集整齐排列，看起来像是蜂巢。

突然，其中一个窗格缓缓亮起，然后，那点微弱的光芒慢慢地移动起来，光芒穿过走廊，消失在墙壁背后。

光芒照着天束幽花少女的脸庞，她四下看了看，然后将自己手里的油灯放在地上。

她搬过书架旁边的梯子，重新提起油灯，爬上塞满了密集卷宗的书架。她借着微弱的光亮，寻找着她想要的区域。

天束幽花家族一直负责记录亚斯蓝魂术历史上的大小事件，因此，养成了对自己家族的事情也都事无巨细一并记录的习惯。书架上的区域按照年份排列着一本一本厚厚的装订在一起的羊皮纸。

她想寻找到她母亲生育她那一年的家族记录。

微弱的火光下，她的面容看起来有几分异样。

一阵急促而清脆的鸟鸣将麒零从梦中唤醒，他睁开眼，天已经亮了。

他一边穿着衣服，一边走到窗外，庭院里此刻的景象让他有些意外。一群雪白的看起来像是鸽子的鸟，正叽叽喳喳地围绕着庭院上空飞翔，鸟群中有一只明显比其他只要大的鸟，此刻正降落在天束幽花的手上。

麒零来到庭院的时候，发现银尘和莲泉也已经下来了。

这时，麒零看清楚了停在天束幽花手上的那只鸟，根本不是什么信鸽，比信鸽大多了。

如果其他那些白色的还能勉强说是鸽子的话，此刻这只停在天束幽花手上的，应该算是一只小型的雪雕了吧，它通体纯白，翅膀的边缘却有一圈鲜红的翎毛，头冠的位置，有一个黑色的小肉瘤，看起来像鸡冠的样子。它的喙有着锋利的弯钩，一双爪子上面绑着显眼的金属环。

"这是什么啊？"麒零瞪着他的大眼睛，眼睫毛忽闪忽闪的。

"这是一种叫作【纹血鸠】的魂兽，非常善于辨别方向和长途飞行，平时以十几只到一百只的规模群居，天束幽花手上的这只应该是这群纹血鸠的首领。它们是冰帝的信使。"银尘对麒零解释道。

"冰帝？是我们亚斯蓝的皇帝吗，那个艾欧斯？"麒零张大了嘴，惊讶得不得了。

"你不想要你的小命啦……"天束幽花恶狠狠地瞪了麒零一眼，嘀咕道，"艾欧斯前面加上冰帝两个字你会死是不是。"

"嘿嘿，没事，这里没外人，冰帝不知道我直呼其名,嘿嘿。"麒零贱贱地笑着，然后他看着天束幽花冷冷的面容，有点担忧起来，"哎呀，我忘记你是皇室的人了，你不会告发我吧……"

"谁有空告发你。"天束幽花翻了个白眼。

"冰帝一大早就给你送信，干吗啊？"麒零看着天束幽花从那只最大的纹血鸠脚上取下一卷被火漆封好的信，有点紧张，"冰帝怎么知道我们在这里？我们暴露了？"

"我们没有暴露，你放心好了。毕竟我们出门也没有写信给帝都，告诉他们'我们出门了，没事别往这儿送信，这儿已经是空城堡了哦'。"天束幽花一边没好气地瞪了瞪麒零，一边拆开火漆，展开卷起的羊皮卷，然后，她的面容变得苍白起来。

"怎么了？"银尘看着天束幽花眼神里的惊讶，问道。

"我被召唤了。"天束幽花的目光依然停留在那张纸上，她反复阅读着，像是不愿意相信信件的内容，"不仅仅是我，而是所有的王爵和使徒，都被召唤了。"

"冰帝找我们干吗啊？"麒零有点疑惑。

"召唤我们的，并不是冰帝陛下本人。相反，这次召唤我们回格兰尔特的任务，就是寻找冰帝——因为，冰帝失踪了。"

银尘和莲泉沉默了，他们的脸色也渐渐凝重起来。

"信件上还提到，从目前种种的迹象来看，冰帝应该不是自己离开的。就算有急事需要离开帝都，他也一定会告知周围的人。他是突然消失了踪影。在他失踪的那天早上，皇宫中没有明显的入侵迹象，但是在冰帝空荡荡的寝宫里，发现了风元素魂术使用后残留的痕迹。所以，目前怀疑，是风源的人，将冰帝带离了格兰尔特。"

"这不太可能吧。"鬼山莲泉摇摇头，"艾欧斯的魂力登峰造极，他和现任的一度王爵修川地藏几乎不相上下，谁能够有本事将他在不愿意的情况下带走呢？而且竟然还没有惊动整个王宫？"

"看来事态比我们想象的还要严重。"银尘抬起头，"不过也许这对我们来说，是一件好事，所有的王爵和使徒都会忙着寻找冰帝艾欧斯，对我们营救吉尔伽美什计划的阻力，也许会变小。"

"希望如此……"鬼山莲泉轻轻地叹息着，她的表情看起来一点都没有觉得欣慰，"就怕连艾欧斯的失踪，都是白银祭司阻止我们营救吉尔伽美什的一部分。如果是这样的话，那皇室这次，选择了和白银祭司站在同一个阵营……"

天束幽花沉默着，没有说话。她挥挥手，纹血鸠展翅飞走。

突然，金属铿锵作响的声音传来，鬼山莲泉的回生锁链闪电般激射而出，射向已经飞走的纹血鸠。锁链飞快地将纹血鸠缠绕，然后重重地拉回，砸到地面上。凄厉的鸟鸣划破清晨的宁静。

"你想干什么？"鬼山莲泉看着天束幽花，冷冷地说。

"什么？"天束幽花被鬼山莲泉突如其来的动作震得有些呆住了。

"你已经取下了它脚上的信件，然后将它放走飞回……"鬼山莲泉的声音听起来有些尖锐，"不就等于告诉帝都的人，郡王府还有人在，而且已经收取了信件吗？"

天束幽花的脸色变得苍白，她小声地说："我平时收完信都是这么一放手，习惯了而已……我没意识到这一点……"

银尘看着幽花，又看了看莲泉，他伸手按了按莲泉的肩膀，用眼睛看了看莲泉，轻轻地点了点头。

麒零站在边上，有些尴尬。

天束幽花苍白的脸色此刻已经因为充血而变得通红起来，她转身走向地上还在挣扎的纹血鸠，解开鬼山莲泉的锁链："我去把它关起来。"

回到会议室的幽花，手上多了一个沉甸甸的金属盒子，她把盒子放到会议桌上，然后看了看银尘，说："我需要你帮忙。"

"怎么了？"银尘不是很明白。

天束幽花把盒子打开，里面是一卷一卷用火漆封好的羊皮卷宗。

"这里面是过去几年，我们家族整理的关于雷恩城每一年的年度汇报，里面涵盖每年雷恩的城市发展、商业、农业、人口等各方面的总结，卷宗会寄送至帝都，供冰帝查阅，冰帝查阅批注之后，都会封好他专用的火漆印章，然后再返回来，由我们负责保管收藏，以便需要的时候进行查阅，但是不需要的话，就不会随便拆封。里面有好几卷因为特殊原因打开过，火漆已经破坏，但是还剩下三卷，火漆印章依然完好无损。"天束幽花把那三卷羊皮卷小心翼翼地拿出来，放在会议桌上，"银尘，我需要你将火漆印章冻结之后，完整地从封口处取下来。"

"用来干吗？"正在吃苹果的麒零不是很明白，但是他看着旁边似乎心领神会频频点头的鬼山莲泉和银尘，觉得好像就自己一个人不知道。

"我要用冰帝专用的火漆印章完好地将那卷被我打开过的羊皮卷重新封上，然后把纹血鸠放回去。如果其他送给各个王爵使徒的纹血鸠都返回了帝都，唯独送来雷恩郡王府的这只一直迟迟不飞回去，肯定会引起怀疑的。"天束幽花看着似乎渐渐明白过来的麒零，没好气地说，"把他们送来的羊皮卷完好地送回去，会让他们更加确定，郡王府已经人去楼空了，没有人收信。"

"可是如果是怕被帝都的人发现，你根本就不应该拆开那封信嘛。"麒零耸耸肩膀，有点抱怨地说。

天束幽花的脸变得有些涨红，声音听起来不太自然，她尴尬而又生气地冲麒零说："我习惯了看见纹血鸠就收信，我从小到大都是尊贵的郡主，哪想过有一天会和你们一起成为东躲西藏不能见人的逃犯啊！"

"把火漆封印给我吧，我试试看，不保证能够完好无损地将它取下来。我尽量。"银尘接过天束幽花递过来的第一卷卷宗，"一共三卷是吧？所以我有三次机会？"

银尘抬起手，指尖轻轻地放在火漆封印的红蜡表面。

"为什么要银尘来弄啊？"麒零看着从银尘指尖缓慢渗透出的寒气，火漆印章渐渐在低温的作用下变硬，他忍不住转过头小声问鬼山莲泉，"你和幽花不会吗？"

"火漆其实就是一种胶合剂，里面包含焦油、辰砂、虫漆等配料，而冰帝专用的火漆，里面掺杂了很多复杂的矿石粉末和植物提炼的精油，黏性很强，除非破坏，否则绝不会从封口处剥落，而且因为其复杂程度，所以极难复制，一旦破坏，就几乎无法复原。而要不破坏火漆将它完整地从封口处取下，只能依靠精准的魂力控制，一点一点地降低温度，让火漆冻结，然后完整剥落。这个温度非常不好拿捏，太高火漆会熔化，正常范围内火漆又非常坚固不会剥落，太低的温度，火漆印章就会碎裂……"

"冰帝也挺来事的……"麒零咂咂嘴，正要继续吐槽的时候，突然听见了火漆碎裂的声音。

"再拿一卷给我吧。"银尘擦擦手心里的汗水，皱着眉头，"这个温度……不好控制。火漆里添加的东西太多了，每种物质的冰点温度都不是很一样，我再试试……"

天束幽花把第二卷羊皮卷宗递给银尘。

"那为啥你不行，你不是五度王爵吗？魂力不比银尘强？"麒零看着莲泉，有点不解。

"这和魂力强弱没关系，银尘使用魂力的方式比我细腻。"莲泉回答麒零。

"哦，我懂了，这是个技术活儿。"麒零点点头，"就跟我们镇里那些刺绣的大妈一样，我能挑水砍柴，但我绣不出花花草草的，我试过一次，勉强绣了个……"

"什么……"莲泉忍不住有些好奇。

"我绣了颗石头。"

"……"

莲泉不再接话，转过头看银尘拆火漆去了。

第二个火漆印章还是碎裂了。

刚刚还在和莲泉斗嘴的麒零，也隐隐有些紧张起来。

好在，第三枚火漆印章被银尘成功地冻结，轻轻地从卷宗封口处剥落了下来。

"好了。"银尘松了口气，他捧着掌心那枚冻结完整的火漆，递给了天束幽花。

"看不出来你活儿挺细，小银。"麒零跑到银尘背后，给他揉肩膀。

"你给我走开……"银尘深呼吸了一口气，忍着没有往他嘴里塞冰碴儿。

天束幽花小心翼翼地将那枚火漆放到那卷已经拆开的羊皮卷上，然后拿着一把已经被烛火烤红的银餐刀，小心地靠近火漆，让火漆在封口处缓慢地熔化着。

取下火漆不容易，要原封不动地重新熔回去，也不是很简单。

弄了半天，终于将那卷书写着冰帝已经失踪的羊皮卷封好，幽花松了口气，她说："我去重新绑回纹血鸠腿上，然后让它飞回去。"

说完，她转身朝会议室门外走去。

"等一下。"鬼山莲泉突然叫住她。

"怎么了？"天束幽花回过头问道。

"我想看看你手里那个羊皮卷。"鬼山莲泉的目光闪烁着，她的声音有些锐利，像是被寒风吹过的匕首。

"里面的内容你们不都看过了吗？就是冰帝失踪了，要召唤我们回去啊。"天束幽花看着莲泉，目光有些躲闪，"你们有什么不记得的，问我好了，我都记得。"

"我想看看……"鬼山莲泉一字一句地说道，"你手里的那个羊皮卷。"

　　天束幽花站在原地，有点僵硬，她沉默了一会儿，慢慢地走过来，把那卷已经封好的羊皮卷宗递给鬼山莲泉。她的脸色有些苍白，准确地说，是有些生气。

　　"我想拆开看看。"鬼山莲泉转头看向银尘，有点犹豫。

　　银尘看着天束幽花，又看了看鬼山莲泉，他明白了莲泉的意思。但是，他不是很愿意这样想。他低头思考了一下，然后抬起头，对莲泉说："我不是很有把握能够再完整地将火漆纹章冻结剥落一次……你确定要这样做吗？"

　　"我知道你在想什么。"天束幽花冷笑一声，"你是不是觉得我偷换了羊皮卷的内容，或者说我在里面写了些什么通风报信的秘密想要送回给帝都？你不用把我想得这么龌龊，我要想出卖你们，不需要这么大费周章，我只需要跑到雷恩城里面随便喊一声，你们立刻就会被满世界追杀的。而且你别忘记了，要不是因为麒零，我才不会跟着你们去救吉尔伽美什，我犯不着陪你们冒这个险。"

　　"你愿意陪我们前往营救，我很感谢。"鬼山莲泉的声音稍微有些缓和下来，但是依然冷冷的，"但是，这里面有没有你的私心，你自己也很清楚。而且也不用说得这么冠冕堂皇，让麒零觉得欠了你一个大人情，他单纯善良，不会多想，但你自己明白，不跟着我们，你早就被幽冥抓回帝都了。你以为在幽冥身边你会有什么好日子吗？"

　　"幽花，你先去把纹血鸠送回去吧。"银尘站起身，轻轻地说道。

　　鬼山莲泉看了看银尘，没有再坚持，把羊皮卷递了过去。

天束幽花拿过羊皮卷，冷冷地看了莲泉一眼，然后转身走出了会议室。

空旷的大厅过道，天束幽花的脚步声听起来愤怒而又清晰。

然而，更加清晰的，其实是她那颗刚刚已经快要从胸腔里跳出来的心脏发出的声音。

她在衣服上擦了擦掌心渗透出的一层冷汗，攥紧了手里的羊皮卷，飞快地朝自己的房间走去。

她拉开房间自己柜子里最角落的那个格子，从一个精致的珐琅盒子里，取出一枚非常小的雕刻精美的白银铃铛。

她轻轻地晃动着那枚铃铛，却完全没有任何声响。

空旷的庭院里，天束幽花看了看四周，然后放飞了手里的纹血鸠。

纹血鸠的右脚上，那卷羊皮卷已经重新封好冰帝专用的火漆印章，而另一只脚上，一枚完全不会发声的小巧铃铛，随着它一起，飞上了高高的天空。

【西之亚斯蓝帝国·格兰尔特·心脏地底洞穴】

金色魂力沿着石门上错综复杂的纹路缓慢流动着，光芒渐渐汇聚成了一个图案，看起来仿佛一张竖过来的欲言又止的嘴唇，又像是一朵含苞待放的沉甸甸的玫瑰。

沉重的石门朝两边缓缓开启，无声无息，剧烈的血腥气息迎面而来，洞穴内依然泛滥着诡异的红光和一种听起来非常奇怪的声音——混合着痛苦和快感的惨叫声，一阵一阵地回荡在空旷的地底洞穴内。

水面剧烈地翻滚着，血浆般黏稠的湖水下面不知道潜伏着什么样的怪物。那个黑色的三角鳍再一次浮上水面，然而，这一次，它并没有持续鬼祟地潜伏在水底，三角黑鳍越升越高，一个庞然大物拖着它笨重的身躯，挣扎着从水底爬上了湖岸，它趴在湖岸边的那块空地上，上半身有气无力地斜靠在洞穴岩壁上。

与其称呼这个怪物为它，不如称呼为"她"更为准确。

那个黑色的三角鳍，只是她后脑勺的一块硬质突起，她的上半身，是足有正常人十倍大的赤裸女体，丰满的乳房、圆润的肩膀、纤细的腰肢，甚至她的头上还有浓密而湿漉漉的头发，那些长发浸泡着黏稠的血浆，湿淋淋地贴在她赤裸的后背上。只是她本该具有五官的巨大头颅上，却没有眼睛、没有眉毛、没有鼻梁，只在嘴部的位置留下了一个凹陷的巨大血洞，洞穴里诡异的呻吟声，就是从这个血洞里发出来的。

而她的下身，此刻依然浸泡在湖水里，湖边的水域很浅，因此，她的下半身有一半都露在水面之上——那是一大团蠕动的白色软肉，如同一整条巨大的肉虫，衔接在了她纤细的腰身之下，她的下体就是这样一个纺锤形的肉虫，一环一环隆起的褶皱，此刻正在不停地收缩着、蠕动着，像是白蚁巢穴里的肥硕蚁后。虫身尾部有一个巨大的血洞，正在越开越大，血洞里一层一层的皱褶缓缓开启，随着那些褶皱不断地蠕动收缩，女体的惨叫声越来越大。

她正在分娩！

剧烈的痛苦正在折磨她，她趴在岩壁上挣扎着，双手紧紧地掐进岩石，锐利的指甲因为太过用力，有两根已经断在岩石裂缝里，指尖渗出的鲜血沿着她白皙的手臂往下流淌。

血色的湖心处荡开一圈涟漪。

一艘黑色的枯木小船，缓缓地朝着这个女体虫身的怪物划去。

小船黑色的木材有一种黝黑的质地，泛着润滑的光泽，上面密集地排布着大大小小的虫洞，看起来像是蜂巢，然而又完全密不透水。

船上站着两个白银使者，他们身躯高大，铠甲沉重，然而船舷吃水却很浅，看起来这种黑色孔洞密布的木材，有着惊人的浮力。

小船在虫尾血洞的附近停下来，静静地等待着。

一个包裹在半透明胎膜里的肉球，一点一点地，从那个血洞里排出来，血洞开得很大，因为透明胎膜里的并不是一个正常的胎儿，而是一个看起来已经是十几岁少年模样的人体。他侧躺蜷缩着，身上长满了各种蓝色的静脉血管和白色的神经髓体，这些血管和髓体连接在透明胎膜上。整个胚胎静静地漂浮在黏稠的红色浆液上面，朝着小船缓缓漂去。

女体停止了呻吟，巨大的虫身，也不再剧烈地蠕动，她虚弱地挣扎着转身朝湖水爬去，将她没有五官的脸，埋进血池，然后扭动着，潜进了湖底。

一个白银使者轻轻地捞起那个沉甸甸的胚胎，他将那层滑腻如同水母的半透明胎膜撕开，泛着剧烈腥味的透明汁水从胚胎里流出来，另一个白银使者从身后递过来一张厚厚的黑色山羊绒织毯，将胚胎里的少年身上那些附着的血管、白色髓体都从他的皮肤上扯断，然后将他的身体擦拭干净，包裹了起来。

小船重新往湖心的那个桥梁划去。

远远的，桥边的台阶上，一个高挑修长的身影，正在静静地等待着。

那人穿着一身纯白的长袍，在这个黑暗而赤红的洞穴里仿佛一朵洁白的山茶花般，散发着　种静谧清冷的芬芳。他的袍子厚重而又华贵，长袍像是用最柔软的翅根绒毛编织而成，长袍的中襟和下摆边缘，都用淡金色刺绣着一圈三角形的图案。

他戴着兜帽，低着头，面容隐藏在阴影里。

两个白银使者抱着新生的少年，走上石台，将黑色羊绒裹毯交给穿着白色长袍之人。

他把新生少年抱在怀里，兜帽下的双眼闪烁着若隐若现的清辉，他打量着包裹在黑色毯子里的少年，少年的肌肤白皙剔透，甚至可以说有些苍白。少年在他的目光打量之下，缓缓地睁开了眼睛，他张望着周围崭新的世界，他的眸子漆黑深邃，像是无星无月至暗之时的夜空。

苍白的少年好奇地望着此刻正俯视着自己的白袍之人。

"你是不是在看我的眼睛？"少年张开口，发出清脆而纯真的声音。

"不是。"白袍者打量着少年额头上那道仿佛一个刀口般的胎记，低声而温柔地回答他。

那道胎记像是一条刚刚被划开的伤痕，淡淡的蔷薇色，仿佛若隐若现的血珠，正在从伤口里面渗出血液的腥甜气味。

【西之亚斯蓝帝国·雷恩·郡王府】

麒零看着此刻坐在会议桌两旁沉默的众人，他们的脸色都不是太好。

这些日子以来，所有人都在为突破凶禁之地的二重天卡进行着体能和魂术方面的练习。麒零甚至还在幽花家地下室的那个温泉池子里，不断练习着憋气的本领，因为一想到毕竟魂塚是在雷恩深海，他就觉得很有可能会用得上。他现在也能够让苍雪将自己带上高高的天空，然后从高空自由下坠时，保持绝对的冷静和平稳，他的身体也基本可以做到不自动触发魂力反应。

甚至幽花也在不断地挑战着自己永生愈合的极限。最开始她练习的时候，麒零还在旁边为她鼓掌加油，但随着幽花放血的容量从一个酒杯，慢慢变成一个铜盆，最后她脸色苍白地撩起袖子走向庭院中间那个喷泉池的时候，麒零虚弱地捂着眼睛逃走了："你先练，我晕血……"

但很快，他们发现，他们一直忽略了最后一个绕不过的问题。

"你们想好最后一关到底要怎么解决了吗？如果没有办法，那前面我们又是跳崖又是放血的，也没有任何意义啊，最后还不是死在大门口，功亏一篑。"天束幽花看着沉默的莲泉和银尘，有点忍不住了，开口打破了会议室里的沉寂。

银尘轻轻地叹了口气，他微微皱起的浅灰色眉毛，看起来像是疲倦的灰烬。

"银尘，我还是有点不太明白，你说最后一个关卡，需要舍弃魂器才能进入。可是，我们俩的天赋都是无限魂器啊，舍弃魂器对我们来说，根本微不足道吧？为什么你们会觉得这一关是个死结呢？"

莲泉抬起低垂的头，她看着麒零充满疑问的面容，低声对他解释道："'舍弃魂器'只是一个笼统的说法。准确来说，白色地狱在设计之初，就设下了一个无法突破的桎梏，那就是，当这个囚禁之地被放入囚犯，大门关闭，激活囚禁封锁之后，这个牢笼就只能再被开启一次，开启后一旦重新关闭，那么这个地方将永远地被封闭起来，里面的人将再也无法逃脱。我相信白银祭司当初这样设计，也就是做好了打算：要么，就是他们决定将大门开启，无罪释放吉尔伽美什；要么，就是永久地被囚禁。在这两个极端中间，没有任何缓冲的地带，不允许任何的探视、接近……要让白色地狱大门始终维持开启状态，就需要持续不停地消耗魂器。简单来说，白色地狱大门外的那个用来献祭魂器的雕塑，其实就是一个蚕食魂器的倒计时装置。一件魂器从释放出体内，插进装置的凹槽，到最终被完全吞噬，这段时间就是我们突破白色地狱，营救出吉尔伽美什的期限，但是，我想，没有人能够在这么短的时间之内突破最后一层关卡……"

"当银尘进去之后，我可以守在门外啊！只要看到一件魂器快消耗完了，我立刻再补进去一件不行吗？"麒零满脑子问号。

"可以是可以，但是……"莲泉轻轻地摇了摇头，"你哪里有那么多魂器呢？"

"这还不容易吗？我上街买一些刀枪棍棒不就行了吗？"

"普通武器无法被倒计时装置所识别，能够维持白色地狱大门开启的武器，必须是来自魂塚的魂器才行。"银尘低沉的声音，听起来像是此刻窗外渐渐暗沉下来的暮色，仿佛声音里渗进了涩哑的沙砾。

"那……那我们不是要经过第一层魂塚吗，路过的时候我们再多收几件，反正我们的天赋不是无限魂器吗？既然无限……"

"你应该知道，我们每一个进入过魂塚，并且从魂塚里拔出过魂器的人，身上都会留下标记，被标记者，是不可能再从魂塚山崖上拔取任何魂器的。"天束幽花打断麒零。

"那……那银尘这么多魂器，是从哪儿来的？"麒零愣了愣，然后看着低头沉默的银尘。

"银尘所拥有的大量魂器，是他这些年在亚斯蓝国境内四处游走，寻觅到的曾经隶属于历史上的已经死去的王爵使徒们遗落在各处的远古魂器。"莲泉回答道。

"那就让银尘把他的魂器给我好了，我负责守在外面！"麒零还是不死心，他想不明白，总会有突破的办法吧？要不然这囚禁之地干脆彻底封死得了，干吗还这么机关算尽地折磨人呢？

"我的魂器里充满了我的魂力，在这些魂力消散之前，你是没有办法收为己有的。我之所以去找寻那些远古遗落的魂器，就是因为那些魂器上面已经没有了曾经拥有者的魂力，我们的天赋才能发挥作用。而要等到魂器内的魂力自然消逝，起码需要五年以上的时间……"银尘的声音很低，有一种绝望的悲哀。

麒零不再说话，他看着银尘在暮色里闪烁着的眸子，心里像是有一张纸被揉皱了起来，发出哗哗的声音。

"我想到了！"天束幽花突然站起来，她的声音因为兴奋而有一些颤抖，"我有办法了！"

【西之亚斯蓝帝国·雷恩·郡王府地底墓穴】

冗长的下沉台阶隐没在前方的黑暗里，天束幽花手里的油灯照出一小圈毛茸茸的黄色光晕。麒零跟在她的身后，小心翼翼地朝着地底走去。

此刻他们所在的位置，是一个圆拱形的下沉隧道，隧道很深，仿佛通往暗无天日的地底。隧道两边的墙壁上也并没有像常见的地下通道一样设置灯火照明。墙壁由一种深灰色的石材堆砌而成，麒零伸出手摸了摸石壁，光滑、冰冷，透着刺骨的潮湿寒意。

靴子踩出的脚步声，在通道里发出回响，像是有人在身后跟随着他们。

麒零的心里有些发毛。

特别是在幽花告诉他，他们是前往郡王府地底的家族墓穴之后，这种瘆人的感觉越来越明显，像是有一双冰冷的手，一直在抚摸他的后脖颈一样。

走了一会儿之后，前方的黑暗里，隐隐透出一些幽蓝色的光晕来。

麒零弯下腰，朝光源处看去，发现台阶已经到了尽头，台阶伸展出一个圆形的平台，平台之外，是一个非常宽大的地底石室——说是石室，麒零心里明白，这就是墓穴。

墓穴是一个非常工整的长方形，四周的墙壁上有亮着的火把和壁龛，里面燃烧着看起来像是用魂术维持的蓝色火焰，这也是这个地底墓穴的光源。

墓穴长的两面靠墙位置，一边各有四座黑色石材雕刻成的看起来像是墓碑的基座，远处墓穴的尽头，也就是短的那面墙正中间，有一个孤零零的暗蓝色基座。

每一个石座背后，都是一个幽暗的洞穴入口，洞穴里面放着一口沉甸甸的大理石棺材。

一共九个洞穴，九尊石棺。每一口石棺上都有一个凹槽，上面插着黯然失色的魂器。

"这是我们家族历史上曾经出现过的王爵和使徒，他们生前使用过的魂器，也都作为陪葬品，一起被供奉于此。我想，这些魂器内部的魂力早就已经消散殆尽了，正好可以供你使用。九件魂器能够争取的时间不多，但是肯定比一件魂器更有希望……"天束幽花的声音在地底墓穴里，发出幽幽的回声。

麒零看着棺材上竖立的剑、枪、斧……最远处那个暗蓝色墓碑基座后面的棺材上，供奉着一个镶嵌满了碎钻的王冠，和其他那些已经黯然失色的魂器不同，这枚王冠看起来依然崭新而锋利，金属反射着室内幽蓝色的光线，碎钻闪烁着刺眼的彩虹光斑。

天束幽花顺着麒零的眼神看过去，然后轻轻说："那顶王冠，我知道，叫作【虚弱冠冕】，我曾经在家族的记载上有翻阅到，这顶冠冕具体的能力我回头帮你查询清楚。另外的八件魂器，我想肯定也都在我们家族的历史记录上，应该都能找到。知道这些魂器的能力，你就能最大限度地发挥它们的作用了，这样在抵达最后一层白色地狱之前,你也能使用它们进行战斗,而不仅仅只是当作最后用来供那个装置吞噬的材料了。"

"这都是你们家族一直保留继承下来的魂器啊,我都拿走了,会不会……"麒零抠着自己的手指,有点过意不去。

"放在这个暗无天日的地底,也没什么意义。交给你,至少还能派上点用场。我想我的老祖宗们应该不会介意吧。"天束幽花苦笑着,"而且,这次的营救希望小得可怜,也许我们都会死在营救的途中,我们这个家族,可能到我这一代,就没有了。那这个供奉的墓穴以及这些魂器,就更没有意义了……"

"幽花,对不起……"麒零看着幽花闪烁的眼睛,心里非常内疚,要不是自己坚持要跟着银尘去的话,也许幽花根本就没必要陪自己去送死。

"有什么好对不起的,我反正已经被你们拖下水了,就算不跟你们一起去,我也随时会被幽冥抓走。反正都差不多。"她转身朝台阶上走去,"你赶紧把这些魂器收了,我先上去了,这里又冷又阴森,待久了我心里不舒服。"

天束幽花的脚步声渐渐消失在石阶上方。

麒零的目光从九件魂器上一一扫过,金色的魂力渐渐从他的爵印里汹涌而出,沿着他身体里的魂路快速游走起来。

九件暗淡的魂器,开始隐隐发光,金属的共鸣声在这个空洞的地底墓穴里尖锐地震荡起来。

【西之亚斯蓝帝国·雷恩·郡王府】

麒零看着窗外高悬的月亮,再一次翻了个身。

再过一会儿，也许天就要开始亮了。他整夜都无法入眠。将那九件曾经属于天束幽花家族的魂器收回爵印之后，他又被幽花带去了郡王府的兵器库。

兵器库里堆满了各种武器，大部分都是守卫士兵使用的长枪和盾牌，少部分高级士兵将领使用的锋利宝剑，虽说不能和那九件魂器相比，但是，这些武器至少能够在战斗中派上些用场。起码不至于自己打来打去都只有手里那把叫不出名字的半刃断剑了。

无数的兵器化成魂力的状态，储存进了自己的爵印。他能够清晰地感觉到那些魂器的存在，他甚至觉得能够听见自己身体里不断地发出刀光剑影的撞击声，仿佛有一整个军队在深邃的峡谷里浴血战斗。

所有的武器都变成沸腾的魂力，在爵印里翻涌着。

唯独那九件魂器，像是一堆炽热炭火中的寒冷冰块。

这种来自爵印的寒冷让他一整晚都无法入睡。他睁着眼睛，看着外面浑圆的皎月。

而这个时候，他听见了一阵窸窸窣窣的脚步声。

说是脚步声，却并不像是人类发出的声音。

他突然觉得自己的被子被什么东西在床下扯了一下。

麒零迅速地爬起身，然后就看见了在自己床边的地板上，此刻正用钳子夹住自己的被子，一下一下拉扯着的雪刺。

"雪刺，这么晚了不睡觉，你这是要带我去哪儿？"麒零胡乱地把衣服裹到身上，然后，借着月色，跟在雪刺的后面，一路朝走廊尽头走去。

雪刺走得很快，不时地回头，看看麒零有没有跟上来。

麒零心里觉得有些怪异，这个时候雪刺不应该在银尘的爵印里吗？银尘大半夜把它放出来干吗？那银尘呢？银尘此刻在做什么？雪刺这又是要带自己去哪儿？

麒零思索着，脚步慢了下来，等到他抬起头，雪刺已经从走廊的尽头转楼梯下去了。

没办法，麒零只能加快脚步，跟了上去，也许是银尘让雪刺来找自己的呢。这样想着，麒零不再怀疑，快步朝楼下追赶而去。

雪刺停在一扇巨大而沉重的木门前，不再前进，它转过身，等待着麒零。

麒零抬起头，疑惑地打量了一下，大门虚掩着，没有关死，但是，并不是什么特别的地方，他知道这个地方。

"雪刺，你大半夜的，带我来图书馆干吗？你是觉得我睡不着，要我看书吗？我不喜欢看书。"麒零蹲下来，看着挥舞着小钳子的雪刺，嘟囔道。

雪刺摆了摆尾巴，然后冲图书馆里指了指。

麒零站起身，小心地推开虚掩的大门，迎面一股陈旧的书页和卷宗油墨的气味扑面而来。开阔的图书馆里漆黑一片，一排排高大的书架仿佛矗立在黑暗中的沉默的巨人，看起来让人有些害怕。麒零刚要开口，就突然发现，远处书架间，有一丝几乎难以觉察的光亮闪烁了一下，然后迅速消失不见了。

有人。

麒零突然明白过来。

他慢慢地朝那团若隐若现的光亮走去，他控制着自己的脚步，几乎没有发出任何声响。他把身子藏进狭窄的书架之间，从一排排图书卷宗的缝隙里，朝光亮处看去。

一盏灯芯被掐得很短的油灯，此刻正在地上发出极其微弱的光亮，火苗不时被风吹动着，在黑暗里闪烁。

有书页翻动的哗哗声。

麒零踮起脚尖，探过头，他的视线越过书脊，然后，他看见了在幽暗的光线里，坐在地上，脸色苍白的天束幽花。

【西之亚斯蓝帝国·格兰尔特·白银祭司房间】

特蕾娅看了看站在自己身边的幽冥和漆拉，没有说话。她等待着白银祭司下达命令。

巨大的水晶墙面沉默着，没有发出任何声响。

压抑的沉默让特蕾娅心里渐渐升起一丝不安，她看了看身边的幽冥，他碧绿色的眸子藏在眉弓深邃的阴影之下，刀锋般薄薄的嘴唇稍微有些用力地抿着，看起来有些不耐烦。特蕾娅越来越觉得这次的任务并不简单，因为一般的任务，都是把他们召集进不同的房间分别告知，像这种同时将二三四度王爵集中召唤的情况非常罕见，而且，很明显，白银祭司在等待什么。

特蕾娅感受到身边幽冥的急躁，她不动声色地伸出手，轻轻地碰了碰幽冥的手背。幽冥没有回过头看她，仿佛没有感觉到特蕾娅的触碰一样，但是很明显，他的表情安静了下来，他重新恢复了冰冷而不羁的样子，他斜斜地抬起视线，等待着白银祭司打破沉默。

倒是他们身边的漆拉，一直安静地站立着，无声无息，像是一道没有厚度的单薄影子，他的视线掩藏在低垂的睫毛之下，看不出他在想什么。

"特蕾娅，天格派出的所有人，有获取到鬼山莲泉等四人的行踪吗？"

白银祭司的声音从坚硬的水晶墙面里响起，打破了沉重的压抑。

"目前还没有。他们最后一次被发现行踪，就是在他们大部队离丌雷恩城之后。浩荡的马车队伍在出城之后分成了三路，驶向不同的城镇。然而，这三路我都有派人持续追踪，但是奇怪的是，他们四人没有在任何一路车队里，他们一定中途找机会逃逸，从而脱离了监视的范围。"特蕾娅低声汇报。

"既然这样，那么特蕾娅，你立刻使用天赋，感应追踪鬼山莲泉等四人的下落。"白银祭司的声音冰冷而坚硬，像是一把刚刚从冬天的冻湖里取出来的铁剑。

"白银祭司……"特蕾娅顿了顿，眼睛微微闪动了一下，然后抬起头，略带疑惑地看着水晶墙面里天神般的躯体，"我的天赋虽然是大范围的魂力感知，但是，再大的范围，也有个限度，在魂力全开接近峰值消耗的状态下，我的感知范围勉强能够覆盖格兰尔特已经是极限了……要知道，他们四个此刻可能在亚斯蓝国境内的任何一个地方，我总不能漫无目的地随便搜索吧？而且，我又没有对鬼山莲泉进行标记，没有牵引线的辅助……"特蕾娅突然停下话语。她斜过视线，看着身边沉默的漆拉。她意识到自己刚刚透露的信息有点多了。因为很明显，在自己刚刚说到"标记"和"牵引线"的时候，漆拉身体内部的魂力几乎弱不可辨地波动了一下，仿佛春天最细的雨丝，在湖面打出的涟漪——但即使如此细微的波动，在特蕾娅精准感知的天赋下，依然如同汹涌的海啸一般明显。

"我当然知道，所以，你需要和六度王爵一起，开启【天网】，进行超越极限的搜寻。"

"六度王爵？西流尔不是已经死了吗？"幽冥忍不住问道，他把目光看向特蕾娅，但她的脸上也没有任何答案，和自己一样，充满了不安和疑惑。

"是新的六度王爵，寒霜似。"

身后传来沉重的石门开启的声音。

一阵轻微的脚步声，朝房间里传来。

特蕾娅终于明白，刚刚白银祭司在等待什么。

她和幽冥漆拉三人转过头，脸色渐渐凝重起来。

走进房间的，就是之前刚刚从极北之地凝腥洞穴里出来的小男孩，只是之前他身上浸泡着血浆肉末的破败粗布袍子，已经换成了黑色金属皮革交错编织的华贵装束。他的皮肤白皙透亮，带着冰雪的气息。

他朝着三人缓缓走来，像是一座无形的冰川正在朝他们靠拢，凛冽的寒冷气息甚至让特蕾娅的肌肤上起了一些鸡皮疙瘩。他那双红宝石般通透的眸子，依然如同火焰般闪烁着，像是瞳孔里盛满了芬芳的鲜血，猩红色瞳孔的边缘，一圈无法解读的古老文字仿佛是用最鲜红的蔷薇花刺出的红色咒语。

特蕾娅的手心渗出冰冷的汗水。

她压抑着自己颤抖的声音，镇定地转身，看着白银祭司，问道："白银祭司，你说我需要和寒霜似一起进行极限搜寻，请问'一起'的意思是指什么？他的天赋和我一样吗？也是能够大范围精准地对魂力进行感知捕获吗？"

空旷的房间里再次恢复了寂静。

寒霜似也在特蕾娅身后几步的地方停了下来。他似笑非笑地看着面前的三个目前亚斯蓝的高位王爵，眼神里完全没有丝毫的畏惧。

随着寂静的持续，特蕾娅内心的防线正在逐渐瓦解，因为，她非常明白，白银祭司不会浪费一个重要的王爵名额在已经拥有了的重复类似天赋上面。如果寒霜似和自己的天赋相同甚至只是近似，那么，对特蕾娅来说，他蔷薇般闪烁的红瞳，就是对自己的猎杀红讯。

"不是。"白银祭司的声音在沉默许久的房间里再次响起，"他的天赋和你完全不同。"

特蕾娅突然松了一口气，胸膛里刚刚剧烈跳动的心脏渐渐平缓下来。但是，那种扭曲的不安感并没有消散，她很想探知感应一下寒霜似的魂力程度和天赋，然而，在白银祭司的眼皮底下，她不敢……

幽冥不动声色地朝特蕾娅身边移动了一步，他从沉甸甸的黑袍下伸出骨节分明的手，默默地抓起特蕾娅颤抖的手掌，他合起修长的手指，将特蕾娅娇小的手，包裹在他宽大而炽热的掌心里面。

他突然觉得此刻站在身边美艳动人的特蕾娅，像是又变成了曾经凝腥洞穴里那个娇弱的小女孩。

他忍不住把她颤抖的手，握得更牢了。

凛冽的寒冷就在他们身后，不用特蕾娅提醒，他也能感觉得到。

【西之亚斯蓝帝国·格兰尔特·自由云顶】

帝都格兰尔特的皇宫建在城市中央的一座巨大山脉之上，错落的宫殿城墙沿着起伏的山脊线充满韵律地分布着。在千百年的漫长历史洗涤之下，整座巨大的山脉上几乎矗立满了各种大小体量的建筑群落，恢宏的、精致的，人类和神共同创造的文明奇迹将曾经只属于大自然的壮阔，再一次升级成叹为观止的景致。

而皇宫最中心的那个三角形柱状体的高塔，就是整个亚斯蓝国境内的制高点：自由云顶。

从天空俯瞰而下，自由云顶的天空平台是一个三角形的横截面，三个顶端分别有一扇巨大的石门，此刻，成百上千的白银使者正在排着长队，从三扇巨大的石门里鱼贯而出，会聚到几乎凌驾在云端之上的自由云顶的平台之上。

三股整齐的队伍朝中间会聚，二度王爵幽冥、三度王爵漆拉、四度王爵特蕾娅、六度王爵寒霜似，在平台的中央迎风而立。

整座恢宏的格兰尔特帝都在他们脚下绵延伸展，千万百姓的生活此刻离他们无比遥远，他们的长袍里灌满了不羁的烈风和寒潮浸泡的云雾，他们的披风在云层之上猎猎作响。

亚斯蓝顶级的魂术力量，此刻全部会聚在了这里，仿佛某种神圣而诡异的仪式即将开展。四个人都沉默着，没有说话。

特蕾娅看了看幽冥，他的眼睛一直牢牢地看着自己，他那双仿佛野兽般幽绿的眸子里，有一种难以描述的复杂。

像是柔软的钢铁。

滚烫的寒冰。

无数光芒冻结在他狭长的眼眶里，如同自由的风暴被困进了一条深邃的峡谷。

特蕾娅被他锋利而直接的目光包裹着，她一直没来得及告诉他，她心里有一种恐惧感，正在渐渐膨胀，压迫着她的胸腔。像是一颗微不足道的种子，在肋骨间生根发芽，疯狂的枝叶迅速生长缠绕，散发着危险腥甜气味的巨大果实沉甸甸地压住了心脏。

三行装束整齐一致的白银使者队伍井然有序地会聚成一行，然后从六度王爵寒霜似的面前一一经过，每一个白银使者都牢牢盯着寒霜似那双蔷薇泣血般的瞳孔，眼球边缘那一圈神秘咒文随着他闪烁的目光奇异地扭动旋转着，如同一圈具有生命的红色线虫，在眼球上挣扎起伏。每一个白银使者和他交换目光之后，白银使者的眼睛也仿佛被点燃的红色宝石一样亮起，然后再快速地熄灭下去。

整个辽阔的自由云顶平台上，无数双猩红的眼睛此起彼伏地闪烁着，亮起、熄灭、亮起、熄灭……红色的光芒像是巨人的呼吸，以一种固定的频率笼罩着自由云顶。

——特蕾娅，六度王爵寒霜似会协助你展开天网，进行极限搜寻。他的天赋叫作【捕魂之眼】，一旦他成功抓取对方的视线，就可以全面共享对方的视觉以及感知。

所有和寒霜似视线交换完成的白银使者，有条不紊地从他身边经过，朝着站在远处的漆拉走去。此刻，漆拉的身后，十二扇闪烁着金色锋芒的光门正呈扇形排列着。连绵不绝的白银使者，走进各个光门，光门的横截面荡起透明的涟漪，他们很快消失在空气里。

——漆拉，你负责进行超远距离的中枢运输调度，将所有的白银使者，送往亚斯蓝领域的各个制高点。布局完毕之后，寒霜似会用他的天赋，连接所有白银使者的视线和感知，形成超越极限的观测范围。

如果此刻云端之上有天神正在窥探，那么，他就会发现，整个亚斯蓝国境内，正在不断此起彼伏地闪烁着金色的光斑，每一个光斑闪动，一个白银使者就会随着金色光芒而出现在全国境的各个制高点上。

寒冷刺骨的雪山巅峰，汪洋大海上航行的巨轮桅杆之上，雷恩城的钟楼顶端，深渊回廊的树海之巅……他们的披风猎猎作响，整个国境内竖起了一面又一面招魂的白幡。

——一旦寒霜似获取了所有白银使者的视线和感知，特蕾娅，你就直接通过他的眼睛，读取他的视线，凭借你们两人的天赋，就可以强制征用所有白银使者的双眼，将你的魂力感知能力全国境覆盖，形成天网。

最后一个白银使者消失在金色的光门里。

十二扇金色的光门瞬间消失，只剩下中间一扇光门，依然闪烁着耀眼的光芒。漆拉没有说话，转身走进那扇最后的光门。

空气里透明的涟漪再次闪现，漆拉的视线里，刚刚还充满着凌驾在云层之上的雾霭白光，然而此刻，就已经被满眼饱满欲滴的绿色充斥着。连绵不绝的树海将巨大的金色湖泊包围起来，仿佛一大块翡翠中间凿出了一个圆洞，液体的黄金将翡翠中央的坑洞填满。

黄金湖泊散发的剧烈魂力，让漆拉的瞳孔急剧锁紧。

他抬起手，湖面突然翻涌起涟漪，金色光芒转动成密集的光阵，在湖面上形成，然后金色纹路瞬间朝湖底沉去，随后，湖泊中间突然出现一个小孔，然后金色的湖水开始旋转起来，纷纷涌向那个孔，仿佛湖底被拔掉了塞子，汹涌的金色湖水持续不断地变成旋转的漏斗，消失在湖底。湖面的水位持续下降，周围的空气里，充斥着成千上万魂兽剧烈的嘶吼。

——发动天网需要消耗巨大的魂力，漆拉，在转移完所有的白银使者之后，你需要前往深渊回廊中心的黄金湖泊，将精纯的液态魂力，通过棋子转移到帝都格兰尔特，为特蕾娅和寒霜似提供魂力支持。

幽冥掌心里魂力翻涌，黑色冰晶在他掌心里飞速凝固成一把长剑。他把剑尖指向地面，然后围绕着此刻正在天空平台中央面对面站立的特蕾娅和寒霜似开始飞快地跑动，剑尖划过地面，形成一圈仿佛被灼烧成的黑色圆环，锋利的黑色冰晶从焦痕处生长而出，将特蕾娅和寒霜似围了起来。

特蕾娅和寒霜似中间的地面上，突然出现一个金色的泉眼，然后，汹涌的金色液态魂力从泉眼里咆哮而出，黑色冰晶将所有液态魂力圈住，水面渐渐升高，将特蕾娅和寒霜似的膝盖以下全部浸泡在了精纯的黄金魂雾之中。

特蕾娅和寒霜似同时闭上双眼，然后再次睁开。

她瞳孔里翻涌的白色气浪，像是细小的白蟒，朝着寒霜似的猩红色瞳孔席卷而去。

全国境范围内，每一个制高点的白银使者猩红色的双眼瞬间化成寒冰白汽。寒霜似那双蔷薇泣血般的瞳孔，也变成了白色晶体。

整个亚斯蓝的魂力异动，此刻，全部都在特蕾娅的视线范围之内。无数涌动的金色光点，无数金色光线构成的人形，无数奔走咆哮的金色轮廓的魂兽，通通被捕获进了特蕾娅此刻凌驾一切的感知范围。

"哎呀。"她的嘴角轻轻勾起一个妩媚的微笑，"找到了。"

寒霜似看着她，他的嘴角也微微地扬起，两颗尖尖的白色牙齿，从他的嘴唇上划过。

【西之亚斯蓝帝国·格兰尔特·白银祭司房间】

"他们蛮聪明的，居然一直躲在天束幽花的官邸里。之前浩浩荡荡的出城队伍只是他们掩人耳目的烟幕而已。"特蕾娅看着水晶墙面里的白银祭司，禀报开启天网之后获取的信息。

幽冥的嘴角轻轻勾起，他不羁而邪气的笑容再一次出现在他的面容之上，他沙砾般低沉的嗓音听起来像是一枚刀片在震动："那么我现在立刻出发，我保证让他们……"

"不用。"白银祭司冰冷的声音将幽冥的话硬生生打断在空气里。

幽冥的胸腔明显起伏了一下，特蕾娅悄悄伸出手，覆盖住他已经攥紧的拳头。

幽冥回过头，视线和特蕾娅交会了一下，他没再说话。

"白银祭司，一直以来都是由我和幽冥负责核心猎杀，可为什么这一次……"特蕾娅的声音很平静，听起来没有任何情绪。

"这一次，由新的五度王爵呃夜协同六度王爵寒霜似一起执行。"

"新的五度王爵也诞生了？"特蕾娅问道。

"五度王爵鬼山缝魂已经死亡，鬼山莲泉已经因为叛国而被亚斯蓝除名。所以，自然会有适合的人，填补五度王爵和六度王爵的空缺。"

"那七度王爵呢？"特蕾娅抬起头，"银尘之前在永生岛协助鬼山莲泉逃走，他是否也应该被一起除名？"

"待定。"白银祭司的声音很冰冷，"特蕾娅，你和幽冥先退下吧。"

"是。"特蕾娅的声音听起来软软的，有一种妩媚的动人，然而她的眼神已经逐渐僵硬。

白银祭司房间沉重的大门缓缓开启，特蕾娅和幽冥并排走出房间。

就在这个时候，幽冥的左臂传来一阵尖锐的刺痛。他的瞳孔像是在强光下，骤然缩紧成一个黑色的小孔，碧绿色的眸子颤抖着。

特蕾娅看着走廊尽头朝他们俩走来的两个少年：寒霜似的眸子依然如同黑暗中的炭火，闪烁着炽热的光芒，而另外一个少年——苍白的肌肤像是长年在深渊中躲避阳光导致的孱弱，他的五官清透而淡然，透着一种苍凉，这实在不像是一个十五六岁的少年应该有的神情。他的额头上，有一道淡淡的疤痕，看起来像是曾经在眉心中间有一道锋利的刀口，愈合之后留下的一道淡淡的玫瑰色伤痕。

特蕾娅转过头，看着幽冥苍白如纸的面容，她突然明白过来，她内心的震撼并不来自为何自己从深渊回廊带回来的尸体此刻已经完全复活，她真正的震撼，是已经猜到了这个少年的真实身份，就在她看到幽冥下意识抬起手抚摸左臂的时候。

寒霜似和呪夜从他们俩中间淡然地走过，仿佛特蕾娅和幽冥并不存在一样。

大门在他们身后沉重地关闭。

特蕾娅双眼里白色雾气翻涌起来，所有周围的建筑墙壁通通被黑暗渗透侵蚀，只留下所有金色魂力构成的世界。

不对。

不对劲。

特蕾娅的呼吸开始急促起来。

无边无际的黑暗里，寒霜似的身体是金色丝线编织勾勒出的躯体，然而五度王爵呪夜，却是一个浑身由黑色液体包裹起来的躯壳，那些黏稠的黑色液体在他的身体表面流动挣扎，发出持续的尖叫，比黑暗更黑暗的人形液体。

而就在这个时候，黑色液体的人形和金色光线的人形同时转过身来，黑暗中，一双猩红的眸子和一双彻底漆黑的眸子，一动不动地盯着特蕾娅。

特蕾娅猛然闭上了眼睛。

【西之亚斯蓝·隐山宫】

"不对，呪夜不可能看得见我。"特蕾娅摇了摇头，把身上的毯子裹得更紧，窗外渗透进来的寒意越来越浓，她忍不住有些颤抖起来，"中间隔着沉重的石门，在石门关闭之前，我都没有回头，他们不应该知道我在看他们。"

"那有可能他们只是单纯地回头看石门有没有关闭而已？"幽冥走到特蕾娅身边。他看着长长的会议桌上放置的二个长方形金属筒，目光在上面封印好的火漆纹章上久久停留着，"你有没有感应到他们两个的天赋是什么？我不太相信寒霜似的天赋仅仅只是捕捉共享别人的视线这么简单。"

"感应不到更多……至少寒霜似在我面前发动天赋的时候，我能感应到的就只是白银祭司目前所描述的天赋能力。至于呪夜，完全无法捕捉，他的构成甚至已经有点违背了这个世界的魂力法则，我们所有人的魂力基础都来源于黄金魂雾，然而，他的力量却像是来源于他包裹全身的黑色液体……"特蕾娅的脸色看起来不太好，拿过桌上的红酒杯，饮了一大口，她苍白的面容看起来才稍微有了些血色，"而且，就算寒霜似的天赋就是捕捉猎取视线，这个天赋也不简单，甚至对某些人来说，是极其可怕的天赋……"

"对某些人？什么意思？"幽冥皱起眉头。

"某些人，指的就是我。"特蕾娅调整了一下呼吸，声音有些沙哑，"他的天赋看起来简单，但是有三个最关键的要素我们还不知道，这将决定他就是如同白银祭司所说实力排名六度，还是其实是白银祭司用低位王爵掩盖的一个秘密武器。第一个要素，就是他的天赋能够承载的视线获取上限，能够同时连接共享十个人和一万个人是有区别的，会直接产生质的飞跃；第二，就是他的天赋对别人进行视线捕捉之后，是需要持续消耗魂力来维持，还是一旦触发就永久存续？如果捕捉视线之后需要持续消耗魂力来维持视线的共享，那并不可怕，顶多也就有点类似我的天赋衍生出的牵引线的能力，一旦切断，就必须再次捕获视线。但是，如果这种能力是永久存续的，也就是说，只要你被他捕捉过视线，那么，在他的数据库里，就永久地留存着你这条视线分路的路径，一旦他需要，就可以直接征用你的视线的话，那么，这个天赋就无比可怕。这个天赋的意义并不是要重塑一个战神，或者养育一个野兽，这个天赋诞生的目的，是用一个人的力量，来建造一个军队：一个完全可以取代天格存在意义的军队……而这个军队，能够将全世界的信息情报，收纳进一个人的眼里……"

幽冥看着特蕾娅，他终于明白她内心的不安和恐惧。

曾经的他们对这种残忍的更新迭代非常熟悉，甚至，他们自己就一度是"更新迭代"的本身。甚至，在最新一代侵蚀者神音霓虹出现的时候，他们近距离地从生死线上擦身而过，他们靠着顽强的意志和能力，证明了自己依然值得存活的价值。

他们对这种残酷的修罗场并不陌生，只是这一次，这一次的杀戮战场，无形无色，不知道什么时候已经启动，也不知道什么时候才会结束——而一旦结束，一定是有人被成功取代。

亚斯蓝剩下的王爵和使徒已经不多了。

"白银祭司说得没错，寒霜似的天赋，和我并不一样。他不是像我，他是像整个天格……"特蕾娅看着窗外翻涌的乌云，风把她发髻上的一些发丝吹落下来，贴在她的脸颊上。

"你刚刚说三个要素，那第三个是什么？"幽冥抬起手，轻轻地将散落的头发别到她的耳后。

"第三个要素，就是他那双红色的瞳孔，是不是只能捕获视线那么简单……如果他的天赋还能捕获别的东西，比如魂力……"

"……捕魂之眼？"幽冥的喉结上下滚动了一下。

"对，别忘了，这才是他的天赋真正的名字。"

特蕾娅和幽冥站在隐山官户外的宽阔平台上。

三条身披金属铠甲的沼泽翼龙正在平台上不停地嘶吼。

三个蒙着面纱的女使者，翻身骑上了龙背。她们回过头，看着特蕾娅，目光里有一种沉甸甸的光泽。

她们的背上，那三个被火漆纹章封好的金属筒已经斜斜地绑好。

翼龙扇动宽大的羽翼，朝三个不同的方向振翅飞去。它们穿过低压的乌云，消逝在电闪雷鸣的天际。

——你有把握吗？

——没有。但总比等死要好。也许，这会是我们最后救命的筹码。久违多年的冷血狂宴再一次开始了，你闻到风暴里，那股潮湿阴冷的血腥气味了吗？

爵迹

Chapter 04

猜忌战域

L.O.R.D
·Legend of Ravaging Dynasties·

【西之亚斯蓝帝国·雷恩·郡王府】

银尘的睡眠一直就很浅，些许的响动都能让他从睡梦里惊醒。

一开始他只是隐约听见一两声非常轻微的金属撞击声，然后，夜晚就又恢复了宁静。

然而，很快，金属撞击的声音渐渐频率高了起来。

他翻身从床上坐起，紧绷的肌肉在最初几秒钟的本能危机预警之后，就完全放松了下来。爵印里传来的清晰的灵犀感应，让他明白，此刻庭院里魂力异动的来源，是麒零。

银尘披上斗篷，走到床边，皎洁的月光从窗棂透进来，把他淡雅清透的面容勾勒出一圈泛着柔光的轮廓，肌肤上那些细小的绒毛，被月色浸泡后泛起光泽。

空旷的庭院里，麒零正在独自练习着控制兵器。他的样子看起来有些笨拙，兵器在空中悬浮得很不稳定，看起来并不是很得心应手。地面上四处散落着盾牌和长剑。麒零的胸膛剧烈地起伏着，嘴里大团大团地呼出白气。

凛冬的寒夜从来就不温柔。

银尘看着麒零的额头上一层细密的汗水，在月光下像是闪亮的粉末，他的眼睛微微有些湿润。

麒零手背上的血管因为用力而突起得根根分明，金色魂力在他的皮肤下快速地流动着，他的身体里像是翻涌着一条光河，仿佛无数的金色萤火虫在他的身体里游动。

此刻，在他前方的空气里，悬浮着一面沉重的盾牌，然而，盾牌不停地晃动，看起来并不稳定。他咬了咬牙，脑海里尽量回想着银尘操纵那么多魂器时得心应手的样子，那些魂器仿佛有灵性一般，跟随着银尘的意念在天空里肆意飞舞，流光溢彩。然而当自己亲自操作的时候，才发现，虽然这些魂器内部都是自己的魂力，可是，中间仍像是隔着一面厚厚的毛玻璃，无法感应，无法控制，如同要隔着一块巨大的寒冰辨认清楚对面的景物。

盾牌摇摇晃晃了几下之后，最终还是从空中坠落下去。

然而，盾牌掉落在离地面几寸距离的时候，突然轻盈地悬停了。

一只骨节分明的手，从麒零的背后绕过来，扶住了他的小手臂。那只手很凉，带着一种冰雪的气息。身后传来熟悉的气味，是那种衣服浆洗之后还会洒上淡雅香料的味道。

麒零没有回头。

但他非常确定。

是银尘。

源源不断的魂力从修长白皙的手指间传递进自己的手臂，牵引指导着自己身体里的魂力汩汩流动。

悬浮的盾牌缓慢上升，开始稳定而飞快地围绕着麒零旋转起来。

麒零忍不住侧过头，在自己的耳际，是银尘倒映着月影星辉的眸子。他的睫毛低垂着，让他的目光里显出一种毛茸茸的柔软。

皎洁的圆月爬上了夜空的最高处。

月光像是流淌的泉水，从庭院地面上四处掉落的各种武器上抚过，光泽闪烁着，像是一地的碎银。

"银尘，我什么时候才可以变得像你这么厉害啊？我是不是没什么天赋呢，感觉怎么都学不好。"麒零抬起袖子，把自己额头上的汗水擦干。他看了看银尘光洁的面容，没有汗水、没有喘息，甚至连呼吸都如同夜色一样静谧轻柔。他有点沮丧。

"等你变成王爵，你就会和我一样厉害了。也许比我还要厉害呢。"银尘微微侧过头，看着面前的少年，他的样子和刚刚认识的时候，已经有了些许的不同。少不更事的眼神里，多了一些沉重的东西，像是鸽子的灰羽，拢在他的眸子里。

"真的啊？！那太好了！那我能变得和你一样厉害吗？也会变成银色的头发吗？嘿嘿。"麒零的面容生动起来，眼睛里放着光芒。他这个年纪，本来就不应该有持续沉重的心事。快乐和痛苦，都是如此地轻浅，令人生羡。

"应该会吧，喜欢吗？"银尘看着麒零舒展的笑容，不由自主地也露出了微笑。

"喜欢！我一直都觉得很好看！"麒零摸了摸自己脑袋后面的发髻，"那我什么时候可以变成王爵呢？"

"我死了，你就可以变成王爵了。"银尘淡淡地笑着，目光里没有任何伤感。他对死亡像是没有任何的畏惧。

"啊？那算了算了……那我还是一直做你的使徒吧。黑头发也挺好的。嘿嘿。"麒零连忙摆手，忍不住挠了挠头。

风从阳台吹进没有关上的窗户，将窗帘吹动起来，窗帘摆动出的阴影，在莲泉脸上来回扫动，像是一只手的影子，在轻轻抚摸着她的脸庞。

壁炉里的火已经熄灭，只剩下些许火星仍然发出暗红色的光芒。窗户是莲泉入睡前打开的，她不是很习惯这种贵族的生活，炽热的炉火让她觉得干燥闷热。她习惯了寒冷，习惯了冬日旷野的冰屑雪尘，习惯了在深渊回廊的参天古木下入睡，伴随着虫豸的鸣叫和月亮的清辉。

她的呼吸均匀而低沉。

房门紧闭着，但是门下的缝隙里，却突然游动进来几股黏稠的黑色血浆，黑血似乎有生命一样，如同一条条细小的黑蛇，它们左右扭动，沿着门框边缘往上不断攀爬。

黑血灵活地找到门上的锁孔，挣扎着游动而进。

咔嗒。

门锁轻轻打开的声音。

莲泉翻了个身，从侧躺变成了正面仰躺的姿势，她依然在睡梦中，没有醒来。如果她此刻可以稍微睁开一点点眼睛，就可以发现，四柱床撑起来的床顶上，一个瘦削修长的少年，正仿佛蝙蝠一样倒挂在她的上方，少年的面孔和她的脸几乎正面相对，他的呼吸甚至都能够轻轻地扫过她的鼻梁。

呪夜伸出他的左手，他的掌心苍白得像是清晨的新雪，然而他的右手却戴着一只黑色的手套，手套看起来坚硬无比，像是某种亚光的金属，又像是被焚烧之后的焦骨，手套的指尖部分锐利而细长，如同猎鹰的尖爪。

他用右手锐利的指尖，轻轻地划开他的左手掌心，漆黑黏稠的血液从崭新的伤口处涌出来。

他轻轻地翻转手掌，几滴黑血掉落在莲泉白皙的面容之上。

她在睡梦里轻轻地皱了皱眉。

黑血仿佛线虫，蠕动着，缓慢地爬进了莲泉的耳孔里。

呪夜轻盈地翻转身体，在空中做出一个人类几乎难以完成的转身动作，他的骨骼似乎没有限制般地扭动着，无声无息地落到地上。他站起来，轻轻地走向窗台。

"砰——"

一枚锋利的匕首飞快地射进莲泉床头的床板上，整根匕首没进厚厚的木头里。刀锋离莲泉的耳际只有一寸的距离！

莲泉立刻从熟睡里惊醒，她从床上坐起来之后的两秒钟之内就感应到了房间里魂力的异常，然而，她只来得及看见此刻正蹲在窗台上，两个瘦削少年逆着月光的剪影。

一双漆黑如墨的眸子。

一双炽红如炭的眸子。

这是她留下的最后的知觉。

【西之亚斯蓝帝国·雷恩·郡王府会议室】

"这不太可能。"银尘打破了会议室内的压抑，他的眉头轻轻地皱着，感觉像是有一团胡乱缠绕的线塞在他的脑子里，他想要找到这团乱麻的线头，可以捋顺一切看似不合理的变故，然而，所有的思绪都像是被困在一个处处都是死路的迷宫里，"你说你看见两个小男孩，其中一个就是我们曾经在深渊回廊里见到的那个苍白少年？也就是……"

"没错，就是他。"莲泉轻轻地打断了银尘的话，她低着头，目光隐在低垂的眼帘之下，她的面容看起来没什么不自然的地方，但是她非常巧妙地阻止了银尘即将说出口的"白银祭司"四个字。

麒零和天束幽花有些一头雾水，但是不论如何，昨晚发生的变故让大家的神经都紧绷起来。麒零看着天束幽花，他脑子里浮现出那晚他在图书馆看到坐在地上的她，她的脸上那种震惊、哀痛、麻木的神情，一直在他脑海里挥之不去。但是他没有问她，也没有告诉银尘。

"如果一切都是如你所说，那么这就非常不合逻辑。"天束幽花看着莲泉，脸上的表情充满了怀疑和猜忌，"如果你当时正在熟睡的话，他们完全可以直接把你杀死在睡梦中，没有必要用一把匕首射向你的床头板把你惊醒，然后也不动手和你打，就立刻逃之夭夭，这听起来不是有病吗？"

"这听上去确实非常不合理，但昨晚的状况确实就是这样。"鬼山莲泉双手撑在会议桌上，目光停在空气里某个地方，看起来像是想起了什么，但又随即摇了摇头，不自觉地苦笑了一下。

她细微的表情变化，还是引起了银尘的注意。银尘看着她，低声问道："你是不是想到了什么？"

"有一个地方，确实非常奇怪……"鬼山莲泉沉默了一会儿，像是在思考究竟怎么才能表达清楚自己的一处疑惑，因为确实不是很好表达自己所看到的那个瞬间，"我的感知，在惊醒后看见那两个小男孩之后，有非常短暂的一个瞬间，像是被抽取了……就像是……就像是中间有几秒钟，我的记忆甚至是生命完全没有存在过一样……"

"什么意思？是昏迷了，还是失去记忆了？"银尘的面容有些凝重起来。

"不是，是一种非常奇怪的感觉，不是昏迷，因为从昏迷到醒来，你一定会有一个非常清楚的认知是知道自己有一段时间失去知觉了，比如你上一秒还在和别人说话，但是下一秒你就已经躺在另外一个地方，重新醒过来，这种状况能够定义为昏迷或者失去知觉。我昨晚的经历，更像是……更像是……"莲泉的眸子微微颤抖着，她像是在极力回忆着昨晚那种诡异的感觉，"更像是我生命中有几秒钟的时间被窃取了、偷走了。中间没有任何停顿、昏迷、失去知觉的罅隙，我的意识完全是从清醒连接到清醒，中间没有任何被打断的地方，可是，中间却一定有几秒钟不见了。"

"我不太明白……"麒零看着莲泉的脸，思考着，"如果你的意识一直是连续清醒的状态，那你是如何觉得你中间有几秒钟的时间被偷走了呢？"

"因为那两个男孩的动作的不连续性。"鬼山莲泉抬起头，"我尽量把我的感觉描述得清楚一些，但可能听上去还是有一些怪异。我从睡梦里被惊醒是因一阵巨大的响动，后来我睁开眼睛之后知道是一把匕首被射进了我的床头板里。虽然匕首离我的耳际很近，但是我并不认为是他们的攻击失去了准心，没有射中我。如果他们要杀我，没有必要多此一举。所以，他们的目的，是唤醒我。当我坐起来之后，我清晰地看见了蹲在窗台上的两个少午。然后，怪异的事情就发生了，下一个瞬间，两个少年同时从窗台上消失了，我的记忆里，只剩下他们的披风残留的一个瞬间，很显然，他们是跳下了窗台，但是，从他们蹲在窗台之上，到他们消失，中间硬生生被抽走了一个瞬间，就算动作再快，也不可能做到这种效果。而且，除了他们两个人的动作之外，周围所有的环境，窗帘的摆动，甚至床头板上那枚匕首颤动的声音，都是连续的，没有任何被打断的痕迹……"

"听起来完全不合逻辑……"银尘的眉头锁得更紧，"我们先假设他们真的可以抽取某一段时间好了——虽然这听上去根本不可能，如果我们假设他们抽取掉这个片段，是为了隐藏他们的行踪，那么为什么只抽取他们离开的这个瞬间？为什么不干脆整段抽走，让你根本发现不了他们的到来，既然已经被你看见，那隐藏离开的这个瞬间又有什么意义呢？而且就算要隐藏他们的离开，难道不应该做得更彻底一些吗，还要残留下最后一点点披风依然飘荡在窗台上的瞬间，让你明显感觉到这段被抽走时间的存在？"

"还有更怪异的事情……"鬼山莲泉调整了一下自己的呼

吸，继续说道，"当我看见他们的披风朝窗外下坠之后，我立刻朝窗边跑过去，以我对自己行动速度的估算，从我起身到看见窗外的情景，前后差不多也就一秒钟的时间，然而，空旷的庭院里，已经没有任何他们的踪影了……"

"所以他们其中一个人的天赋也是类似漆拉那种对时间和空间的控制？超越极限的速度？"麒零忍不住问道，"可是这有点不合理吧？这样的话不就和漆拉的定位重复了吗？银尘，我记得你之前和我提到过，亚斯蓝的每一位王爵之所以能够成为魂力的巅峰，就是因为他们独一无二的天赋吧？"

银尘看着麒零，他突然发现，平日里嘻嘻哈哈，看起来没心没肺的他，却经常能够直接触碰到问题的核心，只是，这个核心对现在的他来说，未免有些残忍，他犹豫着，考虑该如何对他解释。还没等银尘开口，天束幽花就直接接过了麒零的话。

"没有什么不合理的。两种可能都存在，第一就是，他们并不具有漆拉类似的天赋，鬼山莲泉所感受到的'时间被抽走了一个瞬间'和他们瞬间消失在庭院里并不是对时间和空间的控制造成的，而是别的某种天赋造成了目前看上去有点像改变时空的表象；第二个可能，那就是，两个小男孩中确实有人具备了和漆拉类似，甚至是超越漆拉的天赋，而白银祭司不可能浪费仅有的七个爵位去容纳两个拥有近似天赋的人，那么，白银祭司的目的就很明显了……"

"……取代漆拉吗？"麒零的声音很轻，他自己说出这句话的时候，都有些胆怯。

没有人回答他的疑问，但是，每一个人脸上凝重的表情，都是对他这个问题的默认。

　　"其实这样的情况，在之前就已经发生过了……"鬼山莲泉开口，打破了会议室里压抑的沉默，"幽冥和特蕾娅两个人的使徒，拥有的天赋和他们完全不同，所以，他们应该不是和我们一样的，通过赐印继承相同灵魂回路所产生的王爵使徒的关系。他们应该是属于另外一套我们所不熟悉的魂术体系。但是，他们的天赋虽然不同，却有一种极其微妙的联系。幽冥和神音的天赋，一个是主动进化，一个是被动进化，虽然看上去背道而驰，但实际上是殊途同归的，区别只在于实现的方式，一个是通过制造伤害，而另外一个是通过承受伤害。而特蕾娅和霓虹，一个的感知极其敏锐，范围之大，精准度之高，亚斯蓝领域内无人可与之匹敌。但是霓虹却是另外一个极端：完全无感。据我所知，亚斯蓝目前存在的很多天赋都是可以进化出新的能力的，那么霓虹未来很有可能，成为特蕾娅的命门……"

　　"命门？你是指？"麒零隐约觉得自己触碰到了一些关键的核心，然而，还隔着最后一层朦胧的玻璃。

　　"如果霓虹能够将自己的无感，强制施加给别人，也就是说，如果他的天赋能够从'自我无感'进化为对他人进行'感官剥夺'，那么他的存在，对特蕾娅来说，就是最大的噩梦。"

　　"虽然不清楚那两个小男孩行径如此诡异的原因，但是不管怎么说，我们的行踪已经暴露，郡王府不再安全了。"银尘看着窗外翻涌的黑云。

　　"所以我们必须提前出发，没办法等到月圆之夜再行动了。可是一旦走出郡王府，我们就一定会被遍布各地的白银使者发现行踪。所以，我建议我们先乔装出行，避免使用魂力快速行进，也不要使用魂兽飞行。直到我们安全地抵达雷恩港口，然后我们再乘坐闇翅，往海洋前进。"

"嗯。"麒零点点头，他看着银尘，银尘的眼睛依然看着窗外的暮色。

几只尖声鸣叫的黑色寒鸦，在郡王府的屋檐下瑟瑟发抖。风里夹杂的细小冰碴儿，让它们忍不住把脑袋缩进厚厚的黑羽之下。

亚斯蓝的冬天，总是非常漫长。有时候甚至让人觉得，春天永远都不会到来了。

麒零看着银尘不安的面容，心里升起一些难过。他见过银尘舒展的笑容，温柔地带着暖意，像是被阳光晒了一下午的松柏落叶，带着烘焙的芬芳。正因为他见过这样美好的笑容，所以，他就更想让这样的笑容，一直停留在他长年都像是霜雪般冷漠的脸上。

我要保护他。

麒零在心里，暗暗地对自己说。

然而，谁都没有注意到，天束幽花已经起身，悄悄地离开了会议室。

她安静地走在走廊里，面容淡然，甚至有些冷漠。

然而，她的心脏已经快要从嗓子眼里跳出来了。

她牢牢攥紧的拳头，掌心里已经满是细密的汗水。

汗水包裹着一个正在持续震动的秘密。

一个珐琅烧制的小巧铃铛，此刻正在她手心里嗡嗡作响。

铃铛发出一种别人听不见的声音。

但是她却可以听见。

还有他。

【西之亚斯蓝帝国·雷恩·郡王府】

冬季的月光经常看起来像一场突如其来的霜降。冰冷的清辉像是一层薄薄的冰片覆盖着广袤天地下的万物众生。

天束幽花站在图书馆的窗台前俯瞰着脚下残破的庭院，曾经数百年的精心雕琢，也抵挡不过一场突如其来的杀戮。世界总是这样，无数人用漫长的岁月精心打造，把这个人世装点得越来越美越来越精致，然后再被极少数人，弹指间摧毁成灰烬。

庭院里的大理石喷泉、廊柱、拱门……修剪成各种形状的杉陵灌木，爬满整个藤架的刺槐和蔷薇，都在幽冥腐蚀一切的黑色冰晶里变成了眼下衰败不堪的模样。

但天束幽花的注意力并没有在这上面。她的视线在庭院里来回扫动，也只是为了打发时间而已。她心里对这个地方，其实并没有多少不舍。这里不像家。

没有家人的地方，待再久你都不会觉得那里可以被称为家。她之前甚至一直期盼着可以快点出发营救吉尔伽美什，可以尽早离开这里。她早就厌倦了锦衣玉食却空虚无味的生活。

但现在，她想要继续待在这里，她在等待一个答案。

一个飞跃万里而来的答案。

而且她知道，她的时间不多了。如果明天就要出发营救吉尔伽美什，那么今晚，就是最后的机会。笼罩在头顶的巨大迷雾，很可能就会在今晚消散，透出一直藏匿其中的谜底之核。还好她掌心里的铃铛从下午开始就隐隐震动了起来，清脆的铃声越来越响，声音提醒着她，答案到了。

　　来了。

　　天束幽花的心跳陡然变快，庭院的地面上，一双翅影被月光拉得很长，黑色的影子斜斜地扫过白色的大理石，朝着天束幽花飞过来。

　　她抬起头，只盼望纹血鸠不要发出尖锐的鸣叫，不要吵醒任何一个在梦中沉睡的人。

　　她伸出手臂，让纹血鸠稳稳停在自己的胳膊上，然后她关上窗户，将月光隔绝在图书馆之外，她走回高大幽深的书架间隙，解开纹血鸠脚上的卷宗，上面清晰可见的冰帝专用火漆印章完好无损。

　　她把地上那盏燃烧着的油灯灯芯挑高了一些，微弱的灯光变得明亮了起来。

　　她将火漆破除掉之后，因为紧张而颤抖的双手，缓缓地打开了卷宗。

　　羊皮卷宗的纸张不大，但是上面都是密密麻麻的小字。

　　天束幽花飞快地阅读着卷宗，她的心跳越来越快，注意力已经被字里行间翻涌的血腥秘密气息所吸引，完全没有注意到，书架的后面，有一双眼睛正在窥视着她所有的反应，那双眼睛慢慢在黑暗里闪动着。

　　天束幽花放下手里的卷宗，她抬起手，擦了擦额头上那层细密的汗水。汗水已经在冬夜的寒意里变冷了，这时，她才意识到，不只额头上，自己的后背上也是一层冷汗。她揉了揉稍微有些麻痹的脚，准备从地上站起的时候，突然感应到了来自书架书脊缝隙里的窥视。

"谁？"

她站起身，朝着黑暗里询问，黑暗里几乎感应不到魂力的迹象，密密麻麻的书脊堆出一种令人恐惧的压抑感，光线太暗，根本看不清楚，但是非常明显，黑暗里有什么东西快速地移动着。

天束幽花蹲下身，准备拿起地上的油灯照亮书架间的空隙，然而，她刚刚蹲下身子伸出手，摸到的不是油灯，却摸到了双脚。

房间里弥漫着地榆、蒲黄、仙合草，以及浓厚的烈酒气味。

"还有一种……还有一种我猜不出来了。"麒零拿着天束幽花涂抹剩下的棉片，凑到鼻子面前嗅着，"你说这种止血的药酒叫【四物封伤】，那肯定还有一种草药吧，不然也不叫四物啊。"

"第四种东西，是碎银粉末。"天束幽花淡淡地回答道，"银是最天然的镇静剂，能够控制伤口感染。"

"原来这酒里有银尘。"麒零挑着眉毛，有点自我得意地沉浸在自己的冷笑话里面。

天束幽花翻了个白眼，没笑。

"不过你刚刚出手也太重了，我只是大半夜看你不睡觉，来看看你在干吗，结果你反手就给我一支冰箭，这还好是射到锁骨下面一点点，你再往下一点，射到心脏，我就直接一翻两瞪眼了我。"麒零龇牙咧嘴地穿上衣服，小心注意着不让衣服碰到刚刚包扎好的伤口，"这种时候我就羡慕你的天赋了，砍几刀捅几剑，眨眨眼睛就能好。"

"谁让你鬼鬼祟祟地出现在我身后的，突然摸到一双脚我没直接把你脚砍了算好了。你一声不响地在黑暗里偷窥我那么久，活该。"

"偷窥你？我哪有偷窥你，我刚刚走到你身后，你就直接给了我一箭，我都还没看清楚怎么回事呢。"麒零嘟囔着。

天束幽花的眼神闪动了一下，欲言又止。

两种可能：麒零在说谎，或者，刚刚在图书馆里，有第三个人。

不管哪种可能，都让天束幽花沉默了。她没有把这个问题继续下去。

倒是麒零打破了沉默，他的声音突然比刚刚的语调低沉了许多，也慢了许多，甚至微微让天束幽花有些错觉是别人在说话，他用并不少年的低沉声音问道："幽花，你现在可以告诉我，你这段时间以来，一直背着我们一个人悄悄在做什么了吧？"

天束幽花收拾着药箱的动作突然停了下来。她转过头，看着麒零："你从什么时候开始发现的？"

"有些时候了。"麒零看着她，目光没有闪躲，他的眼神依然清澈而透亮，"但是我还是相信你不会做什么害我们的事情。对吧？"

"不会。"天束幽花淡淡地回答，"不用我费力气，你们本来就是在自寻死路，早死晚死而已，我何必浪费自己的力气。"

麒零轻轻舒了口气，他凝重的面容稍微缓和了一些："那个纹血鸠，怎么又飞回来了？我们被人发现了？"

"不是，是我让它回来的。"天束幽花一边说着，一边从自己的衣服里拿出一样东西，她把手心摊开在麒零的面前，两枚小巧的铃铛在灯火的照耀下发出质地各异的光芒，白银雕刻的铃铛光芒锐利，珐琅烧制的铃铛光泽温润，"这枚白银的铃铛，用来绑在纹血鸠的腿上，而珐琅烧制的铃铛，用来引导它的方向，三枚铃铛彼此共鸣，发出声音，但是这种声响，只有两枚珐琅铃铛的佩戴者可以听到。绑着白银铃铛的纹血鸠会在两枚珐琅铃铛的佩戴者之间来回传递信息，不管相隔多远，都能被感应到。"

"另外一枚珐琅铃铛的佩戴者是谁？"麒零看着天束幽花，小声地问道，不知道为什么，他锁骨下方的伤口有些隐隐作痛。

"艾欧斯。"天束幽花说到这个名字的时候，忍不住轻轻笑了一下，她的脸颊上稍微染开一些红晕，"就是你提到名字不爱带头衔的，冰帝艾欧斯。"

"你和他认识？"麒零声音有点酸酸的，"看起来不只是认识，关系还很不错的样子。"

"他小时候每一年夏天都会来雷恩居住一段时间，雷恩城中央那个巨大的宫殿就是他的行宫。作为雷恩城管辖范围内的皇室家族，自然我们都需要前往陪同。所以，小时候我们经常可以见面。他比我大几岁，就像我的大哥哥一样。"天束幽花回答，"这个铃铛也是他在成为冰帝之前最后一次来雷恩时给我的，他说以后成为冰帝了，就没有那么多时间来雷恩过夏天了，但是，有了这副铃铛，我就可以随时找到他了。"

"卷宗是他送来的？"麒零有点惊讶，"他不是失踪了吗？他去哪儿了？"

"信里没有说他在哪儿，只是回答了我的问题。"天束幽花摇了摇头，"从纹血鸠离开的天数来判断，他离雷恩挺远的。"

"那你到底问了他什么问题啊？"麒零有些疑惑。

"这段时间，我一直觉得有一个地方很奇怪，想不明白。鬼山莲泉和银尘来找我，希望我和他们一起前往营救吉尔伽美什，这个理由，本身就不成立。鬼山莲泉已经完整地继承了我父亲西流尔的永生天赋，如果第二道关卡需要大量鲜血才能开启的话，那么她自己就能产生远远比我更多的血液，没有必要向我这个魂路残缺不全的使徒求助。"

"可是莲泉不是说她在第一关催眠祝福的时候会消耗大量的魂力来不及恢复吗？"

"她这么说，你就信啊，我和你说，这些人里面，你最应该小心的就是鬼山莲泉，你哪天被她卖了都不知道。"天束幽花看着麒零瞪大的眼睛，没好气地回答，"在我看来，她心里的事不一定比特蕾娅和幽冥少。你以为这场有去无回看起来必死无疑的营救是谁在主导啊？谁积极性最高啊？你以为是银尘吗？是鬼山莲泉啊！"

"我不信……鬼山莲泉不可能骗我们吧？"麒零觉得头皮有点发麻。

"就算她不骗我们，但也可以选择性地让我们知道哪些事情，不知道哪些事情，造成的结果，和骗我们没什么区别。这整起事件你回想起来，我们目前获取的所有关于营救的信息分别来源于两次事件，第一次发生在深渊回廊里，但那次事件的参与者，那个苍白少年和鬼山缝魂都已经死亡，只剩下鬼山莲泉成为唯一的知情者；而第二次，则发生在永生岛爆炸时，鬼山莲泉成为我父亲西流尔的继承人，也就是他临终遗言的唯一知情者。这两次信息获取，唯一全部参与的人，就是鬼山莲泉。如果她有什么秘密隐藏着不说，我们也完全发现不了。"天束幽花看着麒零，"我本来也不是很怀疑，但是幽冥的到来，让我动摇了……"

"幽冥？为什么又扯上幽冥了？"麒零头疼，"这件事情有这么复杂？"

"如果白银祭司只是要单纯地阻止我们营救吉尔伽美什的话，派幽冥直接杀掉我就好了，因为按照莲泉的话来说，没有我，营救就失败了。那他费尽心思要把我带回去干吗？"天束幽花继续说，"我父亲是突然接到召唤前往永生岛的，然后临行前他悄悄地对我母亲进行了赐印，让我母亲成为他的使徒，这本身就不是很符合常理，如果不是有特殊情况，那赐印仪式都是在帝都格兰尔特进行……"

"我的赐印也不是在格兰尔特……"麒零小声嘀咕着。

"你先不要打断我。"天束幽花瞪了麒零一眼，"我父亲在前往永生岛之前悄悄对我母亲进行赐印，证明他必然知道自己此去一定有去无回。接下来，我母亲在孕育我的过程中，出现了意外，仅仅只是胎儿的我，却不断吸食她的灵魂回路，最终导致了我母亲的死亡。而我，就以魂路残缺不全的状态存活了下来。

"但是，我母亲的死亡真的是个意外吗？无论在任何情况下，永生天赋对肉体造成的都应该绝对是增益效果而不可能是减益效果。我父亲在这个世界上活了那么多年，他对永生天赋所有的属性和会引发的效果了如指掌，如果会导致这样的后果，他不可能会对已经怀孕的妻子进行赐印。再然后就是你和莲泉进了魂塚，然后天格传讯给我，说时间已经到了，让我拿取回生锁链，所以我进入魂塚，和你与莲泉打得你死我活……"

"你不是说是因为银尘下跪你才进去找我的吗？"

"我那只是为了气气银尘，谁让他把我打倒在地上，那么狼狈。"天束幽花没好气地回答，"就算银尘不求我，当天我本来也是要进魂塚的，我已经接到来自天格的信息了。但这里面就有一个逻辑说不过去的地方，如果只是要阻止鬼山莲泉，那为什么要让我进去，随便让一个使徒进去也是一样的效果啊，比如直接让特蕾娅的使徒霓虹进去不是更能完成任务吗？他就是个斩杀机器啊！再然后就是魂塚出口的棋子被更改成通往尤图尔遗迹，天格告诉我说左右两边的棋子被对换过了，但其实我们后来都知道，两个棋子都通往尤图尔遗迹，那摆明就是要连我一起弄死啊。"

"还好漆拉好心救了我们出来，不然我们真就要死在尤图尔遗迹了，那么多亡灵，现在想想我都还头皮发麻呢。"

"你错了。如果不是发生了布局者意料之外的变化的话，漆拉才不会救我们出来，你以为漆拉是什么好人吗？"

"又有什么意外啊？"

"你还记得那些死灵吗？我们所有人的武器对死灵都无法产生伤害，除了你的那把断刃巨剑，如果不是你凑巧拿到了那把断剑，我们三个必定会葬身在尤图尔遗迹，成为万千亡灵其中之一。漆拉出现的时机也未免太巧，刚好你发现能够用断剑对莉吉尔的灵体产生伤害，他就出现了，掐着点来的吧？还好人呢！"天束幽花冷冷地看着麒零，"在你眼里怎么每个人都是好人，你有点戒备心好不好？"

"我觉得你也是好人啊，虽然大半夜的不睡觉鬼鬼祟祟的，我也没告诉银尘他们，我想你肯定有什么自己的为难之处吧。"

天束幽花看着麒零温润的眼睛，心里有些酸楚，她冷冷地说："你最好对我也有点戒备，哪天我杀了你也不一定。"

"从今天之后我确实要小心你放冷箭这回事，太吓人了。"麒零指了指自己还在渗血的伤口，顽皮地挑了挑眉毛，"说了这么多，怎么又绕到最开始进魂塚里面去啦？我进魂塚就是个意外啊！你到底发现了什么啊？"

"这个世界上哪有这么多意外，偶尔一次是意外，一环扣一环的发展不叫意外，叫精心布下的局。这么多'意外'里面，只有你是真正的意外。所有的环节我都想明白了，唯独你，你这个意外，我还想不明白。"

"你到底想明白了什么啊？"麒零心不在焉地问道，他眨着眼睛，有点困了。

天束幽花收敛起脸上和他嬉闹打趣的神色，沉默了一会儿，然后用一种非常冷漠而又充满恨意的声音说道："囚禁吉尔伽美什，根本就不是因为他太过强大所以囚禁，甚至吉尔伽美什自己本身都有可能就是布局者之一，这一切的一切，从过去到现在，所有的一切混乱，都源自于白银祭司和皇室血脉之间绵延了千百年的没有硝烟的战争。"

麒零突然清醒了，他的睡意突然被天束幽花脸上森然的杀气驱赶得一干二净。

天束幽花一字一句地说道："而这其中最关键的、最被针对的，就是皇室血脉和永生天赋的叠加状态。"

"为什么永生天赋会被针对呢？这个天赋不是已经存在很久了吗？我记得有一次银尘曾经和我提起过，说亚斯蓝领域上的天赋其实更新换代特别快，很多曾经叱咤一时的天赋，都随着魂术时代的发展而淘汰了，但是有几种古老的天赋一直流传着，其中一种就是你拥有的永生天赋吧？"麒零看着幽花，认真地问道。

"你真的想知道这些吗？要对你讲明白，可能需要从头说起了，可能就得说到天亮了。天亮我们不是还要出发营救吉尔伽美什吗？"天束幽花苦笑了一下，可能她也觉得有些讽刺吧，她把药酒棉片都收进柜子里，然后走到壁炉前面，又加了几根粗木柴。

"没事，天亮就天亮吧，你让我这么不清不楚地上路，我心里才发毛吧。"麒零凑到幽花面前，他身上浓郁的药味刺激得幽花忍不住掩上了鼻子。

"什么'上路'不'上路'的，你说话真的是完全不管风水运气的哦。感觉什么事被你嘀咕几句都能说垮的。"天束幽花微微皱了皱眉，"要是明天莲泉他们问起你身上的伤……"

"你放心，我肯定不出卖你，我就说我自己练习控制魂器的时候，不小心让剑砸下来掉我胸口上了。非常合理。肯定没人怀疑，因为我之前就把你们家老祖宗的那面盾牌摔下来砸我脑袋上过，合理，合理。"麒零调皮地笑着，他的衣衫半开，露出日渐结实的肌肉，浓郁的药酒气味之下，是他少年体魄的特有气息。天束幽花的脸微微红了起来，忍不住转身去拿了一条厚毛毯披在身上。

"亚斯蓝的魂术发展历史，银尘有简单地给你讲过吗？那一次最重要的魂术时代变革，提起过没？"

"没有。你都告诉我吧，有多少说多少，幽花，我想对你们的世界多了解一些，这样我才能帮得上忙，有时候看你们着急紧张什么的，我都跟不上节奏，特别郁闷。"麒零一边说着，一边动作利索地刺溜一下钻进幽花裹着的厚重毛毯里面。

"哎！谁让你进来的！"天束幽花的脸瞬间红了起来。

"这毯子这么大，你一个人盖也用不完啊，你看这另外一头都耷拉到地上了，这是冬天啊，你以为我身体里面有壁炉能烧火啊，你过去一点，你往沙发那边坐一点，好了好了，就这样吧，这样挺舒服的，我脚能摆直了。"

"……"

"您请开讲吧。"麒零全身裹进那条巨大无比的山羊绒毛毯里，只露出一个扎着辫子的毛茸茸的脑袋，他的眼睛亮亮的，嘴角依然挂着开朗而善良的笑意，牙齿整齐而又洁白，天生带着让人放松和想要亲近的感觉，"还是说我先去给您泡一壶茶，您一边喝一边讲？"

"不用。"天束幽花冷冷地回答，她缩了缩自己的脚，朝沙发另外一头挪过去一些，她的脸依然红红的，虽然麒零说自己身体里面没有壁炉能烧火，但是幽花能清晰地感受到，他血气方刚的身体里烈烈的滚烫气息，"我被你闹得已经忘记自己说到哪儿了。"

"禀告幽花老师，您说到魂术时代最重要的一次变革。"

"我还是从最早讲起吧。但我说的最早，也只是我能接触到的被记载下来的历史，我相信没有记载下来的，或者说被刻意隐藏的历史一定很多。根据记载，我们这个世界最开始并不是眼下你所看见的这样各种魂术天赋魂器错综复杂让人眼花缭乱的，一开始，黄金魂雾所产生的魂力对这个世界的影响非常有限，人们能够创造和使用的魂术也格外简单，很多在当时算是奇迹的突破，在我们今天看来都显得笨拙而又可笑。但人们依然被魂术所带来的力量震撼了，所以无数人都疯狂地研究，希望找到突破，但是进展一直非常非常缓慢。"

"我其实一直想问，我们魂力的来源，也就是黄金魂雾，到底是从什么时候出现的啊？是这个世界原本就有的东西吗？它从哪儿来的啊？一直都用不完的样子，这么多人持续在消耗黄金魂雾，那总有个补充的来源吧？"

"黄金魂雾原本并不属于我们这个世界，它一定是外来的东西，我们家族保留了一些非常非常古老的记载，那些记载里的世界，和普通老百姓的世界没有任何区别，完全就是没有魂力的世界。而突然有一天，就出现了对黄金魂雾和魂术的记载了。所以，这就是我说的，关于黄金魂雾诞生的那一段历史，被凭空抹去了。"

"被谁抹去了？"

"被想要隐藏魂力本质的人抹去了。"天束幽花回答。

"白银祭司吗？"

"有可能，但也有可能是某一个时代的魂术领导者。"天束幽花轻轻叹了口气，"总之，这一段历史是空白的，我费了很多力气也找不到相关的线索，也就放弃了。但是我发现有一点，黄金魂雾的整体浓度，并不是从一开始就和现在一样的。亚斯蓝最开始黄金魂雾的浓度非常非常低，然后经过了漫长的时间，渐渐扩散充满整个国境，之后黄金魂雾的浓度持续增加，

L.O.R.D
Legend of Ravaging Dynasties

最后到达了现在的平衡状态。所以，这也是为什么一开始魂术
发展极其缓慢的原因。"

"为什么？"

"因为太过稀薄的黄金魂雾，无法导致'异变'，不管是
魂兽也好，还是身体上突然有了灵魂回路的人类也好，都是在
高浓度的黄金魂雾中持续浸泡之后，发生的异变。在一开始，
这种异变可能几百年甚至几千年才出现一个，不同时代的人对
待这些'异变'的人有不同的方式，有些视他们为异端，进行
屠杀灭绝，有些视他们为天神，进行膜拜供奉……总之是一个
非常漫长而又愚蠢的蛮荒时代。"天束幽花看着渐渐燃烧起来
的炉火，目光变得闪烁，"直到'异变'大面积出现，人们才
开始正视这种力量，并利用黄金魂雾的力量进一步改造这个世
界，这种力量太过强大，让无数人贪婪而无止境地疯狂追逐，
这就是魂术时代的起源。"

"白银祭司是什么时候出现的啊？"麒零看着幽花，忍不
住问道。

"这段历史，也被抹去了。"天束幽花淡淡地回答。

"我去！又被抹去了！一到关键点，答案就是'被抹去了'，
你还能不能好好讲故事啊。"麒零忍不住在毯子下面，轻轻踹
了幽花一脚。

"就是被抹去了呀，我有什么办法啊，又不是我要抹去
的！"天束幽花瞪大了眼睛，用力地踹回去，有点被惹毛，"不
想听就算了，我要睡了，你回你自己的客房去！"

"我听我听，你继续……"麒零立刻回答。

幽花瞪了麒零一眼，没好气地继续说道："随着对魂术的

149

研究和掌握越来越深入，人们开始意识到了灵魂回路的意义。你知道王爵使徒和普通的魂术师最大的区别是什么吗？"

"王爵和使徒比较厉害，普通魂术师就相当一般啦！"麒零胸有成竹地回答，一脸得意的表情，期待着天束幽花的肯定。

"这是结果！不是原因！我说的是原因！"天束幽花觉得有点心累，她算是明白过来为什么银尘会经常皱着眉头，一脸忧郁冷漠的表情了，她充分体会到了这种无力，"算了，我不问你了，我就自己说吧，也是我自己嘴贱非要问你。"

"嘻嘻。"麒零抬起一只手，撑着脑袋。

"区别在于我们的灵魂回路的完整和闭合性。普通魂术师的灵魂回路往往只覆盖身体的某一个局部，而且是非闭合状态。魂力从他们的魂印激发出去之后，沿着魂路流动到尽头就无法再继续前进，就中断了，你可以简单地理解为，这段魂力运行的距离就是他们所能发挥的力量区间。"

"所以如果一个人的魂印正好在脑门上，然后他的魂路一路延伸到了脚底板，这个人的魂力就超强吧？！"麒零认真地问道。

"……是可以……这么说……"天束幽花揉着太阳穴，麒零突如其来的这个总结虽然又傻又粗暴，但是似乎能说得通，也挺像那么回事，所以，她已经不想再纠正他了。

"哈，你看，我冰雪聪明！"

"……"天束幽花深呼吸一口气，然后继续说道，"但魂路流动是有方向的，魂力逆流回爵印的速度比顺流的速度要慢很多，因为魂力逆流太快会对人体产生很多不可逆转的永久性伤害，所以魂术师将魂印里的魂力激发完之后，就会有很长一段时间无法使用魂术，也就是所谓的【衰弱期】，就像你把一块石头从山顶上沿着斜坡滚下去，滚到底了，然后又要再重新搬回山顶一样痛苦。"

"咦？衰弱期？为什么银尘没和我说过这个啊？我感觉我们随时想用就用啊，没有什么衰弱不衰弱的啊，我只有精神期，没有衰弱期。"麒零非常认真地告诉天束幽花，"我觉得你的历史研究搞错了。"

"那是因为我们的灵魂回路是完整闭合的，魂路从爵印出发，经由身体之后，会返回到爵印，从而形成一个可以循环流动的闭合回路。对我们来说，等于有了一个可以无限往下滚石头的斜坡，也因此，只要魂力消耗不枯竭，我们就可以持续高强度地使用魂术。也因此，我们和普通的魂术师拉开了一道难以逾越的鸿沟。随着完整闭合灵魂回路的出现，天赋也随之出现了。"

"只有完整闭合的回路才会产生天赋吗？"

"是的，也正因为如此，当时第一批拥有天赋的魂术师成了【初代王爵】，但是当时天赋的种类和能力，都和现在的天赋差距非常远，所以最强大的几个古老天赋就一直传承着，其中就包括永生天赋。很长一段时间里，永生天赋都是帝王皇室独占的尊贵天赋。"

"为什么啊？"

"因为自古以来，这个世界上最好的东西都是给一个国家的帝王啊。"

"可是永生天赋也就还好吧，你们现在也就排名第六而已啊……谈不上是多么惊人的天赋吧。"麒零歪了歪嘴角，有点不屑。

"你信不信我再刺你一箭，我柜子里的药酒还有很多。"天束幽花冷冷地瞪他一眼。

"我是说真的啦，皇室为什么不选其他的天赋而要独霸永生呢？没有别的选择了？"

"永生天赋在现在看来，确实只是非常一般的天赋了。但是在那个时代，却是最最顶级的奢侈天赋，永生天赋的诞生，也带来了我最开始和你说的，那次重要的时代变革。"

麒零收起了脸上顽皮的笑容，他非常敏锐地感知到，这个世界一直以来笼罩着的那层神秘面纱正在缓缓揭开。

"在天赋最初诞生的时期，闭合回路非常有限，因此，身体的强度很大程度上还是决定着战斗力的强弱。所以，在无法拥有更强大的灵魂回路的前提下，一些魂术师铤而走险地通过魂术的力量开始强化自己的身体，于是，一种叫作【熔炼】的禁忌魂术诞生了。"天束幽花渐渐缩起她的膝盖，不知道是因为冷，还是因为在回忆那段太过血腥黑暗的历史时期而产生的抗拒，"所谓熔炼，就是通过魂术的力量，来改造人类的身体，你能想到的一切匪夷所思的尝试，在那个时代都有人尝试过，有人残忍地斩断自己的双臂换上钢铁的利爪，有人往自己的血液里灌注毒蛇的毒液，有人挖掉自己的眼睛换上蜥蜴的眼球，有人给自己装上飞龙的肉翅……那是一个非常黑暗也非常邪恶的时期……人们走在街上，有时候都会觉得像是走在布满了魂兽的森林里，那些被改造后的魂术师，看起来已经完全不像是一个人了……他们为了对力量的疯狂渴望，自己放弃了作为人类的外形。但是熔炼的成功概率极低，而且对自身肉体的损耗巨大，大量的魂术师都在熔炼的过程中死去了，他们没有坚持下来……我记得记载这段时期的文字有一句话是'满城都是魂术师们在熔炼过程中的哀号，他们像是垂死的野兽，发出凄厉的惨叫，人们在城市间回荡不绝的惨叫声中，度过暗无天日的岁月'……而最终活下来的人，就站上了魂力的巅峰。在亚斯蓝魂术发展历史上，有很长一段时间内，都是熔炼流派的人，在统治着魂术世界，普通的魂术师根本没有力量和他们抗衡。

"也因此，永生天赋所带来的超越人体极限的愈合与再生能力，让魂术师们能够挑战承受更高强度、更匪夷所思的熔炼，它无可争议地成了那个时代最强大，也最炙手可热的天赋。"

"也因此，这种天赋就被皇室独享了，对吗？"麒零坐直身子，看着幽花，他脑海里想象着当时满城行走的怪物，心里有些难受，他不喜欢这种扭曲黑暗的感觉。

"没错。也正因为如此，皇室一度垄断了全部七个王爵的位置。因为其他人就算能够从熔炼下存活，他们能够承受的改造强度也有限，但是，有永生天赋打底作为基础的皇室血统，很快崛起，占据了魂术世界的大半壁江山。但也因此，很长一段时间，统治这个国家的皇族，在老百姓眼里，都像是一群怪物……"天束幽花抱着膝盖，声音轻轻的，特别是说到"怪物"两个字的时候，她低垂着眼帘，睫毛微微抖动着，"麒零，你知道吗？曾经的亚斯蓝并没有所谓的白银祭司和王爵统治下的宗教体系和冰帝统治下的政治体系的，曾经的神权就是皇权，两者非常统一，在那个历史时期，所有的王爵都流着皇家的血脉，而冰帝就是一度王爵，是魂术世界的巅峰，没有任何一个人可以和他抗衡。直到皇血的秘密被发现……然后，白银祭司就强制性地将王爵体系从皇室体系里面剥离了出来，然后才有了现在的神权和政权的双权分立，联合统治。"

"皇血的秘密？"

"对，皇血的秘密，艾欧斯写给我的信里面，主要就是告诉了我这个秘密。一直以来，我所有的疑惑、所有的困扰、所有无法理解的谜团，都在这个秘密面前迎刃而解了。这个秘密的发现在当时引发的疯狂和震撼，几乎让亚斯蓝陷入了毁灭，最后，还是当时在任的冰帝对白银祭司做出了退让和妥协，同意了将王爵体系从皇室体系中剥离。甚至为了将整个皇族的存在淡化隐藏起来，我们同意了放弃自己千万年以来固定传承的姓氏，所以我叫天束幽花，我父亲叫西流尔，冰帝叫艾欧斯……我们没有统一的姓氏……皇室甚至认养收纳了很多外来血统的人，进一步混淆隐藏具有皇室血统的纯正后裔……"

"你们的血液里到底有什么秘密，需要这么大动干戈？甚至像你说的，几乎导致亚斯蓝的毁灭。"

天束幽花抬起头看着麒零，麒零这个时候才发现她的眼睛不知道什么时候，已经变得通红，她湿漉漉的眼睛颤动着，睫毛被泪水染湿，一簇一簇的，像是被雨淋透的羽毛。麒零没有催促她，他安静地坐着。

"皇血的秘密听上去很匪夷所思，但是又极其简单，简单得像是一种生物的本能。"天束幽花过了很久，终于轻轻地开口，"我们所有身体里流淌着皇族血液的人，共享同一个我们看不见的系统，我们把它称作【魂力池】，任何皇族的人死去，他身体里的所有魂力都会回归到这个魂力池，然后通过魂力池的作用，平均分配给其余所有存活在这个世界上的皇室家族成员，增加他们魂力的上限。"

麒零沉默了。

"听起来有些复杂对不对？我说简单一点好了，如果这个世界上只有三个皇室家族的人，每个人的最大魂力都是数字十，那么，如果有一天，其中一个人死了，那么另外两个活着的皇室的人，魂力的最大值，就会变成十五。"天束幽花看着发愣的麒零，淡淡地苦笑着，"这么说你懂了吗？很匪夷所思吧？但是又非常简单，就像是生物自我本能对力量的守护，不愿意让力量有任何的耗损或者溢出。"

麒零没有说话，并不是因为他没有听懂，而是他瞬间明白了这个秘密的可怕。他看着幽花，小声地尝试问道："我们每一个人的魂力上限都是在不断增长的，大部分人增得很缓慢，有些人突破得特别快，比如神音，比如幽冥他们，而且，我们还可以通过赐印让别人也具有魂力……那如果是这样的话……"他没有继续说下去，他看着此刻蜷缩在毛毯里的瘦弱少女，心里说不出地震撼和悲凉。

"你猜得没错，魂力池只会不断持续变大，永远不会缩小，我们每一个人都在不断地突破自己的魂力极限，皇族的人口也在不断繁衍增加，所以，这个看不见的池子，也许已经膨胀成了一个浩瀚无垠的大海……"天束幽花伸出手，擦了擦自己睫毛上的泪珠，苦涩地笑了笑，"这就是这个秘密之所以可怕的地方。这个世界上，有一个家族，他们的力量持续不停地增长着，不断地有人死去，不断地有人出生，然而，他们的力量却不会有任何衰减，活着的这群人，身上流淌着过去几百年甚至几千年累积存续下的魂力，这不可怕吗？所以，白银祭司才下定决心，无论如何，也要不惜一切代价地将王爵体系从皇族分离出去，他们需要有另外一股力量崛起，和这个古老的家族抗衡。"

壁炉里的火焰变得小了很多，房间里的温度渐渐开始下降，窗帘已经开始隐隐透进来一些清晨微弱的晨曦。

"可是，如果皇血里流淌着这么一个巨大的秘密，怎么会一直以来都没有人发现呢？"麒零有些关键的地方想不明白。

"因为不可能有皇族的人会突然大量死去啊，一个人的魂力再强大，也是有限的，当他死后，魂力值平均分配给活在这个世界上的每一个皇族人的时候，所产生的魂力增幅根本不可能会被注意到。就像你对着一个池塘丢进了一小块石头，理论上来说，池塘水位一定上升，但是，不可能有人会觉察得到水位的变化。所以，很长一段时间，根本没有人意识到有这样一个看不见的魂力池在持续积累着力量……"

"那这个秘密是怎么被发现的呢？"麒零问。

"你应该想得到吧。"天束幽花看着麒零，有点从刚刚的低落里恢复了过来，她饶有兴趣地看着麒零，似乎在考验他的思考能力，"丢进去一块石头不行，那如果有人突然丢了一千块一万块石头进去呢？"

麒零侧过头，眉头微微皱着："所以，是某个聚集着很多皇族的地方发生了瘟疫或者战争之类的某种原因，导致了在极短时间内皇室人群大量死亡？"

"没错。"天束幽花等着他继续说下去，"那亚斯蓝哪个地方皇室的人最多呢？"

"帝都啊。"麒零有点摸不着头脑，这答案不是很显然的吗。

"我说的不是格兰尔特。"幽花看着麒零，慢慢地说道。

麒零的眼睛渐渐亮起来，他的眸子里像是有星辰从漆黑的夜空里浮起："尤图尔！尤图尔遗迹！曾经的帝都！"

"对，当年的帝都尤图尔遭遇灭城之灾，大量皇室血统的人瞬间死亡，急剧缩减的人口数量造成了超级强烈的魂力溢出增幅，于是，皇血的秘密也就暴露在了白银祭司的眼里。"天束幽花叹了口气，"不过我不得不扫你的兴，至于为什么曾经的帝都尤图尔会突然变成死亡之城被沉到地底，答案……"

"——也被抹去了。"麒零叹了口气，"我就知道。"

"皇血的秘密被发现之后，就开始了将王爵体系从皇室体系内剥离出去的漫长过程。皇血秘密的存在也不断地被弱化、隐藏、掩盖……随着亚斯蓝越来越多崭新天赋的崛起，皇血的秘密和永生天赋的秘密也就真的渐渐沉到了水面之下。人们目不暇接地被这个国家诞生出来的越来越诡异而强大的天赋吸引了注意力，而当年这场皇室和白银祭司之间的危机，也就变成了一座休眠的火山，彻底地沉睡了。"天束幽花的目光里有一些疑惑的神色，"但是我一直很奇怪的地方在于，为何新天赋的诞生速度可以如此之快，而且越来越快……曾经需要几十年甚至几百年才变异完成的一套闭合灵魂回路，现在往往四五年的时间就会在亚斯蓝某个地方突然出现，崛起……"

"我和你不一样，我感到奇怪的地方不是在这里。"麒零看着幽花，他思考着，到底应该怎么来问这个问题比较好，"如果白银祭司真的觉得皇室对他们是一个巨大的威胁，那以他们的残忍手段来说，不应该直接把你们全部杀死才对吗？就算淡化、掩盖你们的存在，那个看不见的魂力池还是在持续扩大啊……"

"如果能把我们都杀死的话，我相信白银祭司一定会这样做的。"天束幽花苦笑道，"但是他们做不到。"

"为什么做不到？把你们所有皇室的人抓起来，一起砍头就行了吧？"麒零拧紧了眉毛，"所有人都死了，那个池子再大，也没用了吧？而且，那个池子也就停止增长了啊。"

"白银祭司不敢冒这个险。"大束幽化看着麒零的眼睛，"但凡有一个人没有被抓到，比如说有一个皇室的私生子流浪在民间，没有人知道他的皇室身份，甚至或者，这些人死亡的时间不一致，哪怕有一个人比其他所有人脑袋落地的时间晚了那么一秒，这一秒钟内，他就会瞬间觉醒，成为一个无法想象有多么强大的怪物——那个人会突然变成集过往千万年来所有皇室血脉力量为一身的——'神'。所以，白银祭司才会一直以来派出大量兵力保护着皇族的安全，看似是为了维护皇室尊严，但实际上，是为了保护我们，不让我们人口衰减，这是一种非常笨拙的方法，看上去甚至有些矛盾得可笑。但是，这是他们目前行之有效的遏制魂力池膨胀的最好方法：限制对皇族人的赐印和魂路授予，同时大量地扩大皇族的人口基础。让人口的数量增长超过魂力的增长，从而稀释每一个人能够从魂力池获取的溢出数值——这也是为什么，你在雷恩城第一次遇到我们家族的护卫的时候，他在满大街帮我找男人结婚呢，我才十六岁！"

天束幽花笑着，脸上带着十六岁少女独有的红晕。然而，麒零的心却像是被人用力地揪在了一起。他胸腔里像是有块地方正在结冰，冰碴儿沿着他的骨骼蔓延到他的整个躯体，一种透彻心底的寒意和同情让他的眼眶发红。是啊，她才十六岁。可是，她永生啊。白银祭司做不到把所有皇室血脉的人一个不剩地抓起来，也没有人做得到让所有人的脑袋在同一秒钟落地。可是，她做得到啊，她就是这样的奇迹啊，她什么都不用做，就能做到这一点啊，只要她能够一直活着，比任何人都久远地在这个世界上活着，所有皇族的人都死去了，她还活着，她就是这个世界上最后剩下的永生皇族，她就会是最后独自拥有整个魂力池的那个神啊……

天束幽花抬起头，看着麒零通红的眼睛，她的笑容渐渐消失，像是风干凋零的娇嫩桃花，她的眼眶变得通红，晶莹的眼泪堆在她的眼底，她笑着，带着泪痕，声音哑哑地说："看来，你也想到了吧，这就是为什么，我会说，永生天赋和皇室血统的叠加状态，是最被针对的……我的父亲已经死了，我就是最后的那个人啊，可是……"她的眼泪大颗大颗地掉下来，她的手用力地抓着麒零的衣角，颤抖着，"可是，我不想变成最后的那个怪物啊！"

天束幽花的眼泪渐渐停了，温润的眼角倒映着壁炉里燃烧的火光，让她的眼眶看起来更加通红。

麒零也不知道该怎么安慰她，他抬头，窗帘缝隙里已经透进了清晨微亮的晨曦，渐渐有鸟鸣声从远处的森林里传来，把寂静的清晨衬托得更加空旷清冷。

他觉得有些疲倦，也许是整夜没睡的关系吧。他在心里这样安慰自己，但没什么用，他很清楚，这种沉重的疲倦来源于对亚斯蓝魂术世界的深入了解——曾经想象中的魂术世界充满了荣耀、尊贵、忠诚、热血……然而越往深处行进，就会发现曾经的光芒万丈渐渐被浓郁的黑暗吞噬，伸手不见五指的压抑黑暗中，充满了各种各样的邪恶怪兽，它们吞食咀嚼着人性里所有珍贵的情感，催生着种种贪婪的邪恶和残忍。

他突然发现，曾经在自己心里尊贵无比的皇族，血液里竟然流淌着这样一种"诅咒般的恩赐"，这是幽花曾经对自己说过的原话，那时的自己没有在意，但现在，他全都明白了。他能够清晰地感受到，魂力池的存在，对白银祭司和皇室来说，是一件多么扭曲却又无可奈何的事情。很难有一个秘密，是对峙的双方都惧怕它被公之于众的，它是一把真正的双刃剑——刀锋同时切割敌我，无人幸免。

"一旦皇血魂力池的秘密被公之于众，那么，皇室家族一定会遭到巨大的重创。因为一定有人会疯狂贪婪地想要拥有魂力池的力量，然后就会开始互相残杀，皇室血脉就会因此而急剧衰减。但在整体衰减的同时，单个个体所能拥有的魂力又会呈几何倍数地增加，当整个皇室只剩下几个人的时候，这些人就会变成足以威慑白银祭司的力量——所以，白银祭司也不愿意这个秘密被更多的人知晓。"天束幽花擦掉眼角的泪水，"所有人都在拼命地隐藏这个秘密，却没有人想彻底摧毁它，因为它太过诱人、太过强大，每一股力量都在等待着，最终能够驾驭它的一天。"

"这些都是冰帝艾欧斯在信里告诉你的吗？"麒零小声地问。

"艾欧斯只告诉了我关于魂力池的秘密，而其他的所有相关资料和历史，都是我从图书馆里保留的各种卷宗记录上得到的。我从小没什么朋友，除了在图书馆里看书，也没有什么能做的。而且，还有我母亲留下的各种各样大量的记录，你知道吗？我母亲真是一个非常非常厉害的人……通过她的书写记录，我才可以把这一切都串联起来，但是所有的一切，都缺失了最关键的一环，就像是一个完整的药方，少了最关键的一味药引，后来我明白，这个最关键的药引，就是皇血的秘密，所以我才写信问艾欧斯，让他告诉了我最关键的一点。"

"原来你之前半夜不睡觉一直在图书馆，就是在查询各种各样的资料啊。"麒零忍不住轻轻笑了，"你知道吗，最开始雪刺来把我叫醒，带我去图书馆的时候，我还以为郡王府里有白银祭司派的追兵潜进来了呢，当时看到你点着昏暗的灯火坐在地上，也把我吓得够呛……"

麒零自顾自地说着，忍不住挠了挠自己有些发红的脸颊，心里嘀咕着，自己真的有点想太多。然而，他没有发现，天束幽花的面容已经从刚刚的悲伤，渐渐变成了锋利的冷酷，她通红的眼睛变得冰冷，眸子里闪烁着冰冷的寒光。

"你说，是雪刺带你，来图书馆的？"天束幽花一字一句地问道。

"对啊，我还在奇怪雪刺怎么大半夜溜达到我房间来了呢，没想到是带我去看你，哈哈。"麒零尴尬地笑了笑，刚转过头，脖子上就感到一阵尖锐的刺痛。

滴答。

滴答滴答。

几滴血珠掉落下来，打在麒零的手背上。

天束幽花手里握着的那根冰刃，此刻正抵在麒零的脖子上，他甚至能够清楚地感觉到，在冰锋的毫厘距离之下汩汩跳动的动脉。她的冰刃再往里刺些许，他的鲜血就会喷薄而出。

可是，他完全不明白她的杀意来自哪里。他的眼神里有疑惑，却没有闪躲。他的目光里有不解，却没有内疚。

天束幽花的手颤抖着，她心里的愤怒像是怪兽一样撕咬着她的胸口。她尽全力控制着自己握紧冰刃的手，迟迟没有再往前刺进，掌心的温热将冰刃融化，一滴一滴水珠掉落在地毯上，就像她此刻从眼眶里涌出的泪水。

她恨自己的单纯和愚蠢，她甚至觉得自己可笑而又可怜。天束幽花，你以为自己算什么呢，他们之间的情感，是全天下独一无二坚不可摧的灵犀，而你呢，你和他之间有什么呢？而她，竟然就这样把自己的秘密，把整个家族用尽全力守护了几百年上千年的秘密，赤裸裸地告诉了一个和自己没有血缘也没有羁绊的人。

银尘。

她的内心里突然充满了对银尘近乎疯狂的仇恨。她堆满泪水的视野里，浮现出银尘那张没有表情、冰雪般冷漠的精致面容。然而，这样一张漂亮的脸，下面却是这样让人厌恶的丑恶。他可能早就已经发现了自己半夜起来研究卷宗的秘密，他甚至可能原本就知道自己送出的纹血鸠会飞向冰帝，飞向秘密的核心。而他什么都没做，他耐心地等待着，像是一只悄悄潜伏在草丛里的冰凉的白蛇，或者说是隐藏在森林浓雾里，悄声织网的毒蜘蛛。他知道自己不会告诉他任何秘密，但是他看透了自己对麒零的信任和亲近，所以他派出了雪刺引导麒零来发现半夜的自己，然后让自己对麒零和盘托出。

那麒零呢？麒零知道吗？

麒零也是草丛里的蛇和浓雾里的蜘蛛吗？

她的手掌被坚冰冻得发痛，然而她如同完全没有知觉。她突然觉得自己悲哀得可笑，当所有人都潜藏在幽暗的浓雾森林里时，只有自己，高举着熊熊燃烧的火把，一路唱着歌曲，朝着瘴气弥漫的沼泽走去。

"你会把我告诉你的秘密，告诉银尘吗？"天束幽花控制着自己的声带，尽量让自己的声音稳定。她绝望而刺痛的心里，依然有一个小小的女孩在大声呐喊着：你告诉我你会帮我保守秘密，你说你不会告诉银尘。只要你说，我就相信，我相信你。就算你骗我，我也相信你。

然而，麒零沉默了。

他没有回答她的问题。他看着天束幽花的脸，依然没有回答她的问题，他的眸子颤抖起来。

"你会告诉银尘吗？"天束幽花的声音听起来像是一种哀求。

麒零的眼帘低垂下去，他浓密的睫毛把他的眸子笼进一片黑暗里。

天束幽花眼睛里的光芒彻底熄灭下去，泪水像是剔透的水晶，在她的眼眶里凝固了。

她手臂上的金色魂路飞快地亮起，手肘翻动，手上的冰刃往前飞快地刺去。

瞬间喷涌而出的血液，飞溅在四周的书架上。

【西之亚斯蓝帝国·雷恩·郡王府】

所有的动作都是在一瞬间发生的。

像是命运在那一秒钟内投下了无数枚钱币，正面反面，撞运气。

麒零在脖颈传来剧痛的瞬间，用尽全力往后退了一段距离，这一段距离在幽花快如闪电般的攻击下，其实也只能偷出一秒钟的生命份额。

鲜血瞬间飞溅。

在这方寸的距离拉开的当下，一枚古铜圆镜突如其来地卡在了幽花的冰刃和麒零的脖颈动脉之间。冰刃瞬间撞击粉碎，炸裂成无数冰碴儿。

麒零的伤口处突然感觉到一阵强烈的热力，像是有一双滚烫的手掌正捂在自己喷血的动脉之上。他低下头，在他的脚下，是一个金光四射的旋转之阵，源源不断的生命力从他的体内汹涌而出，扑向他受伤的血管。

"永生之阵？"天束幽花猛然回头，莲泉和银尘已经站在自己身后。

天束幽花坐在宽大的沙发上，她双手放在自己的膝盖上，她的手指依然控制不住地微微颤抖着。她抬起头，用目光偷偷看向麒零，此刻，银尘正扶着他的脖子，一只手按住他的伤口，银尘手背上大量的金色魂路正在呼吸般发出此起彼伏的光芒，源源不断的魂力正在输送进麒零的身体，他们依然笼罩在莲泉的金色光阵里，双重保护之下，麒零终于停止了剧烈地出血。

L.O.R.D

Legend of Ravaging Dynasties

　　天束幽花心里有些后悔，甚至有些后怕。当所有被背叛的愤怒和羞耻之感如潮水般退去之后，她只剩下对麒零的愧疚和心疼。但是她放不下内心的倔强和骄傲，她咬着嘴唇，睁着红红的眼睛，看着麒零的侧脸，他如果回过头，就会看见此刻天束幽花向他投去的目光。

　　然而，麒零此刻安静地看着银尘，他动了动嘴唇，还没有开口，银尘就打断了他欲开口说的话。银尘轻轻摇了摇头，用低沉的声音小声地说："你先恢复，一会儿再说。"

　　天束幽花的眼泪掉落在她颤抖的手背上。

　　"其实，你不用伤害麒零的，他对这一切完全不知情。"鬼山莲泉看着双眼通红的天束幽花，她内心有些不忍，"而且我们早就知道了，皇血的秘密。"

　　天束幽花转过头，她震惊地看着鬼山莲泉："你怎么会知道？"

　　"你父亲临终前，在对我赐印结束之后，告诉我的。"鬼山莲泉看着她，轻轻地叹了口气。

　　天束幽花脸上震惊的神色渐渐退去，像是弥漫的浓雾渐渐消散，露出了一片荒芜的旷野。她的脸上只剩下那种一无所有的悲伤："他连这个都告诉你了。"

　　不是疑问，而是一种无可奈何的陈述，是接受。

　　她的心里像破了一个洞，窗户上被一块石头砸破了一个缺口，寒冷而又无情的凛冽冬风吹进了胸膛，吹熄了燃烧的火焰，吹凉了跳动的心，吹灭了还残存在内心的渴望。

　　她从小到大，都很想见一见大家口中一直传说的父亲，她只能从那些密密麻麻的卷宗记载里面，去找寻自己父亲的痕迹，去一点一点想象西流尔的样子，他的性格、他的声音。他不太爱说话，喜欢落叶满地的秋天，喜欢清淡的蔬菜，喜欢山羊绒编织的长袍。她甚至从卷宗和冰帝的信里寻找到了最关键的皇血的秘密，她兴奋地以为，这是由她和西流尔所独享的秘密。

然而,他把所有的一切，都给了一个之前素未谋面的陌生人。

他把永生的天赋给了她。他把皇血的秘密也告诉了她。

然而他从来没有给过自己任何东西，连姓氏也没有，甚至，连名字也没有。他走得那么匆忙，毫无牵挂。

"你父亲很爱你。"鬼山莲泉看着低头沉默的天束幽花，声音很轻很软。她虽然心里非常不喜欢这个娇蛮任性的小姑娘，但是，她在这一刻，非常理解她。

"是吗?"天束幽花淡淡地回答，"他把一切都给你了，却什么都没有留给我。你告诉我说，他很爱我。"天束幽花突然笑了，一大颗眼泪从眼眶里滚落出来。

"你身上的灵魂回路，你的永生天赋，就是他留给你的最宝贵的东西，那是他即使死去，也会永远守护你的东西。"鬼山莲泉走到天束幽花身边坐下来。

"他只是赐印给了我的母亲，而我意外地从母亲身上吸收了她的灵魂回路而已。"天束幽花冷冷地笑着，目光里有一丝对自己的嘲讽，"我甚至都不确定他是不是知道自己有一个女儿活在这个世界上。"

"他知道。"鬼山莲泉回答，"他赐印的时候，就已经知道你母亲怀孕了。而且，你能够从你母亲体内继承永生天赋，并不是什么意外，而是西流尔苦心的安排。"

天束幽花抬起头，她愣住了。

"你知道你父亲的年纪吗？"鬼山莲泉突然问。

天束幽花有点不知道她问这个的用意，沉默着，没有回答。

"到他去世的时候，他已经一百多岁了。"见天束幽花对自己依然怀有戒备，于是鬼山莲泉自己往下继续说道，"经过如此漫长的岁月，他比谁都清楚永生天赋所能产生的各种效果，以及对人体所能产生的影响，他知道当你还没有从你母亲的体内分离之前，永生天赋会将你们视为一个完整的生命休，从而，魂路自然会通过你母亲的子宫和脐带，蔓延到你的身上，这也是他的目的，间接地对你进行赐印。如果他只是想要对你母亲进行赐印，根本无须等到你母亲怀孕啊。

"因为白银祭司害怕的，并不是永生的天赋，也不是害怕皇族血统所拥有的隐形的魂力池，他们害怕的，是永生天赋和魂力池的叠加状态。在没有永生天赋的前提下，魂力池看似一个非常强大而无解的存在，但实际上，要造成所谓的'超级溢出'几乎不可能。魂力池并不是从一开始就存在的，虽然目前并不知道它究竟是在何时以及在何种原因下诞生的，但它的存在远远落后于皇族的起源，因此，一开始分享这个魂力池的人口基数就非常庞大，虽然每一次死亡都会造成魂力溢出，但是就像你说的，一块石头丢进池塘，一定会造成水位微不足道、肉眼无法观察到的上升，但是，这是建立在这个池塘维持大小不变的情况之下的，那如果在不断有石头丢进这个池塘的同时，有人在池塘底部逐渐将这个池塘挖深挖宽呢？"

"呵呵，你们偷听得挺久的嘛。"天束幽花突然冷笑道。

鬼山莲泉被她说得有些尴尬，脸色微微有些发红。

"不断死去的皇族，就是丢进这个池塘的石块。"天束幽花转过头，"不断新生繁衍的皇族人口，就是在挖深挖宽这个池塘的容积，对吧？"

"对，没错。或者更精确一点来说，不断死去的皇族，是持续掉落进这个池塘的雨滴，而且同时，这个池塘由于某种未知的原因，完全不会蒸发溢出任何水分，这个就是皇血魂力池的存在。"鬼山莲泉继续说，"所以，排除掉突然疯狂降落暴雨和池塘突然收缩变窄这两种前提之后，池塘的水位也就失去了爆发性上涨的可能，再加上持续的人口繁衍增长，也就是有人继续在池底往下挖，那么水面的上涨速度几乎可以忽略不计，要到达白银祭司心里的警戒水位，需要非常漫长的时间，也许到那个时候，白银祭司早就已经想出了彻底毁灭整个魂力池的方法了。更何况，白银祭司还在不断地修筑更高的堤坝，大幅抬高了池塘警戒水位线的位置，所以，在水位到达警戒线之前，这个看不见的池塘，一定会被摧毁。"

"修筑更高的堤坝是什么意思？"天束幽花不解地问道。

"幽冥，特蕾娅，神音，霓虹……"鬼山莲泉面容有些沉重，"他们就是不断增高的堤坝……你看过那么多卷宗，难道没有发现吗？亚斯蓝的魂术历史，王爵使徒从曾经的几十年一次更替，变成十年，甚至几年一次更替，而昨夜袭击我的那两个小男孩，不管他们是什么身份，他们离神音、霓虹的出现都实在是太近了……他们所有人，都是这个池塘周围不断垒高的石块。"

"我明白了……"天束幽花的面容变得非常苍白。

"我不是很明白。"远处半躺在银尘膝盖上的麒零侧过头，龇着牙，小心地转动着脑袋，以防止伤口破裂，"那这么听起来，白银祭司不用担心什么啊。"

"你耳朵伸得够远的，伤口还没好呢，瞎操心什么啊。"银尘有点怒，但眼神里依然是藏不住的关切，他手背上的金色魂路亮起更剧烈的光芒。

"你别吼我，你一凶我，我一紧张，万一伤口崩裂，那可得滋你一脸血。你这么有洁癖的人，我怕你承受不了。"麒零坏笑着，看着板着一张脸的银尘，"莲泉，你说明白些啊。"

"因为白银祭司希望这个魂力池的水面永远是平的。维持一潭死水，不要兴风作浪。而且实际上，这个魂力池的水面确实就和所有的水面一样，是平的。"

"这个池怎么可能是平的。"麒零摇摇头，然后瞬间就被银尘重重地拍了脑门，他左右摇了摇眼珠子，"他们人与人之间的魂力差距可大着呢，你说冰帝艾欧斯的魂力那么厉害，能和幽花这个蹩脚猫一样吗？"

"我刚刚就应该一刀捅死你！"天束幽花恶狠狠地瞪回去。

"如果把皇族所有的人看成构成湖面的所有的点，那么他们彼此之间魂力确实有高低区别，但是这个魂力差距如果放大到整个魂力池的浩瀚体量，再加上以几十年或上百年为一个单位的观察周期来说的话，你还是可以理解为魂力池的水面是平的，偶尔有一个翻起的水花，两秒钟之后，这个水花的生命结束了，它依然会落回湖面。对观察者来说，这个湖面永远都是平的。"鬼山莲泉看着认真的麒零，耐心地解释道，"而永生天赋将人类肉体的存活期限提升到了一个非常可怕的时间，从永生天赋诞生以来，所有死去的永生王爵都是非正常死亡，和普通人说的非正常死亡不同，他们的非正常死亡指的是被敌人在极短时间内造成巨大而根本性伤害所导致的死亡。普通人所说的非正常死亡包括的疾病啊、中毒啊、流血过多啊等，对他们来说都是免疫的。所以，至今没有人知道具有永生天赋的人，如果要正常死亡的话，到底需要多少时间，甚至都没人知道，他们是否会正常死亡……也因此，我刚刚说的'时间'这个前提被取消了。西流尔、天束幽花，以及所有曾经拥有永生天赋的皇族人，都成了这个魂力池池面那朵持续维持着翻涌的状态，却永远不掉下去的浪花。你说，对观察者而言，看着能不刺眼吗？更何况，这朵浪花持续不停地在升高，虽然非常缓慢，但总有一天势必超过警戒线。如果你是观察者的话，你会怎么想？"

"我会想把这个池子挖宽挖深！"麒零摸摸脑袋，一副恍然大悟的样子，"怪不得让天束幽花十六岁就结婚，我还在想她一个小姑娘，也太着急了吧，就不能等等吗，满大街地找男人去结婚，这像话吗！"

"他还是没听懂。"银尘看着莲泉，有点头疼。

"白银祭司想让这些违反物理原则的浪花消失。"天束幽花突然说道。鬼山莲泉转过头，她从天束幽花的面容上，看出来她已经明白了一切。

"没错，所以，从皇血魂力池被发现的那一天开始，白银祭司就一层一层地开始削弱皇室的力量，第一步是将王爵体系从皇室家族剥离出去，从这个意义上来说，等于是将持续不断降落到这个池子里的暴雨，变成了毛毛细雨，从源头上遏制总体水量的增长。同时，他们建立新的王爵体系，代替皇室家族去从事所有高危的类似战斗、魂兽收服等容易造成生命耗损的工作，将整个皇室家族保护起来，让他们的人口持续增加繁衍，也就是不断挖深这个池子。在完成了这些改变之后，他们才开始了核心诉求，也就是对付那些'不听话的点'。第二步，他们提供了各种各样令人眼花缭乱的珍奇天赋给核心皇室的人享用，这些看似极其强大的天赋充满了诱惑力，比如每一任冰帝的天赋都极其可怕，难以对抗，但是我想这种难以对抗也只是在我们眼里难以对抗而已，白银祭司必定有针对其天赋的方法。于是很多曾经拥有着永生天赋但是并不知道皇血魂力池秘密的皇族，他们经受不了这些强大天赋的诱惑，放弃了继承父辈的永生天赋而选择了新的天赋。甚至有些知道皇血魂力池秘密的核心成员，也抵挡不了这种诱惑，因为皇血魂力池看似极其强大，但是需要经过太漫长的时间累积，而且这种强大是共享的，是分摊的，不用等待就可以独占一种强大天赋的诱惑让很多急躁的皇族也放弃了永生。这样经过好几代的繁衍之后，永生天赋存在的数量就被大幅减少了。再然后就是第三步，白银祭司走出了最关键的一步，也是掩藏得最好但是也最狠的一步。他们让本应该存在于皇室体系之外的王爵体系，重新回归了皇室体系，王爵体系和皇室体系产生了交集，也就是像西流尔这种既是皇室，又是王爵的存在，在经过了漫长的时间过滤之后，又一次诞生了。但是，最可怕的是，他们将永生王爵的爵位设定为了六度王爵，在整个王爵体系中，高位王爵死亡，剩余王爵都可以往前顺位继承，而唯独永生王爵永远锁定为六度王爵。"

"什么意思？他们的目的不是剥离吗？怎么又回归了？"麒零有点不明白，但是他明显看到天束幽花的面容变得有些苍白和虚弱。

"因为只有王爵死亡，使徒才能成为王爵。"天束幽花的声音很轻，她的目光低低地看着地面。

"作为永生使徒的代价，就是也许永远都成为不了王爵。因为只有王爵死亡，使徒才可以成为王爵。"鬼山莲泉接过天束幽花的话，"作为普通人来说，能够成为使徒，拥有永生天赋，已经是非常奢侈的事情了，一般人当然不会拒绝。但是，作为皇室，有白银祭司提供的各种眼花缭乱的高级天赋作为选择，没有人会愿意几百年一直做一个末端的六度使徒。于是很多继承人不再愿意传承父辈的永生天赋，而选择了那些极其诱人的天赋。于是皇室重新攀上王爵体系的高峰，大量奇迹般的天赋支撑着他们攀向五度王爵四度王爵，甚至越过那条很难逾越的分界线，走向了高位王爵，所以，亚斯蓝出现过一个非常诡异的时期，一度王爵到六度王爵，全部重新被皇室垄断。此时，经过第一个阶段之后，整个魂力池的暴雨已经停止，水位的增长已经放慢，所以，白银祭司根本不介意掀起几朵看起来高得刺眼的浪花，因为就算浪花翻涌得再高，几秒钟后就会跌落回水面——作为观察者的白银祭司拥有千万年的寿命，因此，对他们几十年一百年一次的回眸来说，湖面几乎已经算是风平浪静了。于是白银祭司抓住人性贪婪的弱点，让永生天赋在皇室家族里面从无数个不停翻腾上涌的浪花，变成了唯二两个孤零零的点，永生王爵和永生使徒，变成了一潭死水里两朵孤独的浪花，他们缓慢但持续地上升着，他们终将离整个池面越来越远，变成魂力池面上摇摇晃晃，脆弱渺小的两根孤独地朝着天空生长的细线……而现在，只剩下一根了。"

莲泉说到这里，停了下来。

整个房间鸦雀无声，连刚刚还在顽皮打闹的麒零也安静了下来。

无声的死寂让人有些耳鸣。

莲泉的声音很美很好听，但是，麒零却像是随着她的声音看见了一幅最残忍的画卷，如同有人在他面前摊开了一张浸满了鲜血的旗帜，旗帜织锦刺绣华丽无比，然而早已千疮百孔、残破断裂。

一整个家族的命运被无情地操纵着，不知情的，甚至知情的，都义无反顾地投身到这场血腥的洗礼，成为这场无声杀戮的某个组成部分。

岂曰无衣，与子同袍。

每一个人都穿着那身带血的华袍。

"是不是很残忍？"鬼山莲泉看着麒零有些颤抖的目光，她脸上露出一个痛苦的微笑，"那你准备好听接下来的故事了吗？接下来的，才是真正的残忍。作为比永生王爵还要更低一位的七度王爵和七度使徒的你们，难道会天真地觉得这个位置，与世无争风平浪静吗？"

爵迹

Chapter 05

恐怖沙漏

L.O.R.D

Legend of Ravaging Dynasties

【西之亚斯蓝帝国·雷恩·郡王府会议室】

会议室的氛围有些压抑，窗外吹进来的寒风让每一个人的脸色都有些发青。

"七度王爵这个位置究竟有什么特别的用意？"麒零看着莲泉，心里隐隐有些不安，他转过头看了看银尘，但银尘的脸色没有什么变化，他捂在自己脖子伤口处的手掌，依然温热而稳定。

"不只是七度王爵，应该说，每一个王爵，之所以在他们的那个位置，都是被精心设计安排好的。"鬼山莲泉轻声回答。

"不对啊，不是说，王爵是按照战斗实力来进行排名的吗？排名越靠前的越厉害？"麒零皱着眉头，有些不相信。这和之前银尘告诉自己的实在是太不一样了。

"除非接到追杀红讯，否则，王爵和王爵几乎很少会直接战斗，就算偶尔过招，也不会是你死我活的殊死对抗。在这样的状态下，彼此的战力其实都不会彻底释放。虽然魂力的高低差距可以被感受到，但是，王爵的总体战力强度，却不只是单纯地看谁的魂力多谁的魂力少来排序的。王爵之间的强弱，是根据魂力、天赋、魂器、魂兽等种种属性叠加之后的综合状态来判定，甚至会出现专门针对和克制某种天赋或某件魂器的情况。所以，目前的排名，和实际的强弱，根本没有太多的关系。亚斯蓝所有的王爵位置顺序，都是由白银祭司统一确定的。谁被取代，谁能晋升，谁被降级，都有着严密的规划和安排，在这背后，是极其精准的设计和演算。"

"每一个人的位置所代表的意义，你都知道吗？"天束幽花看着莲泉，忍不住问道。

"知道其中的一些……"莲泉淡淡地回答。

"比如呢？"

"比如我们一直都知道的，高位王爵和低位王爵之间的魂力差距是一道难以逾越的鸿沟。但我们都没有想过为什么三度王爵和四度王爵之间会有如此巨大的差距。但其实，正是三度王爵漆拉的存在，才造成了这种无法更改的现实。因为漆拉本身，就是那道难以逾越的巅峰，他存在的意义，就是让低位王爵无法接近亚斯蓝的魂力巅峰和权力核心。而前三度的高位王爵，才是白银祭司真正信任和依赖的人。从某个意义上来说，低位王爵的存在只是为了更好地选拔出魂力优胜者而设置的一个看不见的彼此厮杀的困笼，他们的生死和更迭，对白银祭司来说，并不是那么重要，所以，低位王爵更新换代的频率远远高于前三度王爵。"

　　天束幽花的表情看起来依然有些疑惑，她心里对莲泉的话还是有所保留："可是，幽冥和特蕾娅难道不是同一个阵营的吗？按你的说法，他们被漆拉的存在隔开，幽冥是白银祭司的心腹，而特蕾娅被隔绝在权力核心之外，可是，我怎么觉得正好相反呢？特蕾娅是掌管看大格的人啊，她是亚斯蓝知道最多秘密的人吧？"

　　"在这个残酷的魂术世界里，根本没有谁和谁是一个阵营的啊……"鬼山莲泉的声音有些沙哑，带着一点点疲倦，"你不觉得，最有机会杀掉特蕾娅的人，就是幽冥吗？"

　　"那你和我们，是一个阵营的吗？"天束幽花突然抬起头，看着鬼山莲泉，慢慢地问道。

　　"我和你是一个阵营的，我不得不和你一个阵营啊。"她望着天束幽花，露出了一个浅浅的微笑。

　　"为什么？"天束幽花没有移开目光。

　　"因为……"鬼山莲泉停了下来，她的眸子里有些光芒闪烁着，像是几缕铅灰色的云，飞快地划过了皓朗的月影，她的声音很温柔，带着一种热水蒸腾般的氤氲，"因为我有求于你啊，我需要你帮我，打开营救吉尔伽美什的第二道关卡。"

　　天束幽花沉默着，没有接话。

　　"对了，有一件事情，我想问你。"鬼山莲泉走向幽花，"我从西流尔那里得到的信息，和你所说的发生在你母亲身上的意外，出入很大。这里面究竟发生了什么？"

　　"那你先告诉我，我父亲和你说了些什么。"天束幽花抬起头，看着鬼山莲泉。

鬼山莲泉有些意外，稍微愣了愣，但很快回过神来，她看着天束幽花的眼睛，回答道："他离开你们前往永生岛之前，就已经预感到了危机，所以，他一直拖延着自己出发的时间，直到你母亲怀上你之后，他才选择对你母亲进行赐印，他的目的，是保留下皇室家族仅剩的永生天赋。但是，从西流尔开始，白银祭司因为魂力池的存在，已经限制将永生天赋继续赐予拥有皇室血脉的人，所以早早指派了西流尔的使徒人选，也就是他的妻子，你的母亲……"

"这有点说不通吧？如果白银祭司的目的是终止皇室血统对永生天赋的继承的话，那为什么还要指派幽花的妈妈作为使徒人选呢？难道他们不清楚如果西流尔的妻子怀孕的话，一样能够将永生天赋传承给她的胎儿吗？"麒零听得非常困惑。

"不能。"银尘接过麒零的问题，轻声回答道。

"怎么不能？"麒零被他们搞晕了，"你们刚刚不是说，幽花是通过吸收母亲体内的魂路从而得到永生天赋的吗？"

"当王爵对使徒进行赐印之后，爵印就会立刻在身体上成形，但是魂路不会，魂路的生长是一个持续而缓慢的过程。魂路会以爵印为中心出发，渐渐朝着身体的各个方向蔓延生长，就像是你种下一颗爬山虎的种子，需要经过一段时间，藤蔓才可以爬满一面墙壁。魂路的生长分为两个时期，从赐印之后算起的前六个月内被称为构建期，在这个时期内，魂路会飞快地生长，构建形成闭合回路，也因此，魂力在这个阶段会突飞猛进。而六个月之后，完整的灵魂回路已经构建完成，于是进入第二个时期，完善期。完善期内的灵魂回路不会再形成新的闭合回路，只会在主要魂路上继续蔓延衍生出更多的类似毛细血管一样的细微魂路，进一步抵达身体的各个部位，也因此，完善期内魂力的提高就变得非常缓慢。所以，你也知道为什么，我刚刚赐印给你之后，你能够迅速地掌握各种魂术了吧，那是因为你现在还处于前六个月的构建期，每一天你的魂力都在突飞猛进、日新月异。"银尘低头看向麒零。

"所以这也是为什么，西流尔一直拖延赐印的时间。因为他不能公然违背白银祭司的命令。但如果太早对妻子进行赐印，等到六个月的构建期结束，妻子体内的灵魂回路已经完全闭合，停止生长，那么即使之后再怀孕，永生回路也已经停止了生长，无法蔓延到胎儿体内。所以，他必须等到妻子怀孕的同时，对她进行赐印。这样，灵魂回路和胎儿会在她体内同步发育，永生回路会将胎儿自动识别为母体的一部分，从而蔓延到新生胎儿体内，以达到间接且非常隐蔽的双重赐印，既不会公然违背白银祭司的命令，也同时保留了永生皇血。所以，西流尔计划得非常周全，但是你母亲却意外死亡……"

"我母亲不是意外死亡……"天束幽花的眼眶变得通红，她的声音突然嘶哑了，"我母亲……是被吃掉的……"

鬼山莲泉和银尘同时抬起头看向天束幽花，房间里像是突然绷紧了很多根看不见的丝线。

"我母亲怀孕期间，白银祭司派了很多白银使者对她进行精心照料，当时郡王府的人都很奇怪，但是，因为我父亲已经离开，没有人可以做出任何决定，也不敢公然违背白银祭司的命令。但这份名义上的精心照料，实则是恐怖的软禁。我母亲大部分时间被限制在室内静卧养胎，偶尔外出也一定是在严格的保护——其实是监控之下。她所有的衣食住行都被严格管控。之前一直侍奉她的贴身管家和女仆，也无法接触到她。很快，我母亲就发现了不对劲，她的身体里开始隐隐发出一种难忍的痛痒，这种痛痒并不是在皮肤表面，而是在身体内部，就像是无数蚂蚁在肌肉里啃噬爬行……等到我母亲知道真相之后，她的身体里面，已经是密密麻麻的【金食蚁】了……"

"金食蚁是什么？"麒零忍不住问道。房间里的气氛压抑中透着一些阴森，他似乎也隐隐地觉得头皮下面像是有无数蚂蚁在爬动一般，他下意识地抬起手，抓了抓自己的头皮。

"一种群居的寄生虫，专门吞噬魂兽体内的魂路和魂力。"鬼山莲泉说，"可是，金食蚁一般都是在深渊密林里出没，从来没有人在人口密集的城镇中发现金食蚁的痕迹，你母亲身上怎么会有这么多？而且是直接出现在体内？"

"蚁卵。"天束幽花吸了口气，"每天送给她的食物，甚至水果羹里，都有大量的细小透明的活的虫卵……这些虫卵在我母亲的身体里孵化、繁殖，疯狂啃噬她的魂路和骨血，我母亲为了保护还在发育的我，将自己体内所有的魂力都用来牢牢保护她的子宫，将我包裹在巨大的魂力编织出的保护网里，任由金食蚁在她体内横冲直撞撕咬啃食，很多个夜晚她都发出痛不欲生的惨叫，有一阵子，郡王府里的一些下人都以为我母亲发疯了……而我也从出生开始，就一直活在我吞噬了我母亲生命的阴影里，直到几天之前，我才从我母亲留下的记录里，发现了这个秘密……"

"你母亲留下来的记录已经这么多年了，你居然才发现？

而且，如果说你母亲是被严密监控的，那么她的这些记录又怎么可能留下来一直存放在你们家族的官邸里？"鬼山莲泉看着幽花，语气有些疑惑。

"我母亲所有的书写，都非常地杂乱无章，大部分看起来都是一些无关紧要的话语，甚至是对我父亲的思念，还有一些就完全语焉不详，仿佛痴人呓语。我一开始也以为是我母亲的精神已经出现问题……直到永生岛一战之后，再加上最近的种种，让我重新翻阅我母亲的记载，然后，我才发现了我母亲留下的线索……"天束幽花抬起头，"她所有的记录都是经过加密的，而加密的'钥匙'都留在第一页的文字里。每一本手卷的第一页最开端，都会有几个字，下面有一个用魂力留下的看不见的点，虽然看不见，但是能够感应得到，我身体里的灵魂回路和魂力，都是从我母亲那里继承的，所以，即使时间过去了很久，那些微小得几乎难以感应的魂力点，依然被我发现了。一般魂力点会出现三次，有几本手卷更长，但最长的也不超过六个。比如第一页的第三个字，然后再往后数第六个字，然后再往后数第四个字下面分别有一个魂力点，那么这本记录手记的密码就是'三六四'，所以阅读的信息过滤就只需要按照这三个数字反复重复就好，所有在这三个位置上的字就是有效字，其余的字都没有任何意义。这些有效字连起来，就是我母亲留给我的真正的记录……"

房间里重新变得安静。

天束幽花的声音越来越小，最后，她沉默了。

银尘本来还想继续问她母亲留下来的卷宗里，有没有提到别的信息，然而，他刚准备开口，看到幽花低头默不作声，于是轻轻地叹了口气，没有再继续追问。

麒零看着幽花，她低头蜷缩的样子，已经没有了曾经飞扬跋扈的郡主模样，她像是变成了一个没有依靠的少女，孤零零地活在一个残忍的世界尽头。

他懂得她所有的感受。

他也一样。

但幸运的是，自己遇到了银尘。

麒零侧过头，看着银尘被晨光勾勒出的侧脸，他挺拔的鼻梁和眉弓，像是一道连绵不绝的雪山山脉线。

"他当时就那样义无反顾地走了，留下我和我母亲，在这里等死……他愿意变成一堆冰冷的石头，在大海里人不人鬼不鬼地活着，也没有回来看看我。他知道他有一个女儿心里带着对他的恨活在这个世界上吗……"

"他知道，他很爱你，幽花，他答应赐印给我的条件，就是让我保护你……"鬼山莲泉有些不忍心，她低声安慰着。

"保护我？怎么保护我？你专门来找我，不就是让我陪你们一起去送死的吗？你来找我的目的，不是让我代替你去放血的吗？说什么保护我，可笑，你们只是要利用我而已。"天束幽花的脸上带着淡淡的嘲讽，不知道是在嘲笑莲泉，还是在嘲笑自己。

"西流尔出发前，虽然预感到了危险，但是他并不知道自己再也无法回来。如果不是白银祭司极其精妙的设计，他是能够凭借着强大的天赋，将已经和自己的骨血熔炼完成的岛屿山体重新剥离的……"

天束幽花抬起头，她的目光里跳动着让人心碎的光芒。

鬼山莲泉的声音在冬日清晨里，透着一种寒意，她的一字一句，都像是冰雪峡谷里穿行而来的风，吹凉了每一个人的胸膛。

"所有人都以为，西流尔熔炼后的永生岛，是囚禁之地的'屋顶'，是镇压吉尔伽美什的封印，然而，这个牢笼所针对的人，并不单是吉尔伽美什，同时也是西流尔，这个巨大的设计精妙的监狱，其实是一个恐怖的漏斗，上面是西流尔，下面是吉尔伽美什，两股力量彼此对峙，彼此封印，谁都逃不出去……魂力就像是沙漏中的沙子，在他们俩之间来回拉扯，反复流动，谁都无法逃脱对方的桎梏。虽然吉尔伽美什的力量远远超越西流尔，但是，当西流尔熔炼后的庞大躯体浸泡在无边无际的汪洋大海中时，他的力量就变得源源不断。也正因为如此，当年西流尔接到和岛屿熔炼的指令的时候，内心虽然抗拒，但是他并不认为这是一条无法回头的单行道，因为在浩瀚无边的水元素环境里，他可以让自己和岛屿合二为一，也同样可以重新分离，然而，当吉尔伽美什突然出现在漏斗的另一边的时候，魂力的天平上下颠倒翻转，仿佛有一股无法形容的巨大力量，黑洞一般地将他的魂力朝海底吞噬，也是从那个时候，他才明白这个监狱真正的目的：双向囚禁。"

鬼山莲泉转过头，她看着银尘低垂的目光："而且，西流尔告诉我，十七年前他出发前往永生岛的时候，根本没有吉尔伽美什的存在，白银祭司告诉他的，是要囚禁另外一个对亚斯蓝构成极度威胁的人。后来，他也终于明白，这个人，就是他自己。"

"我觉得不是……"银尘突然抬起头，"如果只是要对付西流尔的话，白银祭司没必要这么麻烦。虽然西流尔拥有永生天赋，血脉的背后还有一个潜力无限的魂力池，可是，短时间内，他根本无法独享魂力池的力量，当时亚斯蓝的魂术体系里，能够直接清除西流尔的王爵也绝对存在，只是西流尔的皇室身份让白银祭司不敢明目张胆地直接杀戮。所以，我认为，有可能白银祭司需要囚禁的，也许真的是另外一个人。只是那个人一直没有出现，又或者，那个人还有继续利用的价值，所以，白银祭司不希望这个监狱一直空着，于是，原本为另外那个人准备的监狱，顺水推舟地通过囚禁吉尔伽美什这个潜在的威胁，从而达到同时对西流尔的反向束缚……"

"十七年前到底发生了什么，幽花？你们家族的卷宗上有记载吗？"麒零忍不住问道。

"没有。"天束幽花摇了摇头，"没有什么特别的大事。"

风吹开窗帘，清冷的晨风吹起他额头上的碎发，他眸子里的光芒依然纯真而清澈——他还未被这个世界的黑暗侵蚀，还未被血腥的香气缠住他赤子的呼吸，否则，他就应该立刻意识到，十七年前，他最应该熟悉也最容易忽略的事情发生了啊。

【西之亚斯蓝帝国·雷恩·郡王府】

幽花把最后一个柜子锁好，转过身，目光从一件一件熟悉无比的家具上扫过。

曾经自己一直都想逃脱这个仿佛牢笼一样的郡王府，然而当这一天真正到来的时候，她还是感到一些惆怅。人类真是一种矛盾的生物，太容易被情绪干扰，也太容易被时间的力量击溃。人类发明的一些词语，看起来美好而动人，比如，日久生情。然而，仔细想来，这其中难道不也透着一种淡淡的悲哀吗？最初并不喜欢的东西，在时间日复一日的沉淀之下，却让人产生了难以割舍的情感。

但也有一些词语，永远都透着动人的生命力，它们像是这个残酷永恒世界里的一抹惊喜、一丝意外，比如：惊鸿一面、灵犀一动。

幽花被敲门的声音从沉思里拉回来，她抬起头，莲泉已经站在门口："你收拾好了吗？我们准备出发了。银尘和麒零已经先下楼了，这件斗篷，等下出发的时候穿上，在到达雷恩海港之前，尽量保持低调谨慎。"

幽花点点头，莲泉转身朝楼下走去，刚走了两步，幽花叫住了她："莲泉。"

莲泉回过头，她看着幽花欲言又止的面容："怎么了？"

"有一件事情，你应该想到了，但是我看你刚刚没有提起，也没有问。"天束幽花看着莲泉，犹豫了一会儿，还是开了口，"你难道不奇怪，为什么半夜里，银尘要把雪刺放出来自由活动吗？魂兽待在体外，是需要持续消耗魂力的，没有特别的原因，银尘不会这样做吧？"

"雪刺是银尘故意放出来，作为夜里我们都入睡之后的巡查守卫的，虽然郡王府在别人眼里已经人去楼空，再加上金松石散发的魂力掩盖，应该算是安全，但是，银尘就是性格小心谨慎的人，每天夜里，他都会让雪刺站岗放哨，所以雪刺看见图书馆有异常响动，才会以为是有敌人入侵。"

"这是你的猜测，还是……"天束幽花看起来并不是很接受这个解释。

"银尘告诉我的。我之前也问过他同样的问题。"鬼山莲泉脸上露出一抹笑容。

"他是这么告诉你的？"幽花还是不死心。

"是啊。"鬼山莲泉看着她的神色，也隐隐觉得有些不安，"怎么了？"

"雪刺是他的魂兽，又不是麒零的魂兽。就算是发现我在图书馆不对劲，雪刺难道不是应该去找银尘吗？为什么要去找麒零呢？"天束幽花看着莲泉，慢慢地问道。

鬼山莲泉愣住了。

"我知道为什么……"天束幽花看着莲泉有些变色的面容，"因为那天晚上，银尘不在郡王府的房间里。雪刺在找不到银尘的情况下，只有去找麒零。这才是合理的解释。"

鬼山莲泉的面容有些苍白，阳台上吹进的寒风，将她额前的几缕头发吹起，软软地抚过她英气硬朗的眉毛。

"银尘去了哪儿，你们究竟想干什么，我不想知道。我从来就不觉得，这次的营救任务可以成功。"说完，天束幽花朝门口走去，走过沉默的鬼山莲泉，走向长廊尽头。

"我只是不想麒零一个人，傻傻地跟着你们去送死。他太傻了，傻得让人想扇他耳光让他清醒。你说你会保护我，我相信你，如果你说的是真心话。那么莲泉，我希望你可以保护麒零。至少，你们不要伤害他。"走了几步之后，她回过头，看着鬼山莲泉的眼睛，"他是这个世界上，唯一剩下的，最后一个干净无瑕的人了。我们都不是。"

天束幽花换好深灰色的连帽斗篷，穿过宽阔的庭院，远远地，看见已经换好普通旅人服装的银尘和麒零，站在郡王府大门口的橡树下。

不知道是不是自己的错觉，幽花感觉麒零已经不再是当时自己在雷恩城里第一次见到的那个懵懂的少年了，他看起来挺拔了很多，身上的肌肉也更结实，他的下巴上也多了一圈淡青色的胡楂，有了更多的男子汉气息。

"你们终于下来了，真磨叽啊，女孩子出个门就是麻烦。"麒零挺起胸膛，脸上依然是仿佛永远都不会逝去的笑容，暖暖的，像被夕阳烘晒之后的香料，"你们不会是还在精心化妆梳头什么的吧？我们可是出发去打仗呢！绝对灰头土脸披头散发，你们弄再漂亮也没用的哦。"

幽花白了他一眼，嘴里发出哧的一声讥笑，但她的心里，就像是有一双温柔的手，轻轻地划过了宁静的湖面，悲伤的涟漪一圈一圈地扩大着。

她回过头，恢宏的郡王府在她身后静默不语。也许这一次离开之后，这座屹立了几百年的皇家殿堂，慢慢也会变成旷野里长满蒿草的废墟，没有人会再继续精心修剪庭院里的枝丫，没有人会在越城节的时候，在所有走廊上挂起流光溢彩的花灯，没有人会再小心整理翻阅着图书馆里那些浩如烟海的卷宗……所有曾经的荣耀、尊贵、家族兴衰，都将被埋葬在这一次转身之后了。

天束幽花的眼底浮起一层浅浅的泪水。

再见。

L.O.R.D
Legend of Ravaging Dynasties

【西之亚斯蓝帝国·格兰尔特·白银祭司房间】

"他们已经出发了，正步行前往雷恩的港口，抵达港口之后，他们会乘坐闇翅，朝永生岛飞去。"寒霜似的瞳孔在幽暗的房间里呼吸般明灭着，像是不安而危险的炭火，那一圈刻在眸子周围的古老咒文，一直让特蕾娅有一种隐隐的不安。但是她说不出来自己到底在恐惧什么，她根本无法解读那些文字。

空气里依然弥漫着清晰的蔷薇泣血的香味。

幽冥，漆拉，特蕾娅，呪夜，寒霜似。

除了一度王爵修川地藏之外，亚斯蓝最新一代的王爵力量，已经全部会聚在了白银祭司的房间内部。

幽冥的眸子里闪动着兴奋的光芒，每一次王爵的聚集，都意味着一场杀戮狂宴的开启，而每一次的杀戮，对他来说，都是一次力量的恩赐。

白银祭司的声音从冰冷坚硬的水晶中传来："漆拉，你传送大量的白银使者，由幽冥负责统领，前往拦截阻挠他们四人。"

漆拉低头领命，五人身后，一扇巨大的金色光门从地面旋转而出。

幽冥看了看特蕾娅，两人互相交换了一个眼神之后，他转身朝光门走去，刚走了两步，白银祭司的声音再次传来："幽冥，记得这次的任务，只是阻挠，无须杀戮。只需要大量消耗他们的魂力即可，四个人里面，鬼山莲泉是关键，所以，我会派出大量乘坐飞龙的白银使者协助你一起追击，鬼山莲泉如果使用魂兽催眠天赋控制飞龙，她的力量就会大幅消耗。你记住，只要达到这个目的即可。我会随时让漆拉制造返回的光阵，你看见光阵出现，即可返回，切勿恋战。"

"我有点不明白。"幽冥停下脚步，转回身，他飞快地看了一眼特蕾娅，目光几乎没有停留地扫过她同样疑惑的面容，看向冷冷的水晶墙面，"我们难道不是要阻止他们的营救计划吗？"

"在人口密集的雷恩城公然战斗，王爵间彼此残杀，会引发百姓的剧烈不安，而且很容易被其他三个国家的潜伏监测者知晓亚斯蓝正在内乱……而且，在雷恩海港战斗，天地开阔，他们逃生也非常方便，没有百分百的把握。所以，只需要大量削弱他们的力量，同时放他们安全进入魂塚。然后，你迅速返回这里，和所有王爵会合，共同行动。囚禁之地，才是他们真正的葬身之所。"

"白银祭司。"特蕾娅突然轻轻地接过他们的对话，"这么复杂的行动，光靠漆拉一个来进行中枢调度，很容易出错吧？我在想，是不是应该，像我们四年前，设下圈套猎杀吉尔伽美什的时候一样，用三音一线虫，来同步我们所有人的听觉和对话呢？这样有任何的意外，也比较好应付吧？虽然银尘他们几个的排名远在我们之下，但是，毕竟鬼山莲泉和银尘，都不简单啊，不知道您觉得呢？"

"三音一线……呵呵。"寒霜似轻蔑地笑了，他露出尖尖的牙齿，像是锐利的贝壳，"那种笨拙愚蠢的东西，还有人会继续使用吗？声音是可以骗人的啊，特蕾娅，你掌管天格情报系统这么多年，连这一点都意识不到吗？我可以对着你恶狠狠地说'我要杀了你'，但是我也可以拉着你的手，在你手心里迅速写下'快跑'两个字啊，不是吗？只有眼睛不会骗人啊……

放心好了，有我在，不用三音一线，我也能同步协助你们所有人的视觉，让你们掌握所有必要的信息。"

特蕾娅不再说话，她没法反驳。她抬起眼睛看向幽冥，幽冥看向她的目光里，带着明确的询问，她知道，他在向她求助，他在等待她的判断和决定。

然而，此刻，在漆拉和寒霜似的注视之下，她没有办法说出任何的暗示，更何况，旁边黑暗边缘，还有一个一直沉默不语的呪夜。

特蕾娅觉得脚底坚硬的石板突然失去了支撑，整个人在无止境地下坠，她能够预感到不对劲，可是她说不出来哪里不对，整个计划听起来完全没有任何问题，但是，她不敢让幽冥独自走进那扇光门，她甚至在那一瞬间怀疑，眼前这扇闪烁着金色光芒的大门到底通向哪里，万一是通往类似吉尔伽美什囚禁之地的那种所在呢？

她的手有些不由自主地颤抖起来，幽冥还在看着自己，他那么相信自己——一直以来他都如此信任自己的判断，在他眼里，任何时候，她都能够游刃有余地解开各种复杂的迷局，然而此刻——

"幽冥，你还有什么问题吗？"白银祭司冰冷的声音再一次响起。

幽冥看着漆拉，他的面容依然淡然冷澈，没有悲喜，仿佛世间的一切都和他没有关系，而他身边的寒霜似，正露出少年无邪的笑容，他的牙齿尖尖的，看起来特别像年少时候的自己。

他最后再次看向特蕾娅，特蕾娅的眼睛亮亮的，依然美艳而动人，她娇艳的嘴唇突然动了起来，她的声音甜甜的，听起来诱人极了："幽冥，你还不快去，迅速消耗完他们的魂力后，就赶紧回来，我在这里等你。你可别让人家等太久啊，会失望的。"

幽冥心里绷紧的那根丝线突然松懈了力量，他脸上渐渐凝聚起来的杀戮变成了他一贯的不羁："很快的，你别急。"

——只要你说的，我就愿意相信。

——因为我能够活着从那个洞穴里走出来，也是因为你。

——你从小就那么聪明，能够判断一切、看透一切。

——等我回来吧。

说完，幽冥转身走进了那扇闪烁的光门。

然而，他并没有看到身后特蕾娅眼里再也控制不住的泪光。

她唯一能做的，就是在幽冥走进光门之前，迅速地抛出一根看不见的牵引线，她把自己的感知和幽冥牢牢地拴在了一起。

光门消失在房间里面，那一瞬间，特蕾娅身体里面的魂力开始飞快地流逝。

她明白，这是因为幽冥去了一个极其遥远的地方。

——我唯一能够做的，就是和你在一起。

——你别担心，不管你去了哪里，天涯海角，我都会找到你。

爵迹

Chapter 06

冷血狂宴·先手

L.O.R.D

·Legend of Ravaging Dynasties·

【西之亚斯蓝帝国·雷恩】

——像是睡着了。我应该是睡着了吧？

——黑暗里流动着漆黑冰凉的液体，我是在海洋深处吗，还是在某个充满了虫豸毒浆的洞穴里呢？

——为什么没有声音？我喊了喊，没有任何回应。

——有人可以听见我吗？感觉很冷。

——咦？那是？

——冰冷的黑暗里，像是有一根看不见的丝线。对，像是丝线一样的东西，轻轻地从一个遥不可及的地方连接到我的身上。丝线很温暖，像是一股冒着热气的泉。

——总觉得这根细线的感觉很熟悉……我好像很熟悉这根线的气味。丝线的尽头有一双发红的眼睛，那双眼睛在哭。

——眼泪在寒冷的黑暗里发出温暖的气息，包围着我。连这眼泪都很熟悉。让我想起……让我想起……

——"啊，特蕾娅！"

幽冥缓缓地睁开眼睛，黑暗的视野里涌进白色的光。耳朵里的声音越来越多，越来越嘈杂。吆喝声，小孩哭泣的声音，妇人彼此低声议论的声音，远处海岸传来的海鸟叫声、海浪声、钟楼浑厚的钟声……

幽冥环顾了一下逐渐清晰起来的视野，然后意识到，自己此刻置身于雷恩城中的某个广场。广场上密集的人群来往穿梭，摊贩叫卖声此起彼伏，看起来像是早市的样子。

幽冥的心跳渐渐平稳下来，刚刚短暂的黑暗让他产生了一时的恍惚和恐惧，有一种说不上来的害怕。他忍不住斜着嘴角笑了笑，有点自嘲的意味。

远处慢慢走来四个穿着深灰色长袍戴着兜帽的人，幽冥的笑容渐渐收敛起来。他心里升起一丝担忧，这份担忧并不来自正朝他走来的四人，他并没有将他们四个放在眼里。他的担忧来自一份疑惑：漆拉究竟是怎么将自己如此精准地传输到银尘他们四人的位置的？寒霜似的捕魂之眼，究竟强大到了什么程度？已经可以如此精准地锁定每一个人的位置了吗？

没有答案。他准备回头再和特蕾娅研究这个问题。眼下等待他的，是一场饶有趣味的前战。

"哟，好久不见。"他慢慢地朝四人走过去，风从巷道里吹来，将他的衣襟吹开，赤裸的胸膛在寒风里发出滚烫的温度，小麦色的肌肤看起来性感而又狂野。

四个戴着兜帽的人停了下来。

"幽冥，你打不过我们四个的，我们无意与你作战。"银尘摘下兜帽，一张冰雕玉琢的面容暴露在清晨冷冽的光线里，"除非你想让你的死灵镜面，再破裂一次。"

"啧啧啧啧。"幽冥刀锋般薄薄的嘴唇，挑逗般地发出磁性的声音，"你每次一生气，我就觉得好害怕，你的表情也真是很不可爱啊。"

"他一个人打我们四个，不占优势，不用担心。麒零，等下你专门负责针对他的死灵镜面，幽花你保护麒零，我和银尘联手负责进攻。"鬼山莲泉冷静地说道。

"哟，谁说我要和你们打啊。"幽冥一边摇头，一边叹息着，脸上是一种冷冷的嘲讽，他挑起一边的眉毛，笑了，"应该说是，谁说我要一个人和你们打啊？"

金色的光芒从他身后出现，一扇一扇金色的光门将他包围起来。大量的白银使者从光门里鱼贯而出，在他的身后严阵以待。

银尘的脸色有些变了。

鬼山莲泉深吸了一口气，然后靠近三人的背后，小声地说："不要恋战，他们人数众多，虽然除了幽冥之外，其他人不会对我们造成致命的威胁，但是，和他们作战太久，会消耗我们大量的魂力，恢复魂力的时间会很长，魂力不足的状态下勉强突破层层关卡，很容易导致我们的营救任务失败。我想，这正是白银祭司的目的。这里巷道太窄，空间太小，闇翅无法显形起飞，你们看见右前方那个钟楼了吗？一会儿我们四人分散上屋顶，朝那个钟楼集合，我召唤闇翅，在那里接应。记住，不要恋战，以最快速度前往钟楼。"

三人轻轻地点头。

银尘双眼金光绽放，他面前的空气突然一阵剧烈地扭动，四面银色的盾牌从空气里幻化而出，盾牌旋转着变大，构成十字盾墙，然后飞快地朝幽冥冲击而去。地面被汹涌的力道划出深深的沟壑，碎石沙尘四处飞溅。

十字盾墙朝幽冥冲击而去的速度非常快，然而，幽冥完全没有任何闪避的动作，他依然静立在原地，直到盾墙席卷而起的飓风已经将他的长袍吹得翻飞而起，他才轻描淡写地抬起手，手掌往前平展，手势舒展而又温柔，像是抚摸一阵轻柔的微风。

——砰！

掌心撞击盾牌发出轰然巨响。

盾牌四散跌落，在地上迸射出金色魂力的碎片。

幽冥眯起眼睛，盾牌背后，已经没有了四人的踪影。

他冷笑了一声，抬起手抚摸自己的喉结，金色光芒从他指缝里涌动而出。巨大的黑色镜面重重地砸进地面，他看着镜子里虚空的雾气，渐渐幻化成三个一模一样的幽冥。

尖锐鸣叫的海鸟飞快地划过雷恩上空。

朝下俯视，四个小小的人影在高低错落的屋顶上飞快地急速掠过，他们的身后都跟随着一个如同黑色闪电般迅捷修长的身影。

密密麻麻的白银使者翻上屋顶，紧随其后。

街道上的行人惊慌失措地跑进室内，关紧门窗。

鬼山莲泉朝右手边望去，在对面的平行屋顶上，是快速奔走的幽花，她的身后，幽冥的投影已经越来越近，莲泉皱了皱眉头，抬起手，一道银色的光芒朝幽花飞快射去："幽花，抓住锁链！"

天束幽花朝声音的方向望去，回生锁链从她斜前方笔直射来。她快速地朝空气里虚空一握，把锁链紧紧抓在手心里，她的手上是射箭用的麂皮手套，正好可以让她不被锁链锋利的棱角割伤。她看着对面屋顶上的莲泉，点点头。

鬼山莲泉手上魂力涌动，她拉动锁链，朝着斜前方的钟楼用力一甩，天束幽花借助着这股力量，整个人轻巧地从空中翻越而出，像是灵巧的海燕。她刚刚在钟楼上落定，立刻转身，手上冰弓的弓弦上已经瞬间凝结了三枚锋利的冰凌。

寒冰朝着莲泉身后的幽冥投影快速射去，投影的速度被牵制，慢了下来。

鬼山莲泉朝着钟楼射出锁链，用力一拉，整个人迎着钟楼飞掠而去。

站在制高点处的鬼山莲泉，看着正从两个方向朝钟楼飞快奔来的银尘和麒零，她有些迟疑，不知道应该先救谁。这个时候，银尘的声音远远地传来："带麒零先走！"

鬼山莲泉的锁链激射而出，穿越几十米的距离，精准地在麒零腰上缠绕，麒零借势飞掠而起，稳稳地落在钟楼上面。

他和莲泉对上目光，然后回过头看向银尘，却发现银尘已经朝远离钟楼的另外一个方向飞快地远去。

"银尘！"麒零大声呼喊，他的声音在凛冽的风里变得嘶哑。

三个投影和幽冥逐渐会合，他们的身后是如同白蚁般密密麻麻的白银使者，他们朝着落单的银尘追击而去。

银尘和他们的距离越来越近。

麒零急得眼睛发红，他跨上钟楼的栏杆，准备朝下面飞跃，天束幽花一把拉住他："你疯啦！"

"你放开我！"麒零甩开她的手，"莲泉，你带幽花先走！"话音刚落，一枚古老生锈的碧绿色如同锥刺的东西，从遥远的地方激射而来，砰的一声钉进钟楼的墙上，是银尘的魂器之一【定身骨刺】。

麒零只来得及感应到一阵魂力的剧烈扭曲，视线里，长袍翻飞飘动的银尘瞬间出现。

"莲泉，走！"银尘的声音镇定而又坚毅。

天空中传来雷电般划破天壁的鸣叫，大雪般纷飞的羽毛被飓风卷动着四散飞扬。

幽冥看着朝天空尽头飞走的巨大闇翅，斜斜地勾起了嘴角，他的目光里充满着不屑和嘲讽。三个漆黑的死灵镜面投影出的幽冥分身，化成黑色的影子，纷纷朝幽冥的后背重叠而去。

几百个白银使者从屋顶四面八方渐渐会聚而来，他们沉默地站在幽冥身后，等待着幽冥的命令。

幽冥也在等待着。他其实有些不习惯这种没有三音一线的团队作战，感觉像是失去了听觉般孤独地战斗着。

然而，闇翅的鸣叫还没有远去，幽冥的身后就突然金光四射。

无数金色的光门从屋顶上拔地而起。

幽冥没有任何犹豫，转身走进金光闪烁的传送之门。

L.O.R.D
Legend of Ravaging Dynasties

【西之亚斯蓝帝国·雷恩海域】

凛冽的冬风，在高高的苍穹上剧烈地卷动着，风里夹杂着玻璃碴儿一般的冰雪碎屑，偶尔吹到脸上，像是被针尖划过一样，产生细小而锐利的疼痛感。麒零把手埋进闇翅厚厚的羽毛里，坚硬的硬翎毛之下，是柔软如同羊绒的细腻绒毛，绒毛下是闇翅滚烫的皮肤。麒零已经被冻僵的双手，终于缓和了过来。

"看来我们的行踪暴露了，不然，幽冥不会正好就在那里提前准备好伏击我们。"银尘皱着眉头，表情看起来不是很轻松。

"可是，如果他们早就知道我们躲在郡王府的话，为什么不直接来郡王府猎杀我们呢？非要多此一举地在城镇中心的闹市区开战……"天束幽花觉得不太合理，没有很同意银尘的看法。

"眼下也没有时间考虑那么多了，我们需要迅速寻找到海银，尽快开始下潜，否则……"鬼山莲泉的话突然停了下来，因为，在她面前的银尘、麒零和天束幽花，脸上同时露出了恐惧和震撼的表情，她有些疑惑，然后，随即，她从三个人的瞳孔里，看见了密密麻麻的金色光点。

鬼山莲泉转过头看向身后，成百上千道闪烁着金光的大门，在天空中绽放，巨大的天幕上，雄浑精纯的魂力来回震荡，耳膜被巨大的力量震得发疼，幻觉般的蜂鸣声持续地贯穿着太阳穴。

呼啸的风中开始出现金属切割撞击的声音，金色光门里扭动着透明的涟漪，无数身披黑色玄铁铠甲的飞龙骑兵，从光门中追击而出。飞龙身上是漆黑的坚硬的角质外壳，部分地方包裹着坚硬锋利的龙鳞，它们碧绿的眼珠深深地镶嵌在隆起的眉弓之下，如同黑色深渊里闪烁的幽绿宝石。

它们的体形虽然远没有訚翅巨大，然而，这种小巧灵活的身形反倒令它们的速度变得更快，空中的动态变化更加诡谲难测，也因此这种飞龙被选择用来作为追击骑兵的坐骑。

成千上万双巨大的铁翼在天空里扇动起飓风，一扇一扇不停出现的光门在空中形成一个巨大的金环，将訚翅包围其中。

訚翅正前方，一扇更大的光门正在形成，随后，一条冰霜巨龙从光门中缓缓飞出。它的体态比其他的小龙要大出许多，高高隆起的后背上，一副黑铁打造的鞍上，幽冥斜斜地撑着胳膊，他幽绿的眸子呼应着天空中密密麻麻的碧绿眼珠，整个天空透出一股撕裂般的邪恶。

他缓缓地站起来，摊开双手，脸上是暧昧而又模糊的笑意，仿佛在对莲泉他们宣告着某种居高临下的悲悯。

密集的飞龙渐渐朝訚翅围拢过来，仿佛万蚁噬象般壮阔而又残忍。

"太奇怪了，他们怎么可以完全追踪到我们的动向啊？这不太可能吧？"天束幽花看着莲泉，脸上充满了疑惑。

"确实很奇怪……如果说我们在郡王府被知道行踪还可以说得过去，然而我们已经飞到了如此辽阔的海域之上，周围完全没有任何可供他们跟踪监视的落脚点……"鬼山莲泉低头沉思着，完全没有头绪。

"莲泉，你的天赋不是催眠魂兽吗？你可以催眠这些飞龙吧？！"麒零突然抬起头，看着莲泉。

"我可以……这些飞龙数量虽然庞大，但是单个的魂力上

限并不是太高，只是……"莲泉的声音有些犹豫，"只是这样
一来，我的魂力就会大幅消耗，恐怕等到需要突破祝福的时候，
我来不及及时恢复……"

"不用催眠。"银尘从闇翅上站起身，环顾着周围越来越
多的飞龙，"麒零，你和我一起负责近战阻断任何已经靠近内
圈范围的飞龙，用魂器将它们斩杀，幽花，你的冰弓射程最远，
你负责远程狙击掩护。莲泉，你保存实力，同时尽量让闇翅低
空贴近海面飞行，用最快的速度寻找到海银。"

凛冽的寒风将四人的长袍吹得猎猎作响，仿佛战场上飞扬
的旗帜。

麒零点点头，站起身，和银尘背靠背并肩站立。

然而，第一批包围过来的飞龙却停留在一段距离之外，不
再继续靠拢，它们悬停在空中，密密麻麻的飞龙在闇翅周围包
裹成一个黑色的圆环。

银尘的视线收紧成细线。

"麒零，你之前从天束幽花家的武器库里，有收取到足够
多的盾牌吗？"银尘低声问道。

"有，有很多。"麒零应声回答，"怎么了？"

幽冥抬起手，所有飞龙上的白银使者全部举起右臂，朝前
方瞄准巨大的闇翅。他们的胳膊上全部装备着十字弓弩，黑色
的箭头闪烁着黝黯的寒光。

仿佛一座漂浮的白色岛屿般的庞然大物，此刻对他们来说，
实在是太容易瞄准击中的猎物。

幽冥舔了舔他的嘴唇，仿佛已经提前品尝到了血液的腥甜。

然而，他的笑容很快凝固在面容之上。

空气里突然幻化出几百面厚实的盾牌，盾牌如同层层叠叠的鳞片一般，沿着一个看不见的外壳覆盖生长，很快，巨大的闇翅就完全被盾牌包裹其中。

盾牌形成的巨大铁球，在空中随着闇翅飞快地移动着，朝着包围它的龙群急速地冲撞而来。

黑色的箭矢撞击在密不透风的盾墙之上，仿佛黑色的雨点般坠落向汹涌的海面。

幽冥冷笑一声，扯起冰霜巨龙脖子上的缰绳，朝着盾墙飞快地冲去，无数白银使者紧跟他的动向，朝闇翅的方向急速俯冲。

突然，盾墙裂开一道缝隙，幽冥的眼神还来不及闪动，一道银色的狭长光芒，就从盾牌的缝隙里飞快地闪烁而出。

很快，这道银色的光芒开始疯狂地分裂，一分二，二分四，四分八……天空里响动起哗啦啦剑阵穿梭的轰鸣。

成百上千把银色的细身长剑，仿佛深海闪动着鳞光的鱼群，在天空里快速而诡谲莫测地游动着，所过之处，飞龙坚硬的铠甲上火星四溅，没有被铠甲保护的地方，则瞬间绽开无数道血口，鲜红色的龙血如同阵雨，从天空飞洒。

包围的飞龙阵营，被游走的剑阵杀开一个缺口，盾牌保护下的闇翅，飞快地朝缺口飞去，密密麻麻的飞龙如同蜂群，紧跟在它身后。

"哼，同时催动这么多的魂器，我倒要看看，你们的魂力可以支撑到什么时候！"幽冥冷笑着，掉转方向，跟上闇翅，"箭雨不要停，持续射击！"

　　"莲泉，找到海银了吗？"麒零的呼吸渐渐沉重起来，他转过头，看着身边双眼金光四射的莲泉，他身体里的魂力正在剧烈地消耗着。

　　莲泉没有回答，他只好抬起头看向银尘，银尘的面容也依然凝重，麒零感觉得到，他身体里的魂力也在飞快地消耗着。

　　"麒零，你打开一面盾。"天束幽花走向闇翅尾部的方向，她的弓弦上，已经凝结了几枚坚硬的冰箭。

　　一扇盾牌缓缓地平移，一个窗口出现。

　　连绵不绝的冰箭朝身后追击而来的飞龙激射而去。

　　几条躲闪不及的飞龙朝海面坠落，凄厉的嘶吼回荡在空旷的大海之上。

　　幽冥将双手贴近坐骑的脖颈，他身体里的魂力渗透进巨龙的体内。冰霜巨龙朝前方发出一声巨大的呐喊。

　　随着它嘶吼的声浪，闇翅下方的海面上突然耸立起几根巨大的冰凌，冰凌拔地而起的速度极快，闇翅又几乎贴近海面飞行，完全来不及闪避，冰凌撞击在盾牌之上，十几面盾牌被击散，失去控制，坠落到大海之上。

　　幽冥催动起更加狂暴的魂力，如同锋利的刀刃般切割进冰霜巨龙的身体。

　　巨龙在痛苦中不断发出嘶吼，它的呐喊将前方的海面冻结出越来越多尖锐的冰柱。

　　闇翅几乎像是在一片冰雪丛林里飞行，好几次险些撞上突然拔地而起的巨大冰柱。

　　包裹闇翅的盾牌不断地被击中掉落，球形盾墙出现越来越多的缺口。

疯狂的黑色箭雨再一次铺天盖地地射来。

"莲泉……"麒零的脸色变得越来越苍白。

"找到了！"莲泉突然抬起头，她的身体突然爆炸卷动出巨大的魂力，魂力朝下方的海面呼啸而去。

麒零低下视线，平静的海面已经隆起一个巨大的弧形。

一头比闇翅庞大几十倍的深海巨兽,从隆起的海面里跃起,它张开的血盆大口里，交错的锋利齿牙层层叠叠。

"抓紧我！"鬼山莲泉突然喊道，"麒零，我要收起闇翅了，把剩下的盾牌朝我们聚拢，保护我们！"

"什么？"麒零没有听懂。

"快！"

麒零脚下突然失衡，闇翅化成金色的光线，飞快地卷动进莲泉的身体，四个人从天空中朝着海银张开的大口急速下坠。

麒零突然明白过来，他双臂飞快挥舞，密密麻麻的盾牌瞬间聚拢过来，将他们四个牢牢保护成一个铁球。

仿佛一颗黑色的石块掉进了庞大的古井。

海银将嘴合拢，仿佛吞咽般吃掉四人之后，一个猛烈的甩尾，重新潜下深深的海底。

追击得最近的白银使者被海银巨大的尾部横扫击飞，重逾千钧的力道将飞龙撞击得鲜血四溅。

汹涌的海面上已经没有了四人的踪影，只剩下翻滚着白色泡沫的漩涡，无数愤怒嘶吼的飞龙，在天空中盘旋着。

【西之亚斯蓝帝国·格兰尔特·白银祭司房间】

黑暗中闪烁的两朵猩红的蔷薇，渐渐熄灭，寒霜似的眼睛恢复成正常的状态。

"一片漆黑。他们此刻在海银体内，已经无法通过鬼山莲泉的视线来跟踪他们的位置了。"寒霜似半少年半成年男性的变声期嗓音，在白银祭司空旷的房间内回荡着，听上去像是刀剑划过水晶表面的声音，脆裂中带着一种难以言喻的锋利和残忍。

特蕾娅的眼神闪动了一下，她的嘴唇有些不自然的抖动。

昏暗的房间里突然金光绽放，幽冥从金色光门里回到白银祭司的房间。

"白银祭司，已经基本完成你交给我的任务了，他们的魂力都或多或少地有所消耗，那接下来……"幽冥的视线轻轻扫了扫没有说话的漆拉、呪夜和寒霜似，然后，他给了特蕾娅一个视线，他点点头，嘴角轻轻带起一丝温柔。

"接下来，就是真正的冷血狂宴的开始了。漆拉，你即刻用光阵传送幽冥、特蕾娅和你，一起前往囚禁之地，对他们四人进行分层阻击。特蕾娅，你负责镇守第一层空间，也就是魂塚，他们在突破祝福时，会是他们魂力最薄弱的时刻，鬼山莲泉的所有力量势必都在控制祝福，而其他人也会尽可能地压抑自己的魂力，所以，你需要尽可能地制造混乱，引发祝福的暴动，你有女神的裙摆护体，不用担心被祝福误伤。幽冥，你负责镇守第二层空间，尤图尔遗迹，如果他们四人侥幸能够突破第一层关卡，那么在第二层关卡，他们的力量也所剩无几，正好由你负责最后的收割。漆拉，你在第三层白色地狱之外，做最后的防守，务必阻止他们营救吉尔伽美什——虽然他们基本没有能够顺利抵达最后一层的可能性……"

特蕾娅张了张口，像是要说什么，但是她的神色，看起来似乎有些犹豫。

"特蕾娅，你有什么疑问吗？"白银祭司的声音从水晶墙面里传来。

"白银祭司，为何我们三人，不合力共守第一层关卡就好？分散实力，不是更容易被逐个击破吗？虽然我们二人的排名远在他们四人之上，可是，四对一……我们也不一定有必胜的把握吧？"

"我自有安排，无须多问。"

特蕾娅沉默了一会儿，然后淡淡地轻声回答："是。"她本来还想继续问一下为什么呪夜和寒霜似不一同前往，但很明显，白银祭司不愿意过多谈论。

漆拉转过身，抬起纤细而苍白的手指，三扇呈"品"字形位置排列的光门从房间的地面上升起。漆拉低垂着眼帘，目光在浓密的睫毛之下隐隐约约。

他跟随着特蕾娅和幽冥，朝光门走去。

当特蕾娅和幽冥走进光门消失之后，他缓缓地在光门前停下了脚步。他迟疑着，然后转过身，看着水晶墙面里的白银祭司："白银祭司，我不敢保证能够独立完成这个任务，他们的魂力早已不是当初的水平……"

"当然，我很清楚。"白银祭司的声音淡然而平静，仿佛一切都在他缜密的安排之中，"所以，会有人帮助你一起执行。"

漆拉看着白银祭司："呪夜和寒霜似也会一起行动吗？"

白银祭司没有回答，而这时，漆拉听见身后沉重的石门，缓缓开启的声音。

【西之亚斯蓝帝国·雷恩海域·深海】

巨大的洋流沉闷地在黑暗中涌动，隔着海银口腔内壁，听起来像是深海远处有巨兽在低声嘶吼。

海银口腔里的温度不是很高，麒零坐在湿淋淋软乎乎的牙龈上，身边是交错的巨大牙齿，他小心翼翼地不让自己碰到那些锋利的尖牙。衣服吸收了很多水分，变得沉甸甸的，特别难受。

视野里是一片混浊的黑暗。四周闷热的空气里是一股难以形容的腥味。仿佛无数鱼虾腐烂之后散发的气味。

银尘坐在黑暗里，只看得见他脸部挺拔的轮廓线条，他几乎没有动作，安静地坐在角落里。他看不清楚对面的鬼山莲泉在做什么，但他也没有理由担心。其实答应鬼山莲泉钻进海银的嘴里潜进深海，这件事情本身危险性很大，海银并不是自己的魂兽，出现任何紧急状况，优先保护的一定是它的主人，而自己和麒零、幽花，显然不是海银会考虑的对象。但是，好像除此之外，也没有其他的办法。

此刻，他坐在海银潮湿的口腔里，巨大的空间里有充足的氧气，够他们四个到达深海处的魂塚。

"说点什么吧，本来就黑漆漆的，大家又一声不吭，感觉有点难受……"麒零小声嘟囔着。

"那我弄一点光线出来？"银尘对着黑暗里麒零模糊的轮

廓，温柔地问道。

"好啊。"麒零的声音听起来很高兴。

一面小小的铜镜从空气里浮现出来，镜面发出"嗡——嗡——"的声音，同时释放出柔和的光线，光线照耀着银尘悬空托起还未收回的纤细手指，冷白的光线下，他的手指仿佛玉石雕刻而成，白皙而温润。

鬼山莲泉和天束幽花的脸也在光线里浮现出来，她们看起来都有一些疲惫。

"银尘，这是什么魂器啊？"麒零小心翼翼地往银尘身边挪过去，他看着悬浮在空中的铜镜，小声地问道。

"这是一面护心镜，能抵御所有对心脏的致命攻击，无论是来自元素魂术还是钝重的物理硬伤，都能为你'抵消一命'，但是也只有一次抵挡的作用，再次攻击就无效了，所以，不是什么了不起的魂器，因此也没有什么特别的名字，历史上也没有记载。有趣的是，在找到这面护心镜的时候，我发现它一到晚上就会释放柔和的光亮，所以我也经常用它来照明。"银尘看着麒零脸上微微露出的好奇神色，柔声向他解释道。

"我有一个问题想问你。"坐在远处的莲泉突然开口，她看着银尘，目光里有一些迟疑。

"你问。"

"之前在永生岛大战的时候，你似乎使用了传说中的女神的裙摆，来保护麒零和幽花？我没有看错吧？"

"对，那是我的魂器之一。"

"可是……女神的裙摆应该是属于特蕾娅的魂器吧？怎么会在你手里？那现在特蕾娅身上穿的那件白色纱裙，又是什么？在岛屿深处的洞穴里，她身上这件裙子几乎要了我的命。"鬼山莲泉看着银尘，目光定定地锁牢在他脸上，问，"你和特蕾娅又是什么关系？"

"我所使用的，只是曾经特蕾娅的这面'盾牌'被击碎后掉落的残片，虽然具有部分女神裙摆的功能，但是能够抵挡的冲击非常有限……"银尘看着莲泉，不急不缓地解释道。

"可是……"鬼山莲泉停顿了一下，似乎在考虑怎么措辞，"以我的对阵经验来说，女神的裙摆虽然看起来是柔软的丝绸质地，但是有着近乎坚不可摧的韧性，普通的刀剑根本无法将其切割，更别提所有远程类的攻击武器了，它能做到完全免疫远程攻击，所以，你是怎么能够将女神裙摆击碎的？"

"我记得不是很清楚了……"银尘低下头，他的目光里有一些痛苦，他脑海里飞快地闪过一些碎片，像是锋利的金属薄片，在他的记忆里飞快地穿梭切割着，所过之处，翻起无数道血淋淋的伤口。

鬼山莲泉看着银尘的表情，没有继续问下去。她沉默了一会儿，然后转换了话题："说到魂器，那麒零你呢？"

"我？我怎么了？"麒零有点不是很明白，话题怎么会跳到了他这里。

"……你之前和我一起在魂塚里取得的魂器，是一把……嗯，怎么说呢，我形容不好……"鬼山莲泉微微皱着眉头。

"是一把没什么用的破剑，断了一半。我一直为这个事情纠结呢。"麒零叹了口气，"还好我的天赋是无限魂器，否则，要是我的魂器就这一把，我得郁闷至死。"

"可是，银尘，你仔细看过这把半刃巨剑吗？它上面的花纹极其复古，而且，装饰风格和亚斯蓝固有的武器美学风格完全不是一个体系，看起来，不像是水源的东西……以你的阅历和见闻来说，你觉得麒零这把魂器有什么特别的地方吗？因为之前我们被祝福缠住的时候，我不知道是我的错觉还是什么，我似乎觉得这把剑……"鬼山莲泉说到这里，没有继续。她看着银尘，等待着他的回答。

银尘沉默了一会儿，然后摇了摇头："我也不清楚。"

氛围再次沉默下来。

"对了幽花，之前你给我的那几件魂器，你说去查一下它们的功能，你查到了吗？我还不知道它们究竟能做什么呢。"麒零看大家都不说话，于是想了想，找了个话题，冲天束幽花问道。

"没有查到。"天束幽花淡淡地回答。

鬼山莲泉和银尘轻轻地交换了一个眼神，没有接话。

庞然大物般的海银，朝着越来越深的黑暗海底潜去。

【西之亚斯蓝帝国·魂塚】

从来没有人见过这样的大海。

如果一定要描述的话，就像是月光照耀下，波光粼粼的海面——只是月光不是冷清的皓白，而是带着血光的赤红。

而且，这面大海，此刻倒悬在本应该是天空的位置。

魂塚底部依然是终年不散的云雾，仿佛乳状的大海，云雾之下透出的红光，反射到高高的天空之上，天空的位置，波涛汹涌，粼光闪烁。

L.O.R.D
Legend of Ravaging Dynasties

云和海之间，是层峦叠嶂的突兀山崖，山崖上密密麻麻的各种魂器，发出或低沉或尖锐的蜂鸣。魂器仿佛有生命的水草，轻轻晃动摇曳着。

如果一定要形容的话，这是一种非常矛盾的诡异感：整个魂塚，弥漫着一种生机勃勃的死寂。

头顶之上，传来一阵沉闷的涛声，浪涛声越来越近，仿佛有什么庞然大物，正在从天空降临——或者说，正在从海底深处浮出水面，浮出倒悬于天空的水面。

海面隆起的巨大弧度突然爆炸，海银巨大的头颅从海面探出，它发出低沉的闷吼，巨大的兽吼在空旷的海底峡谷里来回震荡。

爆炸的水花四散飞扬，如同狂暴的大雨，几秒钟之后，一种从未有人见过，也很难形容的壮观景象出现在这个一片死寂的海底峡谷：一部分水花，朝着魂塚下方的云海坠落下去，仿佛头顶降下的大雨，而另外有一些水花，却像是被什么神奇的力量牵引着，朝着天空再次上升，重新落回倒悬的海面，这个世界固有的物理准则，在这道微妙的分界线处失效了。

海银张开巨大的嘴巴，交错的森然獠牙闪烁着湿淋淋的光芒，尖锐的密齿之间，鬼山莲泉、银尘、麒零、天束幽花并肩站立。

黑暗的口腔被从牙齿间穿透而进的光线照亮，四人的轮廓被勾勒出一圈清晰的逆光剪影。一道清晰的光的分界线，随着海银张开的巨口，缓缓扫过四人的脚踝、膝盖、胸膛……光线照到他们的脸上、他们的眸子里，他们的眼神充满坚定。

麒零看着脚下翻涌的白色雾气，感觉眼前的场景是如此熟悉，却又如此陌生，仿佛不久前在魂塚里和鬼山莲泉的初遇，已经如同上辈子发生的事情，记忆隔着一层毛茸茸的混浊，像是冬日清晨窗上的寒气，将外面的一切涂抹成抽象的存在。

"准备好了吗？"鬼山莲泉在带着剧烈水汽的风里，稍微提高了些音量。

银尘三人点点头，看着脚下距离他们近千米的云海。

"需要注意一点，从海银嘴里往外跃出的时候，一定要用尽全力……因为刚刚我看到本来一些朝下方坠落的海浪，被此刻我们头顶上方的大海重新拉了回去。我想，应该在海面附近有一个区域，是重力临界点交换的地方，必须跃过那个地方，才能朝下方坠落，否则，会被引力重新拉回海里。"鬼山莲泉朝前走了两步，靠近海银口腔边缘，然后，她双腿用力，朝下方跃出。

剧烈的风声像是无数的钢针灌进耳膜。

无止境的下坠感，让麒零的胃像是被整个掏出身体，翻转了过来，剧烈的眩晕让他想吐，快速下坠状态下，连自由正常地呼吸都变得极其困难，鼻翼周围的空气极其稀薄，他不由得张大了口，剧烈地喘息着。

直到此时此刻，麒零才明白银尘说的压抑魂力有多么困难，之前他原本以为很容易做到，因为平时没有使用魂术的状态下，魂力也是积蓄在爵印中，并不会在周身游走。然而，在如此长距离的自由落体状态下，身体已经出现了各种各样本能的抵抗，魂力自发地从爵印中往全身流动，企图通过魂术的力量来增强身体的抗性……就像是人在不小心被针刺到的瞬间会本能地缩手一样，是一种对自我生理机能的保护，然而，此刻麒零需要做的，就类似于要做到在摘玫瑰花被刺到的瞬间，却不会缩回自己的手。

他转过头，看着自己斜前方的莲泉和银尘，他们领先自己几个身位，因此看不见他们的表情。麒零勉强回过头，看了看自己身后的天束幽花，她的面容完全充血，剧烈的下坠让她的表情看起来有些狰狞。

翻滚的云雾越来越近，麒零知道，一旦进入云海之中，就进入了祝福能够感知的范围，必须在此之前，彻底压抑自己体内的魂力。

麒零闭上眼睛，渐渐地开始忽视自己身体上的不适。

空旷的海底峡谷，一座又一座千百年来屹立不动的巨大山崖之间，四根金色的丝线，闪烁着微光，缓缓地朝乳液般的云海刺探而去。

金色的光芒越来越弱，越来越小。

最后，变成了四个小小的黑点，云海的巨浪翻滚了一下，四个黑点就被吞没在了浓雾里。

眼前的云雾消散之后，他们再一次看见了那幅地狱般骇人的场景。巨大狭长的峡谷底部，挤满了一条一条又长又粗的蛔虫一样的血红触手，就像是河底密密麻麻的线虫放大了几十倍的样子，一根根蠕动的触手挣扎在血淋淋的浓浆里。

银尘被眼前的场景震惊了，尽管之前他就知道祝福的可怕，但是，他没有想到是这样一种令人难以置信的恐怖。

"把魂力降到最低了吗？我们已经完全进入它的感应范围

了。"鬼山莲泉转过头，对身后的三人询问。

银尘三人点点头，面容凝重而痛苦。经过刚刚漫长的自由落体，他们裸露在外的肌肤已经被寒风吹得几乎要失去知觉。

鬼山莲泉深吸一口气，双眼瞬间变成闪烁的金色，她的脖子上也隐隐发出金黄纹路的光芒，催眠天赋发动。

下方蠕动着的红色肉藤，缓慢地交错着钻来钻去，渐渐分裂开一个缺口，看起来，催眠的天赋正在生效，祝福自己并没有意识到，它的部分触手正在莲泉的操控之下进行着缓慢的位移。

银尘将两枚女神的裙摆碎片小心地捏在手里，随时准备着催动魂力将它们激发成可以抵御祝福进攻的原始丝绸状态，一旦莲泉的催眠失效，这将是他们最后的一道防线。

血淋淋的水面也越来越近，那些仿佛有一人环抱粗细的血舌近在咫尺，上面一个一个蠕动着的带刺吸盘都能看得清清楚楚，还有几秒钟就会完全撞到祝福的触手之上，如果在那之前，莲泉还没有彻底分开祝福的触手群，那么，即使隐藏魂力也没有任何意义了……

银尘感觉心脏剧烈地跳动着，汹涌的魂力在爵印里像是喷薄的火山岩浆般难以压抑。这么近的距离，如果祝福瞬间发动进攻，以它的超高速度和力量，他并不确定女神的裙摆的残片能不能抵御这种强度的冲击。

鬼山莲泉突然双手朝前虚空一伸，巨大的红色蛔虫样的肉藤快速蠕动起来，仿佛拨开风中柔软的柳枝一样，拥挤在一起的巨大触手温柔地分散开来，一条深井般的通道，出现在四人下坠路径的前方。鬼山莲泉的双眼完全没有焦点，金色光芒在里面仿佛煮沸的液态黄金。

四人飞速坠进祝福的体内。

垂直的通道像是一口深井，井壁是交错缠绕着的、不停蠕动的触手。

剧烈的血腥气味笼罩着每一个人。

他们持续下坠着，前方依然一片黑暗。

没有人可以预测祝福的体量究竟有多么庞大。

如果在穿越祝福体内的过程中，有一点点魂力失控的话……银尘不敢继续往下想。他身后两个年轻人的呼吸越来越急促，甚至都隐约可以听见他们快要跳出胸膛的心跳声。好在还不能感应到他们的魂力溢出。

"成功了。"鬼山莲泉的声音听起来有些虚弱，"再保持一段自由落体，以保证安全。等越过祝福的感知范围之后，就准备降落。"

交错缠绕的红色血舌渐渐离头顶越来越远。

清新而凛冽的风重新灌进麒零的鼻腔，刚刚令人作呕的血腥气味已经彻底散去。

银尘闭上眼睛，眼前仿佛依然是刚刚围绕在自己周围的无数红色巨大蛔虫组成的肉壁，那种让人几欲呕吐的腥臭，那种仿佛粘在耳膜上的沉闷的蠕动声，视野里让人难以忍受的一片猩红。

都过去了。

仿佛从死亡的边缘走了回来。

鬼山莲泉转过头，她看了看仿佛天空一样的红色祝福，然后收回视线，冲着身后还在持续下坠的三个人，苦涩地笑了笑，她刚刚持续高强度地发动了太长时间的催眠天赋，此刻，她的魂力已经处于极低的状态。她甚至都没有把握，如果祝福的体量再大一些，自己是否能够坚持到穿越完它整个庞大的身躯。

她正准备回头，却突然看见三个人同时惊恐的面容，他们的目光里闪动着巨大的恐惧。

"怎么了？"鬼山莲泉突然意识到一种非常熟悉的感觉，但是她想不起来这种感觉在什么地方出现过。

"莲泉，你的眼睛……"银尘的声音颤抖着，像是被风吹得摇摆断续。

鬼山莲泉睁着一双完全漆黑，仿佛浓稠墨水浇灌而成的眸子，一动不动地看着他们，她的眼睛里已经没有任何的光芒，仿佛最漆黑最漆黑的夜空，没有星光、没有尘埃，只有最深最绝望的黑暗。

——寒霜似、呪夜，已经通过天网找到了鬼山莲泉四人的藏身之处，他们还潜伏在雷恩天束幽花的郡王府。你们二人即刻前往，分别执行各自的任务。呪夜，你需要趁着鬼山莲泉入睡阶段，将你体内的黑血，滴进鬼山莲泉的耳孔，然后接下来寒霜似将她从睡梦中唤醒，唤醒需要突然而且猛烈，这样，在她刚刚醒来的瞬间，意识并未完全清醒时，那几滴血液，应该可以达到短暂控制她的效果，呪夜你只需要保证控制她一个固定不动的瞬间，以便寒霜似捕获她的视线。明白了吗？

——白银祭司，如果只是需要捕获她的视线，不需要我的帮忙，寒霜似自己就能完成。几滴血液就算进入鬼山莲泉的体内，在她强大的永生天赋之下，就像您说的，也顶多只能控制她短短的一个瞬间，没有太大的意义。而且她有永生回路护体，我的血液在她的体内无法繁衍增生，会被排异消灭。如果您是想要控制鬼山莲泉的话，除非清空她体内的魂力，否则，以她体内丰沛的魂力强度来说，我可能需要替换掉她身体里至少四分之三的血液，才能勉强让我的黑血和她体内的永生血液对抗，从而达到控制她的程度。

——没关系，这几滴黑血，只是埋下的种子。现在还没有到春天来临的时候，还不需要发芽，只需要蛰伏。很快，鬼山莲泉就会迎来一个魂力剧烈耗损的时候，她身体里的魂力会大量消耗，让她的身体变成一个完全没有防御力的"空城"，那个时候，你就可以操纵这几滴黑血，让它们迅速在她体内繁衍滋生，从而全面浸染占领鬼山莲泉的身体，完成血控。

——是，白银祭司。

——是，白银祭司。

剧烈而狂暴的魂力从莲泉身体内部翻涌而出，金色光芒笼罩着她下坠的身体，她整个人像是燃烧的流星，在暗无天日的地底划出一道诡异的金线。

糟了。

强烈的不安从银尘心底升起。他回过头，几根巨大的血舌正从上空激射而下，血舌上密密麻麻的吸盘仿佛一张张蠕动的血盆大口。

莲泉剧烈的魂力波动被祝福清晰地感知到了！

血舌从银尘麒零幽花三人身边几乎贴身擦过，剧烈的血腥气瞬间迎面扑来。

麒零还没有反应过来，就看见血色触手已经将莲泉整个人缠绕了起来，触手仿佛力道强劲的巨蟒，蠕动着收紧，企图勒死猎物。

空气里传来骨头折断的声音，和莲泉被包裹其中闷声的痛苦呻吟。

"莲泉！"麒零的半刃巨剑突然从空气中幻化而出，他手握巨剑，正准备出手——

"麒零，不要动！"银尘从空中变换姿势，双手平展，长袍瞬间被风鼓动，带着他朝上空飞去，迅速靠近麒零身边，他迅速地伸出双手，将麒零朝远处用力推开，就在麒零还没反应过来的瞬间，几根祝福的触手几乎从他眼前擦过。

银尘的手臂来不及收回，被触手上的倒刺拉掉一整块皮肤，血淋淋的肌肉暴露在空气里，发出撕裂般的剧痛。

"我们还没有离开祝福的感应范围，绝对不可以动用魂力！"银尘的声音在剧烈的气流中，听起来仿佛是铿锵的剑吟。

卷裹着莲泉的触手朝天空收缩回去，莲泉挣扎的身影离三人远去。

位于最上方的天束幽花企图伸手拉住莲泉，然而血舌的速度实在太快，天束幽花被重重地撞开，失去平衡，从天空上挣扎着坠落。

麒零收拢双臂，将身体在天空中倒立，下落的速度瞬间加快。他斜斜地追赶着已经加速坠落往下方的天束幽花。他尽力地伸出手臂，一点一点地靠近天束幽花。

"抓紧我！"麒零冲天束幽花大声呼喊。

天束幽花挣扎着,尽量维持着身体的平衡,然而半空中的气流狂暴而剧烈,她摇摇晃晃的,始终离麒零的手有几寸的距离。

麒零伸出手,将自己后背上的披风用力一扯,披风带来的巨大风阻瞬间减小,麒零下坠的速度瞬间加快,他用力地抓紧天束幽花的手腕,然后把她朝自己后背上一带。

天束幽花借力翻上麒零的后背,她抱着他的脖子,耳边是剧烈的风声和麒零的呼吸。

"麒零!盾!"银尘朝麒零大喊,然后,他率先从手上释放出一面盾牌,"已经差不多快要脱离祝福的感知范围了,可以使用简单的魂器,不要召唤苍雪之牙!它的魂力太强,会被捕捉感应到!"

麒零看着银尘,他抓住盾牌背后的皮带,将盾牌高举过头顶,巨大的风阻将银尘下坠的速度渐渐减慢,他瞬间心领神会,于是召唤出一面巨大的盾牌。

三人在空中高速地滑行着,朝着地面匀速降落。

银尘和麒零将盾牌变换着各种角度,在空中控制着飞行的方向,他们渐渐飞往垂直的山崖。

当他们从山崖边上惊险地几乎贴身擦过的同时,他们丢掉了盾牌,两人的手上瞬间金光四射,拳刃出现的刹那,他们就举起拳头,重重地朝山崖砸去。

锋利的拳刃刺进坚硬的山体,摩擦出飞溅的火星。

陡峭嶙峋的山崖上,两道笔直下滑的尘埃碎石轨迹,拖出长长的尾迹。

空旷的山谷，回荡着碎石坠落时相互碰撞的声音。

很快，黑暗压抑的山谷，重新被死寂笼罩。

麒零挣扎着从地面站起，浑身各处传来清晰的剧痛。他转过身，看看离自己不远的天束幽花，她已经挣扎着站了起来，她脸上被山石划开的伤口，正在慢慢愈合。

麒零抬起头，庞然大物般的祝福，已经离他们很远很远。那些如同怪兽的触手，此刻看起来又细又小。整个天空像是一碗煮在血水里的面条，模糊而黏稠地蠕动着。

"走。"银尘转过身，没有多说一句话，沉默地朝前方峡谷入口走去。

"那莲泉怎么办？！"麒零看着远去的银尘，着急地大喊。

银尘没有回头，他的肩膀看上去有些颤抖，他背对着麒零，面容表情隐藏在他倔强而沉默的背影里。

"银尘！银尘！"麒零的眼眶有些发红。

银尘没有回头，他的身影渐渐变得越来越小。

"麒零，我们走吧……"天束幽花小心翼翼地走上来，站在麒零身后，她的衣服和面颊上，都沾满了泥土和血迹，看起来狼狈而又让人心疼，"祝福正在繁殖期，力量很弱，我相信莲泉可以控制住它的，而且，莲泉还有永生天赋呢……我们就算在这里，也什么都做不了，帮不了，但是，我们至少可以不让银尘独自走进尤图尔遗迹吧……"

麒零抬起手背，擦了擦湿润的眼眶，一言不发地跟上已经远去的银尘。

空旷的地底峡谷，上方是不知道已经盘踞了多少年的上古四大魂兽之一的祝福，成千上万血红色的触手交错编织成发出暗红色血光的天顶。

血色的天顶之下，是毫无生机没有任何植物生长的嶙峋山石，错落的山崖仿佛一颗颗巨兽尖锐的牙齿，三人小小的身影，在山谷中快速地前行着。

他们正在朝山谷尽头的一个狭窄洞穴前进。

洞穴开在一个仿佛是巨大的环形火山口的山崖底部。

火山口内部，就是沉睡多年的尤图尔遗迹。

【西之亚斯蓝帝国·尤图尔遗迹】

山洞很长很深，几乎暗无天日。银尘的铜镜在前方飞行，照出一小段距离。

三人沉默着，彼此没有说话。

山洞的四壁上，不时会裸露出一些东西，看起来仿佛巨大宫殿的边角屋檐，像是曾经有一座繁华的城市，被泥石流吞没了。

远远地，洞口传来微光。

看来快要走出洞穴了。

直到此刻，麒零才算明白尤图尔遗迹的构造。

在之前，他们只是直接通过魂塚尽头的石门铜环而瞬间抵达了尤图尔遗迹，他那个时候并不知晓包围着整座遗迹最外围的那些高不可攀的山崖究竟是什么存在，而现在，他明白了，整个尤图尔遗迹被存放在了一个环形山的中央底部。

三人从山洞里走出来，眼睛适应了次第亮起的环境之后，他们的表情渐渐变得苍白起来。

"迷……迷宫？"天束幽花看着眼前一条深不见底的长方形通道，脸上写满了震惊和疑惑，通道的尽头，看得出来是一个十字路口，分别朝向不同的方向，又分岔出三条同样宽窄的通道。

就是迷宫。

"这不是尤图尔遗迹吧？我记得不是这样的啊……"麒零转过头，看向银尘。

银尘的表情非常凝重，锋利笔直的剑眉用力地皱起，他抬起头，看着通道上方，垂直陡峭的墙壁笔直上升，然后，上空翻滚着黑色的乌云，乌云里滚动着沉闷的雷声和不时闪出的电流。"尤图尔遗迹已经被改造成巨大的迷宫了……"他的声音听起来，有一种悲哀，又像是愤怒。

"迷宫的墙再高，也总有顶吧？飞上去，就能够看见所有的路径了。"天束幽花手腕翻转，一只金色的巨鹰飞快地从空气里幻化成形，"也许我们可以从上方突破。"

巨鹰振动起双翅，朝着天空飞去。

然而，就在巨鹰刚刚要接触到黑云的时候，一道粗壮而锋利的闪电突然从黑云里激射而出，巨鹰瞬间被击碎成金色的粉末。

天束幽花的脸色苍白一片。

巨大的怒吼声，从身后的洞穴里闷闷地传来。

"时间来不及了。如果祝福繁殖结束，我们就再也没法逃离这里了。"银尘咬了咬牙，"闯吧！"

轰隆的雷鸣在黑压压的乌云里翻滚。

三个人飞快地在迷宫里奔跑穿行，麒零不时地抬起头，企图看见身边石墙的顶，然而，除非把脖子仰到几乎垂直，否则，都看不到石墙的顶端——然而，这个顶端还不是石墙的顶端，只是乌云翻滚的一层封锁而已。

——设下这个迷宫的人，早就想好了会被拥有飞行系魂兽的人闯入吧。充满雷暴闪电的乌云，就像是把这个迷宫的顶给全部盖起来了一样。闯入者只能像是小小的爬虫，在千万条分支中选择穿行。

这样看起来，这个迷宫绝对不是随意生成的。

麒零正想着，突然被"叮——"的一声打断了思绪。

他的目光看向银尘，他刚刚抬起手，将一枚短剑钉到迷宫的墙壁之上。麒零反应过来，这是银尘对他们所走过的路径和分岔选择的方向标记的记号。

祝福沉闷的怒吼时远时近，有时候像是就隔着几道墙壁那么远，但有时又像是早已远离它的感知范围。

越来越多的短剑被钉到每一个路口的转角，所有被选择的路径都已经记录下来，帮助他们不走重复的路途。

然而——

"根本走不通啊！"天束幽花看着前方停下来的银尘，她顺着他的目光，看见了那枚似乎半个小时之前，银尘留下的短剑，清晰地插在前方的石壁上。

银尘低垂着头没有说话，他背对着麒零，所以看不到他的表情。但是他站在原地一动不动的样子，不知道为什么，让麒零觉得更加心疼。

麒零觉得心里的愤怒正在累积，如果现在有一个敌人就好了，如果有一个可以正面对抗的敌人就好了，哪怕受伤，哪怕流血，也比这样被困在这里，完全没有方向没有希望地徒劳奔走要好啊。

麒零愤怒地朝天空那些乌云空舞了几下半刃巨剑，然后泄气地在地上坐下来。他心里很难过，鼻子有点发酸，因为他不知道莲泉是生是死，然而他们又被困在这里什么都做不了。

他抬起头，看向银尘，他本来想要对他说话，却发现银尘惊讶地看着天空，而幽花震惊地看着自己。

麒零顺着银尘的目光向上看去。

翻滚的乌云裂开了一道缝隙。缝隙正在飞快地合拢。

"风……是风……"天束幽花小声而谨慎地看着麒零，"你的魂器……是风源的魂器吗？"

风源的魂器？

麒零有些惊讶，但更多的是疑惑。他看着手里这把已经陪伴了自己一段时间的断刃巨剑，上面繁复而古典的花纹非常精致，确实不像是亚斯蓝常用的冰雪结晶等纹样，反倒是上面流畅的线条，看起来像是自由回荡的风。

他抬起头看向银尘，想要从他的脸上寻找答案。

自从跟随银尘之后，每当遇到任何的困惑或者难题，他都会下意识地把目光投向银尘，他自己也许并没有意识到这种日益滋生的依赖，其实像山涧里一点一滴流进水库的清泉，纯真而美好。但是，他不曾想过，也许带着森林清新气味的泉水，最终会引来一场摧毁整个峡谷的山洪。只是现在湖水尚浅，波澜不惊的湖面上倒映着清澈的蓝天白云。

一切美好而温柔。

银尘的表情没有给麒零任何的答案，他微微皱着的眉头维持着一个很微妙的弧度，这个弧度让他的眼神变得稍微有些暧昧，难以猜测，看起来像是一种介于疑惑和悲伤之间的情绪，也像是混合着一点点似曾相识的茫然。

"也许我们真的可以从上万突破，如果你的魂器能够吹散那些雷暴云的话。"天束幽花看着沉默不语的二人，有点着急地催促起来。身后祝福的低沉怒吼隐隐传来。

银尘迷惑的眼神重新亮起，他走向麒零的身后，抬起手，轻轻地抚住麒零的爵印："麒零，我将我的魂力传送给你，你用尽全力，将魂力从你的断刃上激发出风旋，吹散迷宫上方的黑云，你可以做到吗？"银尘的掌心传来温暖的热度，热度渐渐升高，银尘白皙的手背上浮现出一根一根仿佛血管般金色的脉络来。

金色的魂力像是从山顶倾泻而下的洪水，一股一股，不断汇聚成力量越来越磅礴的浪潮。

钝重的剑身震动起来，发出嗡嗡的轰鸣。

剧烈的风暴从断刃剑尖汹涌而出，拔地而起的龙卷风，朝着上方厚重的乌云卷动而去，仿佛一条闪着金色透明涟漪的巨龙，愤怒地朝天际咆哮，巨龙开口，将如同幕布般的黑云，撕咬开一个巨大的缺口。

有一丝一闪即逝的感觉，从银尘的爵印深处划过。他的眼皮突然微微地跳动了一下。

那是一种非常熟悉却又完全陌生的感觉，就像是到了一个从未去过的地方，但是又觉得自己曾经来过的那种感觉。

然而这丝感觉就像是巨浪里一尾闪烁着鳞光的游鱼，瞬间就消失了踪影。

乌云的缺口在剧烈风暴的卷动下持续扩大，然而，麒零手上所承受的重力也成倍地增长，仿佛有人不愿意他们撕开笼罩着这个迷宫的幕布，不断扩大的云层缺口带来越来越急于收缩的紧绷力量。

"幽花！"银尘侧过头，大声喊道。

天束幽花朝地面蹲下，双手金光绽放，地面瞬间冻结出几平方米的厚实冰层，冰层之下，有轰隆隆的声响，像是有什么东西正从地底远处赶来……

是水！

是地下水！

一道巨大的冰柱从地面拔地而起，迅速托举着三人，朝着天空的黑云缺口快速地爬升。

冰柱上升的速度极快，麒零甚至有些耳鸣。

但是他不能分心，他手上的巨大压力已经让他的虎口感觉到了一些撕裂的痛苦，然而钝重的巨剑看起来依然完好无损，自己加上银尘的魂力，在剑身里自由流动，激发出汹涌不息的气浪。

离黑云洞口越来越近，五，四，三，二，一。

黑暗。

视野瞬间被近在咫尺的黑云斩断。说是黑云，但是更像是滚滚的浓烟，甚至像是混浊的胶质墨汁在迷宫的上空翻滚着，将进入迷宫的人死死封存。

LORD
Legend of Ravaging Dynasties

一无所有的视野中，会在雷电划过的瞬间变得雪白一片。

银尘的面容在闪电瞬间的照耀下惨白得如同病态，然后又飞快地遁入黑暗，只在眼睛的视域里留下一个仿佛黑白反相后的残影。

雷暴声近在耳边，像是有巨兽正在自己面前怒吼。

剧烈的风暴勉强撑开着企图缩紧的云洞。

终于，冰柱从厚厚的黑云中穿出！

刚刚一直压迫在自己双手之上的巨大力量瞬间消散，麒零的十指发出清晰的疼痛，像被冬天的寒风吹裂了无数的伤口。

他回过头，和银尘、幽花一起朝着下方俯瞰。

他们所在的这根冰柱，仿佛是一根矗立在黑海之上的雪木，孤独而又绝望，脚下绵延千米的巨大迷宫，随着起伏翻涌的黑色云浪，时不时地露出一些迷宫墙的顶部，像是黑色海水淹没后的一个遗迹。

一个真正的海底遗迹。

麒零放下手里的巨剑，刚要开口，断裂的巨响和脚下猛烈的晃动同时发生。

三个人瞬间失去平衡。

等到他们反应过来，三人已经在朝着下方饱含雷电的乌云飞快地坠落——之前飓风撑开的云洞，飞快地合拢，乌云触碰到冰柱的瞬间就触发了成千上万道雷电，巨大的电光仿佛锋利的亮刃，将冰柱击碎。

"苍雪！"麒零瞳孔里金光四射。

四散飞扬的白色羽毛从视野里划过，三人稳稳地落在膨胀变大的苍雪之牙的后背上。苍雪之牙振翅飞起，将三人带

228

L.O.R.D
Legend of Ravaging Dynasties

离乌云。

"这些乌云肯定不是普通的乌云，如果说云里面包含大量的水汽，亚斯蓝的魂术师可以控制的话，但里面的电闪雷鸣根本就不是普通意义上的雷电。亚斯蓝的魂术师不可能操纵得了。这个迷宫……不太对劲。"天束幽花看着脚下仿佛择人而噬的黑海云潮，她的声音有些发紧。

"看到了吗？"银尘抬起手，指着远处一个位于迷宫中央的区域，在那个地方，乌云似乎没有覆盖，有一个小小的圆洞。

"走。"麒零掉转苍雪之牙飞行的方向，朝着银尘所指的方向飞去。

【西之亚斯蓝帝国·尤图尔遗迹·鲜血祭坛】

苍雪之牙化成一团旋转的白光，消失在麒零的身后。

谁也无法预测接下来需要消耗多少魂力，所以，没有人敢浪费。魂兽处于体外的状态，对此刻三人的处境来说，是太过奢侈的消耗。虽然麒零非常想要苍雪之牙陪伴在自己的身边。

三人看着眼前的场景，压抑的死寂中，仿佛有紧绷的钢丝发出若有若无的声响，耳朵里充斥着这种无声的胀痛。

整个尤图尔遗迹深埋地底，没有任何光源，所有空间都异常昏暗，此处是尤图尔遗迹的中心，因此就更加地阴暗——阴暗像是有了重量一样，朝着这个凹陷之所在，如同水流一样，渐渐汇聚于此。

整个下陷区域，非常辽阔，大概有数千平方米，看起来似乎是一个下沉式的祭祀广场。下陷区域为长方形，被四面高且

229

厚的围墙围绕。

长方形的每一条边的正中，都是一道长长的阶梯，通往深不见底的凹陷深处。阶梯往下，应该就是鲜血祭坛，而阶梯往上，就会走进一道狭长的通道——重新回到迷宫。

所以，从这个意义上来说，这个迷宫没有出口。

这是一个只能进来，但不能出去的迷宫。

"这有些不合理……"天束幽花看着深不见底的巨大方形凹陷，她的声音在黑暗的地底发出阴森的回声，"所有的迷宫都有一个或者多个入口，但同时，必定会有至少一个出口。但是从眼前的情况来看，迷宫里四条通道的尽头，都指向这个位于迷宫中心的长方形凹陷之所在，这个迷宫，难道压根就没有打算让人出去吗？哪有把道路的尽头放在迷宫的中心位置的？不都是放在迷宫的边缘让人离开迷宫吗？"

"不，这里确实就是出口。"银尘的声音听起来有些沙哑，"只是和我们常规意义上所谓的离开迷宫的出口不太一样。"

"你的意思是……"天束幽花被银尘提醒了一下之后，低头思考了一会儿，然后抬起头，看着天空，确实，这块巨大的凹陷区域上空，没有乌云封顶，"出口在上面？所以，乌云其实才是迷宫真正的墙壁，而没有墙壁的地方，自然就是出口，是这个意思吗？"

"不对，上面是我们来的地方，那里有更可怕的祝福，那才是一道真正无法逾越的'墙壁'吧？"麒零摇了摇头，不是很认可这个观点，他的眼前闪过祝福那猩红的影子，一根根蠕动的巨大触手仿佛历历在目，甚至隐约有血腥气味扑面而来。

"出口在下面。"银尘看着隐没进黑暗的台阶，台阶笔直下沉，仿佛伸向漆黑的死寂，"这个迷宫并不是为了不让人离开尤图尔遗迹，而是为了不让人找到这个下陷的区域，所以，如果我猜得没错的话，在这个深不见底的凹陷之下，台阶的尽头，应该就是莲泉所说的鲜血祭坛。"

"可是……"天束幽花的声音有些不确定，"这听起来不是更加不符合逻辑了吗？如果我是迷宫的建造者，想要把这个中心区域藏起来的话，我绝对不会同时修出四条通道，都连接到这里，而且，整个迷宫上空都覆盖着能够瞬间将一切击碎的雷电云层，唯独这个区域，有一个空洞，怎么看都像是……都像是……"

"像是什么？"麒零看着没有继续说下去的幽花问道，他的心里渐渐升起一种不祥的恐惧之感。

"像是故意把闯入者，引导到这个地方来一样……"天束幽花的声音听起来像是一碰就会断的弦，"你还记得，整个尤图尔遗迹是在一个像环形火山口的中心吗？我们是从山脚下的入口进入的，那个入口直接就是迷宫的入口，所以，一进入迷宫，如果无法突破乌云，不管你在里面怎么走，都只有两个结果，要么永远困在里面，要么，最终，你会抵达这里。而如果我们是骑着魂兽，从环形火山口的上方飞进来的话，你第一眼看到的，会是什么……"

"我会看到整个火山口里面，都覆盖着黑压压的乌云，而只有中间这块地方，有一个空洞……"麒零小声地回答着，他的手心里稍微渗出一些汗水。

"你看过森林里面猎人布置的陷阱吗？"天束幽花的瞳孔颤抖着，"很多的陷阱，都会故意留出一个看起来像是破绽的空洞，甚至为了进一步引诱野兽，空洞里还会放置美味的果实或者香肉……你不觉得，这个地方，就是'猎人'布下的陷阱吗？"

三人看着幽深的、没有任何光线的长方形地陷。

突然，在地底坑洞下方几百米远的深处，有一朵很小很小的金色火焰闪烁了一下，然后飞快地熄灭了。

"有人在下面？"麒零看着迅速恢复黑暗的无底深渊，"刚刚你们看到了吗？有一道金色的光亮了一下，应该是有人使用魂力产生的光亮。"

"走，我想下面就是鲜血祭坛。"银尘说完，朝着无尽的阶梯往下走去。他的脚步声在空旷的黑暗里显得有些孤独。

"银尘！"麒零忍不住大喊，但他没有停下脚步。

"银尘，我刚已经说了，这很可能是一个精心策划好的陷阱，你还要这么义无反顾地踩进去吗？"天束幽花冲着银尘的背影大声地说。

"不管下面是不是陷阱，我都得去。"银尘的声音已经开始有一些回音，"因为这就是我此行的目的。"

麒零咬了咬牙，跟着往台阶下面冲。

"你疯啦！"天束幽花扯住麒零的衣服，把他拉回来，她的表情有些焦急，又有一些愤怒，"这么明显一个引诱你们去踩的陷阱，一个一个争先恐后地往里面跳，你们这帮人是怎么回事啊！"

"银尘去哪儿，我就去哪儿。"说完，麒零朝台阶下面走去。

天束幽花看着麒零远去的背影，她的眼睛微微地红了起来，她犹豫了一会儿，然后跟着往下面走去。

银尘的铜镜和天束幽花的雪雕，同时飞舞在深洞里。铜镜和雪雕都发出光芒，来回飞舞，照耀着范围巨大的黑暗。

他们终于看清楚自己所在的地方，究竟是什么样貌。

长方形的地坛四边中心分别有一条很长的台阶，一路延伸，通往位于洞穴底部的祭坛所在。此刻，他们正走在其中一条台阶上。

这里显然不是一个天然塌陷而成的巨大地洞，而是一个精心修建的地坛。地坛一层一层往下修建，各种雕刻精致的巨大神像和壁龛环绕四周，甚至每一层还有走廊和窗户。麒零心里觉得有些毛骨悚然，在这暗无天日的地下，窗户究竟是给谁用的呢？这个巨大的建筑里面居住着谁？或者说，居住着什么？

没有任何的声响，只剩下他们急速行进的脚步声，和偶尔一两声碎石掉落的声音。

除此之外，整个下陷地洞里一片寂静。

终于，他们来到了这个凹陷的地洞的底部。

还没有等雪雕来回飞舞照耀一遍，巨大的光亮瞬间盖过了雪雕的亮光。

一朵又一朵巨大的蓝色火焰从黑暗里跳动出来，仿佛麒零他们的到来，触发了这里的感应。

地坛底部中心，有十二尊巨大雕像合围而成的一个圆圈，大概有十几米的范围。雕像头顶接二连三燃起的蓝色火焰，照亮了这个一直沉睡的地方。

其中两个雕像之间，有一道看起来像是低矮围墙或者是石碑一样的东西，三人此刻朝着那里走去。

走到近前，他们发现石碑非常厚，与其说是石碑，不如说是一块巨大的方形石头比较合适，上面有人像花纹和彩绘，但最让人费解的，是石碑正面那个碗口粗细的黑洞，不知道里面有什么，看起来像是一个钥匙孔，但如果是这样的话，这个钥匙孔未免有点太过巨大了——不过，周围围绕成一圈的十二尊雕像本来就格外巨大，甚至这整个下陷的区域都太过庞大了。

"银尘，你来看。"麒零走过石碑，走到十二个雕像合围起来的区域边缘朝中心看去。

一个异常奇怪的地形。

十二个雕像合围起来的区域是一个圆形，然而这个圆形却是往中间不断下陷的，就像是一个碗的形状，碗的边缘就是此刻银尘、麒零、幽花他们所站的位置，而碗的中心，则逐渐下沉。碗底被雕刻出极其烦琐复杂的沟壑回路，那些沟壑看起来有半个手掌那么宽，一圈一圈，密密麻麻，环环相扣，所有的沟壑汇聚的中心，是一个圆形的石塞。

这看起来仿佛又是一个复杂的迷宫。然而，和普通的迷宫不同，这些沟壑并不能走通，很多沟壑都支离破碎地断开了，彼此完全不连。

石碑对面，相对麒零他们下来台阶的位置，有一扇沉重而紧闭着的石门。

"又是迷宫？"麒零看着脚下这个下沉的石碗，不知道该从何下手。本来到达这里，就应该是莲泉告诉他们具体的通关方法，然而……

"这个一圈套一圈的巨大环形转盘，其实是一个锁，你看地面这些彼此断开的花纹，只有每一圈都转动到准确的位置，这些沟壑才能连接起来，如果我猜得没错的话，这些沟壑是用来放血的，只有当血液在这些沟壑里顺畅流动的时候，大门才会打开。"银尘看着眼前断裂的沟壑，说道。

"要怎么才能让这些圆盘转动起来呢？"天束幽花问。

"那个石碑！"麒零突然想起什么，回头走向那个石碑，看着石碑上那个莫名其妙的黑乎乎的圆洞，"要让圆盘转动起来，需要插入钥匙！"

银尘和天束幽花走回那个石碑前，果然，那个石碑上，画着一个半跪在祭坛面前的女人将手伸进石碑的图案。

"把手……伸进去吗？"天束幽花突然害怕起来，她看着那个黑乎乎的胳膊粗细的洞，不知道里面会不会有什么蛇怪虫豸咬自己一口。而且，以刚刚看见的那个凹陷的巨碗一样的鲜血祭坛来说，那血量有些太过惊人。

"应该是，原来，'人'就是钥匙。"银尘看着石碑上那个黑洞。

天束幽花犹豫着，最终还是站在了石碑的前面，她伸出胳膊，纤细的手指并成一团，然后缓缓地伸进那个黑洞，她不知道自己会摸到什么东西，但这种看不见的恐惧，才是最大的恐惧，如果这不是一个厚重的石碑，如果这是一个透明的石碑，那么，所有人都会知道这个圆洞里有什么……

天束幽花颤抖着，一点一点地把胳膊伸进去，直到她的手肘卡在外面，无法再继续推进为止。

麒零和银尘都稍稍松了口气，看来黑洞里并没有什么毒蝎蛇虫之类的东西。

可是，然后呢？

没有任何动静啊。

"伸手进去，转盘也没有转动啊，银尘，你确定莲……"

"啊！！！"天束幽花突然剧烈地惨叫起来，她拼命地想把手从那个黑洞里扯出来，然而，已经不可能了。

【西之亚斯蓝帝国·尤图尔遗迹·魂塚】

特蕾娅睁开眼睛，身边的金色光门渐渐消散。

她往前走了几步，脚下是无边无际翻滚不息的浓稠云海，云海里各种巨大的人形石柱耸立着，上面插满了各种各样的魂器。

"唉，真可惜啊，好不容易再来这里一次，可惜已经被魂塚标记过了啊，不能再拿点什么好东西了。"特蕾娅低声笑着。

她看了看四周，没有任何动静，整个庞大的魂塚一片死寂。

"看来我来早了啊。"特蕾娅沿着山崖慢慢地走着，欣赏着脚下的各种魂器，"不知道莲泉他们什么时候才能到达这里啊，最好别让我等太久。"

她的裙摆随着她的步伐，在地面拖动着，一些小石块被拖在地上的裙摆带着滚动几下，掉到了下方浓厚的云海里。

"你出来吧。"特蕾娅抬起眼睛，不知道什么时候，她的眼睛已经变成了混浊的白色，"在我面前，你就不用躲了。"

山崖的阴影里，呪夜慢慢地走了出来。他笑了笑："我躲的可不是你哟。"

"白银祭司不是要我独自防守这一关卡吗，怎么还派你来了呢？"特蕾娅看见呪夜，双眼恢复了正常，她收起嘴角淡淡的笑意，冷漠地说，"白银祭司不相信我一个人就可以胜任吗？"

"看起来，你来'晚'了啊。"呪夜的嘴角含着一抹神秘的微笑，衬着他年少的精致而孱弱的面容，看起来有几分危险，又有几分暧昧。

"来晚了？我还觉得我来早了呢。都不知道要等多久……"特蕾娅说到一半，突然转过身，她混浊的双眼剧烈地颤抖着，似乎不敢相信自己的眼睛。

几十根巨大的祝福触手扭曲成巨大的仿佛一朵花苞般的形状，缓慢地从她所在的悬崖后面的云海里探了出来，特蕾娅离祝福的距离此刻也就一两米。

滴血的花苞缓缓上升，然后俯身而下，朝着她慢慢绽放，仿佛一朵娇艳的花在离她面前最近的地方舒展着自己的花瓣，触手一根一根打开，剧烈的血腥味瞬间将特蕾娅吞噬。

"我都说了，我躲的可不是你啊。"远处的呪夜有点可惜地摇了摇头，"而且，你真的来'晚'了啊。"说完，呪夜转身走进了山崖洞穴里。

爵迹

Chapter 07

冷血狂宴·鏖战

L.O.R.D
· Legend of Ravaging Dynasties ·

【西之亚斯蓝帝国·尤图尔遗迹·鲜血祭坛】

咔嚓咔嚓转动的金属声回荡在空旷的鲜血祭坛。

"里面……是齿轮……"天束幽花的脸看起来像是白纸，"或者是排列整齐的刀刃……"

她调整着自己的呼吸，尽量让自己忽略整条手臂上钻心剜骨的剧痛。此刻，她突然有些羡慕霓虹，要是自己也能够拥有无感的天赋就好了。

石碑碗口粗细的黑洞里，排列整齐的刀刃正在渐渐转动，齿轮逐渐咬合收紧。又薄又利的刀刃切割进胳膊，然后被手臂骨卡住，无法继续缩紧，于是锋利的刃口在骨膜上来回刮动着，天束幽花的痛觉神经像是被一千根针穿刺着，剧烈的痛苦几乎剥夺了她其余的感知，大脑里只剩下不断加剧的痛感。

石碑前方有三条凹槽，此刻，源源不断的永生之血，正在顺着这三道凹槽，流向前方凹陷的被十二个神像围起来的中心转盘。

鲜血流经的区域，本来铅灰色的圆盘石面，在吸收了黏稠的血浆之后，变成了猩红的色泽。血液逐渐填满每一条沟壑，三个彼此嵌套的圆盘开始转动起来，那些断裂的沟渠经过转动后，变成了一条顺畅的可以流通的道路——一股一股的鲜血，汇聚向圆盘中心那个被石塞塞住的圆孔。

在接触到鲜血的同时，那个石塞往下一沉，一个漆黑的孔洞出现在鲜血祭坛的中心，所有的血液开始汩汩地流进那个似乎深不见底的孔洞里去。

祭坛对面传来沉重石门开启的轰鸣声。

"你们快点进去吧。"天束幽花的声音听起来还算平稳，只是她的额头已经浮出了一层细密的汗珠，在十二座雕塑头顶的幽蓝色火光照耀之下，显出一种异样的瘆人感。

"幽花，那你……"麒零心里有些难过，他蹲下身来，两只手有点紧张地攥着自己的衣袖，但是，他也不知道应该怎么办，或者说些什么。

"我现在还撑得住，你们就别废话了，再啰唆下去，我就拔出手臂转头走人了啊。"天束幽花不耐烦地看了麒零一眼，然后把脸转开，不再看麒零的眼睛。

突然，天束幽花背后传来滚烫的金色魂力。

幽花回过头，看见麒零抬起手，放在自己的右肩膀上，少年肌肉结实的小手臂上，清晰的金色魂路闪烁着光芒，像是呼吸般起伏着。他的眼眶有些泛红，抽了几下鼻子，似乎在忍耐着。

"麒零，你不用把魂力传给幽花，等下我们可能会面临更加……"

"银尘！"麒零的声音压得很低，却很扎实，声音里有一种极力的克制。他只是简单地叫了叫银尘的名字，但是，对银尘来说，他心里受到的冲击，却比任何时候都大。因为这是这么久以来，麒零第一次顶撞自己。

麒零低着头，不愿意多想，也不愿意多说。他在这一刻甚至觉得银尘有些自私，有些残酷。

吉尔伽美什，吉尔伽美什。

一切都是为了吉尔伽美什。

好像除了他之外，所有的人都去死也没有关系。

莲泉也好，幽花也好，甚至，包括自己……

他的眼泪从通红的眼眶里涌出来，无声地滴落在他华丽的锦缎刺绣长袍上。

天束幽花忍着手臂上传来的剧痛，抬起另外一只胳膊，轻轻地在麒零的膝盖上推了推："你快去吧，银尘说得没错，不要为了我浪费你的魂力，我相信越接近囚禁之地，危险越大。我有永生天赋呢，你怕什么啊。而且，尤图尔遗迹里魂力很多，我不会有事的。你们快点去吧……"

一盏碧绿色的铜灯，出现在天束幽花的脚边。

银尘纤细白皙的手指，轻轻地拧了拧灯座上的一个小小旋钮，幽然的光线从灯罩里散发出来，碧绿碧绿的荧光，看起来不像是火焰燃烧的光亮，仿佛是无数玉石被碾碎后的发亮粉末，在灯罩里浮游闪烁。

"啊……"天束幽花忍不住低声呻吟。

"怎么了？"麒零问。

"没事……"天束幽花摇摇头，轻轻地冲麒零笑了笑，她精致而高贵的面容上，总算恢复了一些健康的少女红晕。她清晰地感觉到，周围黄金魂雾的浓度随着那盏碧绿色铜灯的亮起而增大了很多。她伸进石碑里本来已被数百把利刃切割得鲜血淋漓的手臂瞬间重新愈合——然而，持续转动切割的刀刃，再一次将这些愈合的肌肉血管切开。所以她刚刚没有忍住再一次传来的剧痛，而发出了小声的呻吟。

"这个灯，能产生黄金魂雾？"天束幽花转过头，看着银尘皱紧的眉头，轻声问道。

"不能。"银尘用低沉的嗓音回答道，"这个魂器的名字叫【聚魂玉】，它并不能直接产生黄金魂雾，但是它可以将周围很大范围内的黄金魂雾迅速吸纳聚拢，大幅提升使用者所在区域的黄金魂雾浓度。它既不属于攻击武器，也不属于防具，但是对受伤状态，或者魂力消耗巨大的魂术师来说，算是一件挺有用的魂器。"

周围黄金魂雾的浓度越来越高，天束幽花感觉身体里血液新生的速度明显加快了。

"谢谢。"天束幽花看着银尘，小声地说了两个字。

银尘没有回答，也没有笑，他只是静静地看着她，他英俊锋利的眉毛，在眉弓上皱出一道隆起的阴影，他的眼神看起来像是担忧，又像是内疚。

"对不起。"他沉默了一会儿，然后说了三个字。

说完，银尘站起来，朝远处那扇渐渐打开的沉重石门走去。

"幽花，你等我回来。"麒零站起来，声音里充满了抱歉和内疚。如果不是因为自己,她此刻还在金松石修葺而成的郡王府里享受着美好而安静的生活……

天束幽花看着麒零,不舍地点点头。她心里想说点什么,但是最后,还是轻轻地说了一句:"你快去吧。"

沉重的石门持续往两边打开。

浓郁的白色寒气从石门里涌出来,石门内部充满了让人伸手不见五指的白雾,仿佛寒冰冒出的白汽。白雾遮住了石门内部的空间,完全不知道里面究竟是什么状况。

银尘头也不回地走进打开的石门,他的身影在几秒钟之内,就被浓厚的白雾彻底吞没了。

麒零忍不住担心,连声呼唤着银尘,急忙跟随而去。他在最后的时刻,忍不住想要回头看看幽花,然而,他的身影已经处在翻涌的白雾之中了,寒气隔断了他的视线,他的胸口微微有些刺痛。一声听不见的叹息之后,他快步朝已经消失的银尘跑去。

——如果,他能够在进去之前回头。

——如果,天束幽花可以在最后呼喊他的名字。

当银尘和麒零的身影终于消失在浓雾背后,天束幽花再也忍不住,大颗大颗的眼泪,像是闪烁的宝石,从她通红的眼眶里滚落而出。

她抬起头——她刚刚一直不敢抬起头,因为她怕银尘和麒零也注意到自己早就发现的事情。

她看着那些围绕着鲜血祭坛的石像。

那十二个沉默不语，头顶燃烧着冷然蓝光的石像。

十二个石像都举起一只手臂，朝前方平举着，然而，每一个雕像举起来的手臂，都从手肘以上，就被斩断了。

十二个没有小臂的石像，围成一个圆圈，目光空洞地，注视着这个弥漫着鲜血气味的祭坛。

天束幽花很清楚地知道，那些刀刃随着转盘的转动，只会越来越紧。她在最初剧痛的时候，就想要将手抽回，可是，她发现，无法做到。

——我现在还撑得住，你们就别废话了，再啰唆下去，我就拔出手臂转头走人了啊。

骗子。

怎么可能拔得出来呢！

怎么可能走得掉呢！

血液无法停止地从身体里流走，源源不断地被吸纳进这块黑色石碑上的黑洞。

——麒零，救出吉尔伽美什之后，你一定不要回来找我。我不想你看见我被吸干血液之后，只剩一副枯骨的样子。

"啧啧啧，这画面真美……"低沉的金属音色，从天束幽花背后传来，仿佛野兽般滚烫的体温，浓烈的辛香气味，紧贴着她的后背，天束幽花的心跳突然漏了一拍。

"你是不是和我一样，也很喜欢鲜血的腥甜味道呢？"幽冥把脸靠在她的耳边，性感地呢喃。

"我警告你,你离我远点,你要是再靠近,我就……我就……"

一道闪烁着碎光的黑影，从自己的膝盖下方升起，速度快得不可思议，黑影从幽花面前，贴着她的鼻尖扫过，消失在她的头顶上方。

她还没有回过神来，就听见滴滴答答的水滴声。

她低下头，自己的胳膊已经从肘部上方被利落地斩断了，残留的胳膊塞在那个黑洞里面，一点一点地被转动的刀刃扯进去，变成骨头碎渣。

幽冥仲山修长而骨节分明的手指，轻轻地从黑色冰晶剑刃上，抹起幽花的鲜血，他把手指放在唇边："真诱人啊……这皇血的味道。"

他闭着眼睛，表情看起来有一些迷幻。

然后幽冥抬起脚，将脚边那盏聚魂玉朝着鲜血祭坛里，重重踢去。

铜灯摔成碎片。

幽花瘫坐在地上，她耳朵里开始发出尖锐的蜂鸣。

失去魂力支撑后，大量流失的鲜血让她的体温开始飞速下降。

鲜血祭坛里，那些沟渠中的血液水位，也在下降。

沉重的石门停止了朝两边打开，然后渐渐地缓慢关闭。

"幽冥。"寒霜似淡淡地叫住正在朝天束幽花走过去的幽冥，他仿佛一个鬼魅般出现在幽冥的身后，没有任何的脚步声，甚至没有任何的气息。

"又怎么了？"幽冥有些不耐烦，转过身，朝向寒霜似。

"不要回头！"空旷的下沉祭坛里，黑暗深处传来特蕾娅撕心裂肺的急促喊声，"别看他的眼睛！"

幽冥瞬间朝后方倒退跃起，长袍被剧烈的力量激得砰然展开，仿佛一只黑色的猎鹰，轻盈地在空中斜斜飞出。

幽冥急速地掠向特蕾娅声音传来的方向。

伤痕累累的特蕾娅，跌跌撞撞地瘫坐在祭坛边缘。

"怎么回事？是谁伤了你？"幽冥的眼睛里瞬间充满愤怒的血丝。

"快走，这是个陷阱！"特蕾娅虚弱地抓着幽冥的胳膊，她的手忍不住颤抖着。

"什么陷阱？"幽冥没听明白。

巨大的爆炸声，从长长的台阶顶上传来。

大块的石头从四面八方滚落到这个深坑底部。尘埃碎石四处飞溅。

红光瞬间布满天空。

红光？

幽冥抬起头，他的瞳孔瞬间收紧成窄窄的一线。

十几根巨大的猩红色触手，正在从祭坛上方迷宫的四个出口涌动出来，祝福的红色触手如同巨蟒，在鲜血祭坛的上空交错缠绕，仿佛一张网，把出口彻底封死。

"祝福？"幽冥的声音充满了疑惑，"祝福为什么会追杀你？"

"追杀我的不是祝福……"特蕾娅抓紧幽冥的胳膊，她的脸色苍白一片，喉咙锁紧，声音像是被人掐着喉咙发出的，"那不是祝福……"

黏稠的触手交错缠绕而成的巨大血网，从上空缓缓探下。

其中一根血藤的尖端，触手交错缠绕成一朵含苞待放的花蕾。

一根一根触手，像是花瓣一样，柔软地打开。

触手仿佛一个绽开的王座，轻轻地托举着里面缓缓睁开纯黑瞳孔的鬼山莲泉。

她的嘴角，挂着一丝妩媚而诱人的微笑。她美艳的脸颊上，沾满了淋漓的鲜血。

"鬼山莲泉！"

幽冥抱起特蕾娅，转身逃进祭坛周围一处层层叠叠的黑暗阴影里。四通八达的台阶，瞬间让他们消失了踪影。

头顶密集蠕动的巨大触手，开始渐渐缩回，血红色的捕食之网散去。

"他的速度还是很快啊。"呪夜看着幽冥消失的方向，轻轻地叹息着。

"不然你以为，这么多年以来，他为什么一直高居二度王爵啊。"寒霜似回答。

"不过，好像也没什么关系吧？"呪夜回过头，看着寒霜似，嘴角挂起一个暧昧的笑容。

"嗯，没什么关系。"寒霜似笑着回答他，然后，他那双仿佛刺满了血色蔷薇的眼睛，发出灼烧般的红光来。

他们转身，朝漫长的台阶上走去。他们的步伐轻快敏捷，身形看起来仿佛黑暗中的鬼魅。

当他们来到最上端的台阶平台时，最后几根祝福的触手，正在缩回迷宫的出口。

呪夜和寒霜似安静地站在那里，面对着黑暗的洞口等待着。

黑暗中最先出现的，是一双比黑暗更黑的眼睛。

然后，是挂着血迹的美艳面容，魅惑的微笑。

鬼山莲泉从洞口缓慢地走出来。

呪夜和寒霜似慢慢地微笑起来。

她那双漆黑的眸子，正在渐渐变成泣血的蔷薇。

这一刻，多像当初在幽花郡王府中莲泉房间窗台上的情景重现啊。

可是，不管是当初的那一刻，抑或是此时，在鬼山莲泉的记忆里，都不会存在。此刻的她，在某个冗长无解的梦境里沉睡着，不知道什么时候，才会醒来。

"杀了他们。"

少年们异口同声地说，他们的声音听起来很相似，都有着变声期特有的味道，纯真而又邪恶。

【西之亚斯蓝帝国·尤图尔遗迹迷宫】

头顶的乌云里，传来怪兽沉闷嘶吼般的雷声轰鸣，一道道雪白的闪电，将整个无情而又庞大的迷宫照亮。

特蕾娅的面容被映照得雪白，然后又瞬间归于黑暗，只剩下模糊的轮廓。

她和幽冥全力奔跑着，然而，她的魂力感应，此刻在不断变换路线的迷宫中，却没有用武之地。她只能像一个没有目标的受伤野兽一样，本能地逃窜——这在曾经的自己看来，是多么笨拙而又愚蠢啊，或者说，这恰恰就是所有曾经在她的天赋下逃无可逃、无处可去的猎物的可怜之处啊。

"你说这是陷阱是什么意思？"身边的幽冥问道。

"白银祭司要全面更新亚斯蓝的王爵体系，这次猎杀的目标，不仅仅是银尘莲泉他们，还包括我们……"特蕾娅的呼吸急促而剧烈，她所剩无多的魂力，正在支撑着她的天赋，企图寻找到一条逃生的路线，"这里，就是为我们所有人准备的坟墓……"

特蕾娅的声音戛然而止。

她和幽冥停下了脚步，他们的眼神里有愤怒、有杀意，但也有一些难以觉察的恐惧。

在他们前面的，是独自盈盈而立的鬼山莲泉，她如水的眸子波光潋滟，视线从幽冥裸露的胸膛上划过，嘴角带着挑逗而暧昧的笑意。

"我们逃不掉了……"特蕾娅低声说道。

"没有祝福和她一起，也许，可以趁这个时候杀了她。"幽冥的声音里混合着尖锐的杀意。

"我的意思是，我们被捕捉过视线……我们逃不掉了……"特蕾娅虚弱地转过头看向幽冥，她的脸色苍白，仿佛失血过多的病人一样，呼吸紊乱。在她脑海里，闪过的是在天空平台上，自己和寒霜似那双猩红的瞳孔对视时的画面，那时的寒霜似狡黠地微笑着，特蕾娅曾经以为那是他因为找到了银尘等人的藏身之所，而露出的笑容，然而现在她才明白，那是寒霜似为终于拿到她的视线而发出的胜利愉悦。就像是给自己的猎物绑上了一根丝线，再把它放回森林，猎物无限欢喜地以为获得了自由，然而，只要猎人愿意，随时都可以收紧手里那根无限延长无法斩断的丝线。

特蕾娅一直都是丝线这端的猎人，然而此刻，她变成了另外一端的无助猎物。

咔嚓咔嚓。

黑色冰晶疯狂地密集生长，瞬间将迷宫甬道阻断封死。

"特蕾娅，趁现在……"幽冥的话还没有说完，几根锁链突然穿破墙壁，厚实的黑色冰晶墙壁轰然爆炸碎裂，闪烁着寒光的锁链仿佛活物一样，哗啦啦地缩回到莲泉的身后。她微笑着，朝着幽冥和特蕾娅慢慢走来。

幽冥修长的手指滑动在他的喉结上，鲜血将他的手指染红。然后，剧烈的魂力从他的掌心翻涌而出，他将手中迫不及待想要绽放的金色光芒朝鬼山莲泉扔去。

巨大而沉重的死灵镜面从高空坠落，砸在鬼山莲泉的面前。

幽冥和特蕾娅屏住呼吸，等待着。镜面挡住了后面的莲泉，他们看不到她的表情、她的动作。他们只是静静地等待着，脸上的表情越来越疑惑。

然而，同样疑惑的，还有鬼山莲泉。

她看着空空荡荡的死灵镜面，完全不能理解为什么自己没有影子出现。她似乎感受到了愚弄，于是伸出手指，在光滑平整的镜面上重重地抓过。

尖锐的让人极端不适的声音，从莲泉的指甲和镜面的交界处扩散出来，回荡在空旷的迷宫里，声音在来回折叠的空间中被循环放大，让人痛苦。

曾经被那么多刀剑砍刺，都不会留下任何痕迹的死灵镜面上，此刻，已经清晰地出现了几道深深的指甲痕迹。

"这……这不可能……"幽冥沾满鲜血的手指忍不住颤抖着，"我明明可以投影鬼山莲泉……"

"那是之前。"特蕾娅的双眼翻涌起白色的雾气，然而，她的感知，却始终被一层仿佛黑色沥青般的胶质阻挡着，无法渗透进莲泉身体里，也无从感应她此刻的魂力究竟已经庞大到了什么程度，但从死灵镜面已经无法投影出她这一点，可以肯定，她的魂力必然超越幽冥，当然，也超过了自己，"她的身体里现在包裹着和呪夜体内一样的黑色血液，我不知道那是什么东西……很可能是来自白银祭司的血液。这种血液大幅提升了她的魂力，或者说，彻底改变了她对魂力的控制方式。并且，她正在和祝福渐渐融为一体，她也在不断吸食着祝福的力量……"

幽冥伸出手，翻转手掌，死灵镜面如同一面巨大的盾牌朝他和特蕾娅冲撞过来。镜面尖尖的底端在地面上划开一条乱石飞溅的沟壑。

镜面在幽冥面前停了下来，特蕾娅不动声色地往旁边站了站，尽量留给幽冥一个干净的空间，让他可以顺利投影，或者说——

——她并不希望死灵镜面投影出自己？

——还是她怕幽冥发现死灵镜面有可能投影不出自己？

两个幽冥的分身从镜像中成形，他们从化为液态的镜面挣扎而出，然而，两根锁链突然从镜面里穿透过来，锁链死死绕住两个幽冥的投影，将他们重新拉回镜面，两个幽冥的面孔上血管暴起，仿佛溺死的人正在一点一点被拉沉进水底。当分身彻底被拉回镜面之后，镜面上只留下两个闪烁着寒光的锁链尖锐的链头，远处，鬼山莲泉轻盈地振动双臂，锁链突然发出一阵扭曲的波纹，波纹传递到镜面的瞬间，砰然一声，镜面被巨大的力量震得粉碎。

幽冥还来不及反应，白色的丝绸已经汹涌地呼啸而出，将他的视线阻断。

女神的裙摆在迷宫的通道里膨胀翻涌，将他们和鬼山莲泉阻断开来。

"她的魂力远在我们之上，你不是她的对手。幽冥，你现在赶紧回去那个祭坛，去杀了呪夜。杀了他，鬼山莲泉就不被控制，这里先交给我，我战胜不了她，但是，我应该可以拖延她一段时间……"

"我……"幽冥有点犹豫，"这个迷宫一直在改变结构，我不敢保证一定能够重新找到那个祭坛，而且,你支撑得住吗？"

特蕾娅咬了咬牙，然后闭上眼睛，一条清晰的闪烁着白光的细线，从她的后背上浮现出来，白线笔直地穿越过一面又一面墙壁，消失在远处。

"这是……"幽冥的面容突然疑惑。

"这是我的天赋的延展，跟着这条追踪线，它会带你找到呪夜。"特蕾娅转过头，不再面对幽冥，"快去，不然我们俩都会死在这里。"

幽冥的眼睛里闪烁着冷锐的光芒，他沉默了一会儿，没有对特蕾娅说什么，然后转身冲进了雷暴云覆盖之下的遗迹迷宫。

【西之亚斯蓝帝国·尤图尔遗迹·鲜血祭坛】

"这是？"寒霜似看着呪夜背后突然悄无声息地出现的那根白色的丝线，表情警惕起来。

寒霜似指了指他的后背，示意他。呪夜扭过头，在寒霜似的提醒之下，也发现了那根细细的发着微光的白色丝线。

寒霜似伸出手，手掌从丝线上没有任何触觉地穿过。他抬起头，目光切换向特蕾娅的视线，视野中，越来越多的密集白色丝绸正拔地而起，阻断着整个迷宫的通道，然而，丝绸背后，闪烁着无数越来越狂暴的锁链的寒光，越来越多的锁链，像是凶残的白蛇，撕扯着渐渐残破的白色丝绸……

寒霜似切换去幽冥的视线，那条白色的丝线在迷宫里笔直穿透着，而幽冥正在跟随着这条白线飞快地奔跑着……

"这是一根留在你身上的标记线。"寒霜似微笑着，他的尖牙微微地露出一点点，像是一头机敏的小兽，"幽冥正在顺着这条线过来找你呢。"

"那不正好，还省了我们的功夫呢。"呪夜微微侧过头，伸出手，抚摸着自己身后的那条白线，"不过话说回来，特蕾娅的能力，比我们想象中要强吧？"

"我从来没说过她弱啊。"寒霜似笑着回答。

"正因为强，所以才会被清除吧？"呪夜皱起眉头。

"对啊。"

"那我们如果比他们俩还要强，是不是也会被清除呢？"呪夜看着寒霜似通红的眼睛，认真地问他。

"暂时不会。"寒霜似镇定地回答，"但我想，迟早的吧。"

"那我们为什么还要执行这种命令呢？如果这种杀戮迟早有一天是要降临到我们头上的。"呪夜问道。

"为了这种杀戮，不会现在就降临到我们头上。"寒霜似回头，看着呪夜，"幽冥马上就要来了，你准备好了吗？你的魂力剩得不多了吧？"

"大概还有百分之十吧，刚刚你告诉我幽冥快要过来的时候，我就加快了莲泉那边的进攻，以此大量消耗我身体里的魂力，也因此，莲泉此刻的战斗力可以说是非常惊人啊……特蕾娅应该是惨了，嘿嘿，有点抱歉咯。"呪夜勾起嘴角，像是一个恶作剧成功的顽劣男孩。

"只剩百分之十了啊……"寒霜似看着他，面容非常愉悦，"那真是太好了。"

"你呢？你还剩多少？有把握吗？"呪夜问道。

"我没你那么有把握，你啊，总是对自己太有信心，又爱冒险，我喜欢打有把握的仗。"寒霜似凑近呪夜的耳边，悄声说，"我现在的魂力，连百分之一都不剩了哦。"

"那你确定最后那个人会出现吗？"呪夜问。

"确定。"寒霜似舔了舔舌头，猩红的眼睛熄灭下去，看起来，似乎是魂力耗尽的样子，"因为，最想杀幽冥的人，又不是我们，是他啊……"

　　白色丝线朝前方笔直地穿透墙壁，幽冥迅速左转，丝线再次出现，这一次白色丝线朝前笔直延伸，没有任何障碍。

已经到达鲜血祭坛的入口了。

幽冥加快了脚步，丝线的尽头隐没在黑暗的深处。他奔跑着，随时感应着周围魂力的变化，然而，没有任何魂力的波动。可能呪夜和寒霜似已经躲藏起来了，准备伏击自己吧。

想到这里，幽冥忍不住斜斜地勾起了嘴角——你们并不知道，你们已经被标记了啊，躲藏这个词，在特蕾娅的标记下，是多么虚弱而苍白啊，呵呵。

咦?

那是?

白色丝线的尽头连着一具尸体。

什么意思?

呪夜死了?

"幽冥……"寒霜似虚弱的声音，从台阶下传来，幽冥的目光看过去，他浑身是血，正朝着自己爬过来，"幽冥快跑，我们都错了……快走啊……"

幽冥看着他的眼睛，那双仿佛一直燃烧着红炭般灼热的双眼已经没有任何光芒，他立刻感应了一下寒霜似体内的魂力，已经空无一物。

究竟是谁可以将呪夜在这么短的时间内击杀，将寒霜似重创?

幽冥跑过去，扶起寒霜似，尽量不去直视他的眼睛："是谁?谁动的手?"

寒霜似的嘴角流出更多的鲜血，他嘴里的声音被血浆弄得含混："是……是……"

幽冥听不清楚，俯低身子，看着寒霜似："你说是谁？是谁？"

寒霜似虚弱痛苦的表情突然消失了，他的双眼突然红光绽放，脸上露出了一个甜美的笑容，在同一个瞬间，幽冥发现自己身体里的魂力，突然减少了一半。

寒霜似视线转动，看向幽冥的后方，微笑着看着静静地站在幽冥背后的呪夜，两人的目光快速交换着。

幽冥没有发现呪夜已经站在自己身后，但是，他很快发现，自己身体里的魂力，再一次猛地减少了很多。他惊恐地将寒霜似抓起来，朝鲜血祭坛下方的雕像狠狠砸去。

寒霜似轻盈地在空中翻转身形，飘逸斜飞而出，如同一只蝙蝠一样，稳稳地落挂在雕像之上。他闪烁着红眼，看了看幽冥，然后目光转向呪夜，露出尖尖的牙齿，微笑着说："我就告诉你，我有把握的啊。"

【西之亚斯蓝帝国·尤图尔遗迹迷宫】

两次剧烈的魂力异变从那根闪烁着白光的追踪线上传来。

特蕾娅看着眼前如同在狂乱风暴中飘摇的女神裙摆，透过若隐若现的白纱，对面闪烁着寒光的银色锁链，如同毒蛇般飞快地不断冲击着女神裙摆。

虽然暂时看起来，女神裙摆还能抵挡一阵，但是，白色丝绸背后的莲泉，魂力消耗却变得越来越暴烈，仿佛完全没有任何后顾之忧一样。

特蕾娅低头沉思了一下，然后双眼变成混沌的白雾，魂力感知沿着白色的追踪线，朝前快速蔓延，她想要更准确地探知一下，刚刚从追踪线尽头传来的魂力异变到底是因为什么。

而且，这两次魂力变化非常剧烈，快速而直接，仿佛丛林里被惊飞后直冲上云霄的飞鸟——不，应该说比任何鸟类的飞行爬升都还要迅捷，呪夜体内的魂力，像是在一个瞬间，就从谷底，到达了半山腰，没有缓冲，没有过程，就像是一个完全干涸的湖泊，突然从零蓄水量，直接变出了小半个湖泊的湖水。

细腻如针线穿梭的魂力，沿着追踪线飞快地前行，视线穿透黏稠的黑暗空间，像是穿行在暗无天日的海底，然后，无边无际的黑暗突然亮起，金色的光线编织成三个此刻正处于一片混战状态的人形。

幽冥、呪夜、寒霜似，三个人的身形都极其敏捷诡异，如果以战斗特点来划分的话，他们之间有着太多的近似之处，和鬼山缝魂那种力量战士型的近身搏斗不同，和漆拉那种追求极限速度的战斗方式也不同，他们更像是夜晚的鬼魅，暗夜的幽灵，不管是在地面、在空中，抑或是在敌人瞬间贴身逼近的狭窄空间里，在进退无门的死路，他们永远能够不假思索地仿佛本能般做出超越人体极限的种种精妙动作，在极短的时间内，就可以做出精准的位移或者瞬间爆发出致命的力量。

他们的战斗看起来如此黑暗，如此邪恶，却又带着让人痴迷的狂乱，仿佛是一群死亡使者的曼妙舞蹈。

然而……

特蕾娅的面容渐渐苍白起来，她的牙齿紧紧地咬在一起。

她渐渐地意识到了属于寒霜似和呪夜的秘密——属于他们这一代侵蚀者的秘密。

L.O.R.D
Legend of Ravaging Dynasties

【西之亚斯蓝帝国·白色地狱门外】

眼前的浓雾突然散去，胸口仿佛一直堵着棉花的感觉，也在浓雾散去的瞬间消失了。

眼前是一片一望无际的黑色水域，波光粼粼的水面，看起来有些瘆人。水域正中，是一条笔直的大理石铺就的可以并行两驾马车的道路，道路横穿水面，一直延伸到对岸。

麒零抬起头，在黑色水域的另外一边，视线的尽头，是层层叠叠的起伏山峦。

"麒零，你小心点，跟紧我……"银尘转过头，认真地叮嘱麒零，他的眼神里有明显的担忧和对危险的预感，"不要太靠近水面。"

麒零点点头，悄悄地擦了擦自己手心里的汗水。

空旷的脚步声回荡在辽阔的黑色湖面之上。

感觉不到明显的风，但是湖面却波光粼粼，像是水面之下，有未知的东西在伺机而动。

这个地底之湖，非常安静，甚至可以说一片死寂。靴子踏在古老的石头路面上，发出一声一声仿佛是倒计时的足音。

麒零的心跳渐渐快了起来，他知道，道路的尽头，就是一切的结局了——那里就是银尘这些年一直期盼着、寻找着的，答案的所在。

大理石路面抵达岸边后，就融进了嶙峋的岩石地面。

湖边是大大小小散落的碎石，没有任何植物生长，甚至连一般湖边最常见的青苔都没有。湖边和山崖之间，有一片稍微平整一些的陆地，灰黑色的石头仿佛一层层地重叠在一起的刀片，依然是寸草不生。

似乎所有的生命都在这里消失了存在，仿佛抵达了真正的死亡的尽头。

银尘和麒零朝着高不见顶的山崖走去。

前方的山脉像是一道巨大的屏障，拦截了去路。

左右两边的山脉不断收紧，渐渐收窄为一条裂缝，裂缝尽头，是一扇巨大石门般的原始山壁。

离石门不远处，一个三米多高、残破古老的雕像静静地矗立在黑暗里，仿佛一个已经死去的守门人。

走近之后，麒零看得更加清楚，这个雕像是一个戴着兜帽的低头人，他的双手捏着自己长袍开襟的两边，用力地把长袍朝两边拉开，敞开的衣襟里面，是空洞的身躯。

雕像的面容隐藏在兜帽的阴影里。

麒零感觉头皮有些发麻。

整个雕塑看起来就是一个人，但实际上，只是一身衣服。

一身站在黑暗里的空衣服。

"麒零……"

银尘低沉的声音，将麒零从出神中唤醒："嗯？"

"……如果直到你的魂器耗尽，我还是没有从里面出来的话，你就立刻返回，带着幽花和莲泉，一起离开这里……"银尘的眼睛湿漉漉的，看起来像是雨后的树林，带着温润而氤氲

260

的光泽。

麒零的胸口突然像是被凿开了一个窟窿，风吹进他的胸腔，他觉得心跳有些发紧。有一种像要失去什么的感觉，正在他的脑海里疯狂地生长。

"银尘，那我可不可以……"刚刚开口讲了半句，麒零的声音就已经哑了，像是被风吹破的窗纸。

"不可以。"银尘看着面前十七岁的大男孩，他天真的眸子里，沉睡着没有经过任何污染的雪山清泉，也正因为如此，他更加觉得难以开口，"你绝对不可以跨进那扇大门……如果你进来找我，我永远都不会原谅你的……"

麒零无助地抬起手，有点不知所措地擦着不由自主从眼眶里滚出来的眼泪。冥冥之中，他似乎感觉到了，此刻，银尘是在对自己告别。

银尘看着麒零，心里充满了内疚。他本来应该像所有的使徒一样，在自己王爵的陪伴和保护之下成长，变得越来越强大。自己应该见证他的每一次进步，见证他一点一点地，打磨出属于他自己的光芒。然而——

"麒零，我不是一个好王爵，虽然你经常说我很厉害，很了不起……但其实，我的人生过得非常糟糕，非常失败……"银尘说着，眼眶渐渐发红，他控制着自己的喉咙，尽量压抑着自己的情绪，但他常年冰雪般冷漠的面容，此刻却在麒零滚烫的目光里，渐渐融化，"但是我这一生，有两件事情格外骄傲。一件，是成为吉尔伽美什的使徒。另一件，就是成为你的王爵。我没有成为吉尔伽美什的骄傲，但是，麒零，你是我这一生，最大的骄傲。"

银尘张开手臂，用力地拥抱了麒零，他的手臂紧紧地拥住麒零的后背，力气很大，甚至因为太过用力，而发出轻微的颤抖来。

麒零的心里越来越恐惧，此刻的银尘，像是在对自己，做最后的诀别。

银尘散发着森林味道的冰凉气息，萦绕着麒零的鼻腔。第一幕遇见银尘的画面，那张惊为天人的冰雪面容；第二幕遇见银尘的画面，月光下他闪烁着金色纹路的身体散发着灵犀的羁绊……一幕幕画面快速而杂乱地从麒零脑海里闪过。

直到银尘松开手。

"银尘，你是不是知道里面有什么？所以你才会这么担心……"麒零的声音已经哽咽，"你如果害怕的话，我陪你一起进去，我不怕，我连死都不怕。我也许帮不了你什么，但是，至少可以陪着你……"

银尘突然淡淡地笑了，他看着麒零，伸出手，帮他整理好杂乱的衣领，然后他将自己后背发辫末梢的银钩轻轻摘了下来，他编成辫子的银灰色头发，温柔地散开来。

"麒零，给你，这是我的一件魂器。雪刺也在里面，它会保护你。"

说完，他把小小的银钩塞在麒零手里，然后转身，毫不犹豫地朝着山崖缝隙里的大门走去。

他走过雕像的时候，随手一挥，一把银剑从空气的涟漪里激射而出，银剑在飞向雕像的时候，突然被某种巨大的力量吸进了雕像胸口衣襟拉开的空槽，紧紧地贴在石壁上，银剑撞击发出叮的一声脆响。

空旷的湖面上，响起沉闷的轰鸣。

几米厚的山石缓慢地朝两边裂开，汹涌的白色寒气从门缝里往外涌动，寒气扫过的地面迅速变成灰白的。

银尘头也不回地朝大门走去。

麒零攥着拳头，不舍地追在银尘身后，他哽咽着喊他的名字："银尘，银尘……那我就在这儿等你啊……银尘？银尘，我在这里等你回来……"

银尘站在寒气汹涌的白色地狱门口，他的脚步停了下来，他的肩膀微微颤抖着，过了会儿，他转过头，目光里闪烁着温凉的孤独。

——"你可以等我，但不要一直等我。好好照顾自己，好好保护你未来的使徒。做一个好王爵。"

——"别像我。"

吸附魂器的凹槽中，开始生长出冰晶，慢慢地将魂器包裹起来。

麒零看着渐渐冰冻的魂器，像是看着一颗渐渐结冰的心。

魂器上原本属于银尘的气息，渐渐地冷却了，消失了。

麒零忍不住坐在地上，巨大的断剑跌落在他的脚边，他低下头，呜呜地哭了起来。

黑暗的辽阔地底湖谷，回荡着悲伤的呜咽声。

像是流动着一条巨大的暗河。

"银尘，你一定要没事啊。"麒零回过头，认真地看着已经消失在寒气深处的银尘，"我就在这里等你，我一定会等到你的。"

麒零的眼眶红红的,像是被风吹进了沙子。

他小心翼翼地看着逐渐被蚕食的魂器,手里紧握着下一件魂器。他在计算着,自己能够帮银尘赢得的时间。

只是他并不知道,刚刚的送别,自己竟会和银尘别了那么漫长的岁月。他并没有意识到,银尘对他说的最后一句"别像我",有可能是"别想我"。

别想我。

忘记我。

因为从此之后,多少年,他们都再也没有相见过。

【西之亚斯蓝帝国·尤图尔遗迹迷宫】

魂力再一次出现异变!

这一次,特蕾娅非常清楚地捕捉到了三个人的魂力变化。

这一瞬间,她彻底明白了寒霜似的天赋,她突然慌乱起来,她想要立刻跑过去告诉幽冥,或者说,她必须立刻告诉幽冥:这是一场永远无法胜利的战斗!

他们只能逃,不能战!

寒霜似并不仅仅是能捕捉对手的视线,他还能够捕获对手的魂力。在经过几次的观察之后,特蕾娅发现,每一次寒霜似和幽冥的视线接触之后,他们俩的魂力都瞬间被平均化了。然后,他再将视线和呪夜连接,把自己和呪夜的魂力再一次平均地一分为二,只要他处于比对手魂力低的状态,他就能不断掠夺对手的魂力，这才是他的天赋被称为捕魂之眼的真正意义。他根本不需要计算魂力的精准使用，根本无须担忧魂力的总量是否会短期耗尽，所有关于快速制胜还是打持久战拖延的艰难抉择，在他面前都没有意义。他可以肆无忌惮地狂暴消耗魂力将自己的战斗力在短时间内激发到巅峰，同时带来他所期望的魂力值飞速下跌，这样造成的他和幽冥之间的魂力值差距越大，经过捕魂之眼强制敌我平均分配之后，他能够掠夺到的魂力就越多。在这个过程里，幽冥稍微有一次失误，就会被收割性命。

而呪夜在他旁边的作用，应该就是扮演一个类似储存魂力的蓄水池一样的角色，寒霜似将每一次掠夺而来的魂力，都留下一半，存放在呪夜那里。他必定可以随时取用。

只是还有一个疑问特蕾娅没有想清楚，那就是寒霜似可以通过剧烈战斗消耗掉大量的魂力，让自己的魂力值始终处于可以掠夺幽冥魂力的低位，那么，呪夜是通过什么来大幅消耗自己的魂力呢？虽然他此刻正在远程控制鬼山莲泉，会消耗掉一些魂力，但是，他从寒霜似那里得到的魂力远不止这些，那剩下的魂力去哪儿了呢？

然而，万千杂乱的思绪中，一道雪白的闪光突然划过她的脑海，就像是狰狞的闪电突然撕裂漆黑的夜空。

一种本能的死亡预警，瞬间刺进她的感知。

她急切地回过头，女神的裙摆不知道何时已经破损出一个巨大的缺口，还没来得及补救，闪烁寒光的锁链像是快速袭来的毒蛇，瞬间缠紧了她的脖子。

锁链的力道越来越强，锋利的边缘深深地嵌进特蕾娅脖子的肌肤，鲜血顺着脖子流下锁骨。特蕾娅的双手用力地拉着锁链，骨节已经发白。

特蕾娅的呼吸越来越急促，越来越混浊，她白雾弥漫的双眸，剧烈地抖动着。

慢慢地，她的眼睛恢复了正常，清澈的眸子像是温润的宝石，但她的瞳孔，却渐渐放大。

最终，她眼里的光芒熄灭了，像是明亮的星辰从夜空中无声地隐去。

她不再挣扎，不再呼吸，停止了心跳。

【西之亚斯蓝帝国·尤图尔遗迹·鲜血祭坛】

幽冥渐渐平息下内心的恐惧，虽然他被一开始完全在自己预料之外的状况打乱了节奏，然而，这么多年以来，他经历的杀戮、战斗、生死相搏，远远超过眼前这两个看起来乳臭未干的小孩。他意识到自己的失利其实一开始就是源于对敌人的轻视，要重视起来，将他们视为能够威胁到自己生命的存在，就像当初在凝腥洞穴里那些魂力卓绝的人一样，不是你死，就是我亡。

他的心跳渐渐平稳，脸上慌乱的表情，重新恢复为杀戮王爵所拥有的无情的残忍和戏谑。

虽然没有特蕾娅的精准的魂力感知，但是，通过近在咫尺的战斗，他也非常明白眼前究竟发生了什么，他也明白了寒霜似在每一次看向自己眸子的时候，都在掠夺自己的魂力。

幽冥开始渐渐放缓进攻的速度，小心翼翼守护着自己魂力的消耗，同时尽可能回避寒霜似企图贴身近战时捕获魂力的动作。

作为身经百战的杀戮王爵，他冷静下来之后，就明白了自己如果想要在这场看似绝无可能获胜的战斗中赢得胜利，就必须隐忍，必须零差错地抵抗对方狂风暴雨般的进攻，然后在这进攻中，捕捉到对方的一次漏洞，进行致命的一击。

而且，越是不留余力的狂暴进攻，越是容易暴露致命的弱点：爵印的所在。

魂术师在战斗的过程中，常规状态下，魂力的流动是平缓的，如同隐藏在地底的暗流，能够清晰地听见水声，却无法判断地下河流的方向和脉络。然而，短时间内将战斗力提升到巅峰，势必会让魂力在体内快速流动，在这样的前提下，魂力的流动轨迹就会非常明显——明显到即使并不具有特蕾娅精准的魂力感知的特性，也能够通过分辨魂力流动的汇聚中心，从而判断对方爵印的所在。

在寒霜似毫无保留的猛烈进攻之下，他的爵印位置也早就暴露在幽冥的面前：右后方蝴蝶骨位置。

而幽冥所需要做的，则是在狂风暴雨般的进攻之下，尽可能地对寒霜似从后方进行突袭，而近身战，正是幽冥的强项。

他肌肉精瘦的躯体所拥有的，是力量和敏捷的双重巅峰。一般人，如果苦练力量，追求力量，那么一定会以失去一部分敏捷和灵巧作为代价，而很多精于敏捷灵巧的刺客或者杀手，又会在力量上稍显薄弱，幽冥却在这两者间找到了最佳的平衡。在微弱消耗魂力的前提下，他可以依靠自身的体能，应付寒霜似凶猛袭来的各种角度的诡谲进攻。但比较让人头痛的是，寒霜似的身形展动太过灵巧，而且，他似乎也意识到自己的狂暴进攻暴露了爵印的位置，始终在尽量保护自己的后背。

而且，不知道是不是提前预知了幽冥会贴身近战，他此刻手上拿的武器，是短而锋利的双手剑，左手暗金，右手纹银，这种短小精巧的双手剑更接近于匕首，在近身防范中，拥有非常大的优势。那两把短剑暂时还看不出有什么太特别的作用，不知道是普通的武器，还是来自魂塚的魂器。

寒霜似朝幽冥飞掠而米，幽冥朝上方跃起，寒霜似的断刃从他的脚底划过，然而，寒霜似的前方不远处，就是一个雕塑，他伸出一只手，朝雕塑上用力一拍，借助反弹的力量，从空中一个灵巧的转身，朝幽冥袭来，此刻幽冥人已经在半空中，正在往下坠落，周围没有任何物体可以让他借力来改变下落的轨迹和速度。这正是寒霜似的预判。

寒霜似双手剑光漫射，像一只黑色的猎鹰般朝幽冥的后背袭来。幽冥心里冷笑一声，就是现在！幽冥突然将身体从空中一沉，加速从高空往下坠落，寒霜似的面容突然一冷。

谁都不知道幽冥是如何做到的，但是，一切发生得极其突然，幽冥快速下坠的身体已经落地，他屈膝半蹲在地上，寒霜似从他头顶掠过，他已经没有办法在半空借助任何力量改变自己的动势，而幽冥已经处于随时可以如同闪电般跃出袭向他后背的状态。寒霜似毫无防御的蝴蝶骨，被锁紧在幽冥的视线里。

咝——

黑暗里突然传来毒蛇吐芯的声音。

可是这里，怎么会有蛇？

还没有来得及思考，两条漆黑的毒蛇就已经飞快地向幽冥袭来，幽冥已经无法再去追逐寒霜似，否则，只能迎向已经朝自己蹿过来的毒蛇。

幽冥反手挥舞冰刃，冰剑打在蛇的身子上，发出一种非常奇怪的声音。不是肉体的钝响，也不是坚硬鳞片的声音，而像是，打在水面的声音……

三条胳膊般粗细的纯黑色的大蛇，在地面上来回游动，将幽冥包围起来。

魂兽？不太像。

眼前的三条黑蛇，通体漆黑，浑身没有鳞片包裹，仿佛是浑然一体的外形，没有丝毫的裂缝或者隆起，毒蛇的表面上反射着清晰的高光，看起来像是黑色的毒液……等等，黑色的毒液……

幽冥抬起头，目光看向远处的咒夜。

他似乎已经预料到了幽冥会看向自己，嘴角勾起一个嘲讽的微笑。咒夜抬起右手，那只手上戴着一个尖锐的金属手套，他轻轻地划开自己左手的掌心，然后蹲下身子将手背贴到地面，他摊开手掌，黑色的血液从他的掌心涌动而出，化成更多的黑蛇，朝幽冥涌来。

"你用血液进行战斗？你怎么做到的？"幽冥的视线收紧成一条窄线，"你究竟是什么怪物？"

"你不知道的事情还多着呢，老人家，你落伍了。过了这么些年，你还以为亚斯蓝的战斗方式，依然停留在你们那一代笨拙而愚蠢的肉体搏斗上吗？"

L.O.R.D
Legend of Ravaging Dynasties

【西之亚斯蓝帝国·白色地狱内】

银尘的脚步声回荡在洞穴里，他的脚步声很轻，也很谨慎。

洞穴内的温度非常低，整个洞穴的岩壁，泛出一种没有生机的死灰色，这里像是一个沉睡在冰冻湖底的洞穴。洞穴里几乎没有空气的流动，看起来整个洞穴虽然很大，但是并不与外界连通，是一个彻底密闭的空间。

银尘的心里渐渐升起一种难以名状的怪异感。

白色的寒气沉在洞穴底部，把地面覆盖起来，没有明显的空气流动，寒气缓慢地变换着形状，持续不断的阴森之感从洞穴深处涌过来，扑在人的脸上，像是死去的鬼魅在对着五官贪婪地舐食。

但这并不是那种怪异感的来源，银尘闭上眼睛，四周依然没有任何魂力异动的迹象，却偏偏有种无法言喻的恐怖，如影随形。

肯定有哪里出了问题，但是究竟是什么问题？

护心镜飘浮在银尘的前方，照亮一小块区域。

和之前的尤图尔遗迹一样，整个洞穴依然没有任何光亮，黑暗像是黏稠的液体，从四面八方塞满了所有的空间。

借着护心镜发出的光亮，银尘打量着这个埋藏在山崖深处的洞穴，洞穴不是很高，却很深，自己一路走进来，都没有看到尽头，周围的石壁上，蒙着一层看起来非常奇怪的白色粉末，说是粉末，不如说是一颗一颗排列有序的针尖大小的白色圆点，密密麻麻，非常整齐。

银尘脚下传来的触感告诉他,他此刻踩的,已经不是坚硬的岩石了。他抬起腿,摆动了几下,长袍的下摆拂开浓稠的寒雾,白汽散去之后,银尘看见,此刻的地面上,长满了无数白色的干草,看起来像是枯萎了的芦苇叶一样,一条一条平铺在地面上,颜色是死气沉沉的灰白。整个洞穴的颜色都是这种让人联想到死者皮肤的灰白色。

所以,这里才被称为白色地狱吧?银尘低头想着。

突然,有人从下方的寒气里,用力地抓住了他的脚。

【西之亚斯蓝帝国·尤图尔遗迹·鲜血祭坛】

坚硬巨石铺成的地面上,是深深浅浅的砍凿的痕迹,带着毒雾的冰晶四散碎裂,漆黑的液体仿佛血浆一样喷洒在四周的雕塑上、墙壁上、地面上。

这是一个惨烈的战场,胜利者,即将举起他最后的刀刃,砍下敌人的头颅。

而失败者,只能眼睁睁地看着刀刃的落下。

此刻的幽冥,倒在地上,浑身绽开了无数道深可见骨的伤痕,血浆已经把他的黑袍浸泡饱满,他的脸上、手上,都是已经干涸的血迹。

他喘着粗气,胸口剧烈地起伏着,视野模糊一片。

过了好久,他的视野才重新变得清晰起来,他看见远处倒在血泊里的寒霜似和呪夜,他紧锁的眉头终于舒展开来,他咧开的嘴唇终于再一次勾起了那个熟悉的弧度,那个性感的、充满力量和神秘感的杀戮王爵的微笑。

他挣扎着站起来，手中重新凝结好黑色的冰晶，他拖着布满伤口的双腿，沉重地朝已经无力反抗的寒霜似和呪夜走去，他只需要举起胜利者的刀刃，然后就可以结束这一切了。

这么多年来，他依然站在杀戮的顶端，从未允许任何人超越。

"即使是你们，也不行。"幽冥看着此刻恐惧的寒霜似和呪夜，他的表情没有任何怜悯和同情。但是他没有贸然靠近，即使此刻，寒霜似和呪夜体内已经没有任何魂力残留，奄奄一息。但是，他不会再犯同一个错误，致命的错误。

他高高地举起黑色冰刃，远远地瞄准寒霜似的心脏。

这时，他英俊而邪恶的面容突然被金色的光芒照亮，绚烂的金光像是瞬间汹涌而来的金色雾浪。

闪烁的光门里，漆拉白皙而淡然的面容，从里面显现出来。

他飘逸的长袍依然垂坠柔顺，如同从黑暗夜空剪裁下来的一小块夜晚，他将深夜的安静和神秘穿在身上，留出清亮的双眼，像是冷冷的星辉。

他的头发甚至都纹丝不乱，仿佛一切的战乱、厮杀与狼狈都离他很远，他永远都是那个站在时间长河之岸，淡然地审视和裁决一切的，没有立场，没有感情，没有怜悯，没有恶意，但也并无善意的隐者。

然而，当他看见浑身浴血，正举着刀刃，仿佛一个恶魔般的幽冥时，他的面容还是明显地变了。

"幽冥，这是怎么了？"漆拉从光门里走出来，面对着幽冥。

"漆拉！幽冥背叛了白银祭司……他想杀了我们，他帮助天束幽花开启了鲜血祭坛的大门……放走了银尘和麒零！"
寒霜似从血泊里挣扎着撑起身子，他看着漆拉，勉强但急切
地说着。

漆拉转过身，看着身后两个已经无力反抗的躺在血泊中的
年轻王爵，他回过头，面对着幽冥，眼里突然升起锐利的杀意。

"漆拉，我们被骗了。"幽冥的呼吸非常粗重。

"你是说，被他们两个？"漆拉问道。

"不是，是我们被白银祭司骗了。"幽冥抬起碧绿的眸子，
看着漆拉，他的脸上没有愤怒，只有一种非常疲惫的绝望，"白
银祭司想要更新换代整个亚斯蓝原有的王爵体系，他们的任务
不是杀莲泉、银尘，而是杀我、特蕾娅和你。所有原来的王爵
都会被重新替换。"

漆拉的眸子剧烈地跳动着，他美艳如雪的脸上此刻渐渐笼
罩起一种锐利的寒意，他沉默了一会儿，最终选择了转过身面
对呪夜和寒霜似，他渐渐后退，他只能后退，退到和幽冥并肩
战斗的阵营，因为他此刻已经明显地看见，刚刚还奄奄一息的
呪夜和寒霜似，已经从血泊里站起，他们脸上已经升起了明显
的邪恶的笑意，充满着嘲讽、同情、怜悯和最后杀戮前的狂热。

"你终于明白了吧。"虽然看不到漆拉的表情，但是，幽
冥能够看见漆拉因为愤怒而颤抖的肩膀，幽冥低头笑了笑，充
满嘲讽地说，"我们这一代王爵，本来很快要消失在历史里了，
要不是因为……"

漆拉退到幽冥的身边，在快要和他并肩齐平的时候，突然
转过身来，他的手上金色的魂力汹涌而出，幽冥还没有意识到
发生了什么，只是本能地朝后空倒跃而去，一道金色的光墙迎

面横扫而来，划过自己的身体。

然后，一切就停顿了。

他的话，断在寂静的空气里。

空气里的碎石、翻飞的长袍、染血的发丝，在空气里缓慢地画出宁静的弧线，像是一切都沉进了无声的深海。

时间放慢了无数倍。

幽冥整个人如同被拉进了一条近乎凝滞的时间光河。

他的视线、听觉、思考，所有的一切都变得极其缓慢、笨重，如同挣扎在黏稠的沼泽里，渐渐下沉，他知道自己悬浮在空中，但是不知道自己为什么可以这么缓慢地如同失重一样，像是在水底挣扎一样。

周围的视野缓慢地被黑暗吞噬着，身体不知道从什么地方产生缓慢而尖锐的疼痛。

他艰难地转动着眼球，让视线朝下方看去，这样一个简单的动作，却仿佛过了整整一分钟才得以完成。

他的视线里，浑身干净整洁的漆拉，微笑地仰望着此刻凝固在半空中的自己，他的笑容依然那样美艳，超脱了性别的桎梏和时间的枷锁，他的长袍像是一朵盛开的黑色雪莲，巨大的花瓣在空气里，也仿佛凝固着，开出了最绚烂的样子。

寒霜似和呪夜，并列站在漆拉的一左一右，他们三个人的笑容，是那么地一致，那才是真正胜利者最终的笑容。

那个笑容，像是在对自己说，你现在，终于明白了吧。

好像没有空气可以再供自己呼吸了，眼睛也已经转动不了。

这就是自己最后所能看见的画面吧。

——真恶心啊，这三张笑脸。

——真想把他们都杀掉啊。

——肮脏的背叛者，为什么我最后看见的画面，会是你们。这真让人恶心啊。

——我想要看见特蕾娅。

——我死前最后想要看见的画面是她的脸啊！哪怕她把我杀掉，我也能微笑吧。

——特蕾娅，你快逃吧，不管用什么办法，你一定要逃出去啊。你那么聪明，你一定可以活下来，然后帮我杀了这些肮脏的杂碎吧。一定要杀了他们。

——……可是，以后我不能保护你啦。

——特蕾娅。

【西之亚斯蓝帝国·雷恩城】

黑暗的夜空，挂着孤零零的几颗星星，天边有一些乌云，正在沉甸甸地朝天幕中心涌去。

渔港停泊的渔船，随着海浪剧烈地起伏着，海潮拍打在岸边的木桩上，碎裂成无数水花。

街道上的酒肆、驿站、摊贩，陆陆续续结束了营业，连最晚的消夜食肆，也吹灭了挂在火炉木架上的那盏灯笼。

冰冷的碎雪从天空里飘落下来，将整个海港城市，笼罩进一片孤独的寒冷。

一个老太太牵着一个小女孩，颤巍巍地打开了居民区的一扇年久失修的木门。

房间里非常黑暗，扑面而来的，是多年没有住人的尘埃味道。

"奶奶，我们为什么要从郡王府搬出来啊？我们什么时候可以回去啊？"

"小核桃啊，我们以后就住在这里啦。这里啊，其实才是我们的家。郡王府已经没有人啦，以后也不会再有人了哦。"

"那郡王府的人还会再回来吗？我有一个布娃娃还在那里没有拿回来呢。"

"我想他们应该回不来啦……你打开窗户干吗，冬天很冷的。快关上，睡觉啦。"

"我刚刚看见天空上有一颗星星好像掉下来了，是掉进海里了吗？"

"瞎说，星星怎么会掉进海里啊。"

"真的，奶奶，你看你看，刚刚又有一颗掉下来了，划过一道亮光，就没了。"

"小核桃啊，你快进被子里。你知道吗？天上的星星看起来又多又亮，人们总是抬起头仰望它们，又灿烂，又漂亮，又发光。但是，其实它们都很冷啊，因为它们都太高啦。"

"为什么啊，奶奶？"

"你想啊，站在山顶都那么冷啦，它们在天上，不就更冷了吗？而且，它们看起来好像一直一直都闪烁在夜空上面，但实际上呢，我们都没有注意到，它们其实一直都在悄悄变换着哪。我们以为千百年不变的夜空，其实每一天也许都和前一天的夜空不一样了啊，也许已经有一些星星，悄悄地不见了。但是我们只是没有注意而已啊。总有新的星星代替那些原来的已经老得不能再发光发亮的星星啊，夜空里的星星总是会那么多的，所以就没人会在乎今天是不是少了几个，后天会不会又少几个啊。"

"可是，我会在乎啊。"

"傻孩子，你为什么会在乎啊，天上星星那么多，还有更亮的，更漂亮的，更闪耀的出现呢。"

"在郡王府的时候，我们都住在仆人们住的地下室，我的房间就只有一个圆圆的小窗户啊，奶奶你记得吗？每天晚上睡觉的时候，我从窗户看出去，就会看见两颗特别漂亮，一直闪啊闪的星星。虽然天上的星星很多，但是我的世界暂时只开了这扇窗户，所以我只能看见它们两颗。对我来说，它们就是我在这个世界上最独一无二的星星，如果有一天，它们消失了，我肯定会很难过的，因为我晚上睡觉的时候，就再也没有星星陪我了。漆黑的夜空，看起来真可怕，真孤独啊。"

"其实星星更孤独呢。"

"为什么？我窗户外面那两颗，它们每天晚上都挨得好近呢，一闪一闪的，一直互相说话。我觉得其中那颗大的亮的，肯定喜欢小的那颗，那颗大的一直都想保护小的那颗，不被鸟叼走。它们才不寂寞呢。"

"小核桃啊，其实它们隔得很远很远，彼此说话也都是听不见的，只能靠猜测去想，今天它开不开心啊，它刚刚闪了两下，是不是在对我说话啦……它们在夜空里，其实特别孤独啊……"

"奶奶，天空里是不是很冷？"

"很冷啊，又很寂寞。所以你想，它们一直孤独地发着光，闪耀着，在那个冰冷而又无情的黑暗夜空里，坚持了那么久，很不容易啊。所以，如果消失了，就说明它们累了，要睡觉了哦。就像你现在一样，要睡觉了。"

"那如果刚刚不见了的那两颗星星，正好就是我窗户外面的那两颗怎么办呢？"

"不会的，就算是的话，你以后长大了，就会有更大的窗户，看见更大的天空啦，那个时候，就会有更多的星星陪着你，你就不会记得那两颗啦。"

——不，我会记得的。因为陪着我长大的，就是那两颗星星啊。我的夜空里，只有那两颗最最漂亮的小星星啊。

小女孩侧过身，身子缩进温暖的被子里，她把脸埋进枕头里，轻轻擦掉眼角的眼泪，心里难受极了。

爵迹

Chapter 08

冷血狂宴·收割

L.O.R.D
·Legend of Ravaging Dynasties·

【西之亚斯蓝帝国·尤图尔遗迹·鲜血祭坛】

"好像已经落幕了啊，这场精彩的杀戮大戏。"寒霜似看着坠落在鲜血祭坛中央的幽冥尸体，嘴角勾着一抹稚气未脱的邪恶笑容，"没想到这么快，还真有点意犹未尽啊……我本来以为，一人之下，众神之上的杀戮王爵会很难对付，看来，也就这样而已。"

"现在我们可以回去了吧？"比起寒霜似，呪夜永远都显得更加冷静而不可测，他转过头，看着漆拉淡淡地说。他的表情没有什么波动，甚至看不出刚刚获得胜利后的喜悦。

"我还有一件很重要的事情没有完成……"漆拉淡然微笑着，"呪夜，你让鬼山莲泉把特蕾娅的尸体从迷宫里搬过来吧，和幽冥、天束幽花一起，都先暂时留在这里。"漆拉说完，看了看已经失血过多，昏迷在石碑旁边的天束幽花，她面如金纸，气若游丝。

"幽冥和特蕾娅已经死了，还需要尸体干吗？"寒霜似看着漆拉，饶有兴趣地问。

"尸体，可是最宝贵的东西啊。"漆拉不置可否地笑着，没有正面回答寒霜似的问题，但他的目光，若有所指地看向呪夜。

呪夜低头笑了笑，沉默不语，他的双眼漆黑一片，仿佛群星陨落后的凄凉夜幕。

金色的光芒从地面涌现，漆拉和寒霜似、呪夜，转身走进了各自的光门。

【西之亚斯蓝帝国·尤图尔遗迹·白色地狱】

一阵冰凉的寒意紧紧缠住银尘的脚腕，随后，冰凉的触感仿佛一条蛇，滑进银尘的裤管，空气里那种庞大的怪异之感猛烈地袭来。

银尘低下头，脚下那些匍匐着的白色干草，全部变成了一根一根扭动的活物，仿佛成千上万条白色的蚯蚓。

整个惨白的地面哗啦啦地蠕动起来，像是一面乳白色的湖泊翻起了巨浪。紧接着，一根又一根的白色干草，沿着银尘的脚踝，迅速往上攀爬。

一道闪亮的剑光闪过，白色的枯草瞬间被斩断。

银尘高高跃起，朝后方翻飞而去。

他落地之后，抬起视线，发现整个洞穴四周岩壁上那些密密麻麻的白色针孔里，都游动出细蛇般的诡异白丝，他举起手，刚刚要催动魂力，然后，他的心脏整个陡然缩紧：他突然发现自己体内竟然空空荡荡，之前积蓄的魂力已经不知道在什么时候就失去了踪影，身体里残余的魂力不足十分之一。

就在他闭上眼睛，想要吸收周围的黄金魂雾补充魂力时，他意识到了更为恐怖的事情：整个洞穴内部，竟然没有一丝一毫的黄金魂雾——这里是一个巨大的魂雾空洞。

他终于明白从走进洞穴开始就一直持续萦绕不散的诡异感觉到底是什么了。因为他从来没有在完全没有黄金魂雾的地方待过，这种绝对陌生的体验，让他产生了无法描述的不适感。因为按道理来说，在这个大陆上，并不应该存在某处地方能够绝对不受黄金魂雾的渗透，不管多么荒无人烟，如何穷山恶水，甚至地底万丈深渊，黄金魂雾在奥汀大陆上已经持续扩散渗透了千万年之久，再偏远的地方，都多多少少有一些黄金魂雾。

然而，此处确实是彻底的魂雾真空。

他头顶悬浮的那面护心镜的光芒，最后挣扎着闪烁了几下，熄灭了。

洞穴瞬间被黑暗吞噬。

银尘轻轻闭上眼睛，空气里，一颗浑圆的金黄色小球浮动出来，他伸出手，小心地将它握进手心。

他抬起手，掌心几根金色纹路闪烁出光芒，护心镜再次亮起，往前方缓缓地浮动而去。

越往洞穴深处走，地面的白色草丝就越密集。再往前，就几乎看不见黑色的石块地面了，只剩下厚厚的白色枯草铺满了整个洞穴。

银尘抬起手，释放出一根长枪，朝前投掷出去，长枪铿锵一声，刺进地面，转眼之间，地面上那些看似枯萎的白色草丝，哗啦啦地全部苏醒，再一次变成蚯蚓般的活物，沿着长枪的枪柄缠绕而上，长枪上本来一直笼罩着的金色光芒，两三秒钟之后，就彻底地熄灭下去。银尘瞳孔一紧，铿然一声，长枪重新幻化成几缕呼啸的金光，回到银尘身体里。

"能够吸收掠夺魂力的白色草丝……"银尘心里暗暗思索着，这究竟是什么植物，他对亚斯蓝大部分植物都非常了解，但对这种草丝却从来没有印象。

他抬起头看了下四周的石壁，有一些局部的区域，没有白色的针孔覆盖。他想了想，再次用力握了握手心里那颗金黄色的圆球，金色圆球在他的掌心里碎裂，圆球中仿佛液态黄金一样的魂力渗透而出，融进他的手心。

这个小小的圆球，叫作【黄金源泉】，里面储存着非常精纯的高浓度的黄金魂雾，只需要小小的一枚，就能够补充大量的魂力。

所有的金色液体在他的掌心中渗透完毕之后，他身形凌空展动，宽大的长袍迎风砰然展开，他仿佛一只滑翔的白鹤，动作快速而又轻盈，他的脚尖在周围石壁上那些没有白色针孔的局部区块飞快地点地，借助反弹的力量，他沿着石壁快速地朝洞内飞掠而去。

他的银发被风吹动，仿佛白色风雪簇拥着他的面容，看起来他的银发竟然和那些白色的枯草有些相似。

护心镜发出温柔的光芒，追随着他快如闪电的身影，也一同朝洞内飞射而去。所过之处，黑暗仿佛被闪光的匕首撕开，然后又瞬间重回黑暗。

洞内充满了银尘高速跳跃的残影幻象，白光追逐着他越来越急躁的身影。

更多的白色枯草，在银尘激荡起的魂力下苏醒。银尘体内精纯的魂力，对这些白色枯草来说，就是最香甜的诱饵。仿佛闻到血腥气味的恐怖怪物一样，石壁上那些密密麻麻的白色针尖内，纷纷挣扎出锐利的丝线，丝线被风吹动，变成疯狂摇曳的白色草丝，像是突如其来的暴风雪，肆无忌惮地在洞穴里席卷呼啸。

无边无际的草丝在洞穴的石壁上起伏成巨浪，看起来像是巨人死去之后留下的白色头发，它们疯狂地甩动，紧紧追赶着银尘的背影，像是恶灵，呼啸尾随。

身后那种密密麻麻的声音越来越近，犹如千万只蚂蚁在啃食骨头的声响，银尘回过头，白色草丝朝自己疯狂蹿动而来，他的瞳孔骤然锁紧，身形不敢再有任何迟缓，他加快速度朝洞穴更深处掠去。

突然他眼前一花，前方的石壁上，一大团白色的草丝爆炸而出，迎面朝他刺来，他凌空硬生生掉转身形，朝对面的石壁跃去，他想要借助石壁反弹的力量，来改变行动的路线，然而，他的双手刚一接触到对面的石壁，还没来得及用力推开，就听见密密麻麻的蚂蚁爬行般的声响再次响起，他的掌心瞬间感受到密集的尖锐刺痛，想要收回手掌，但是已经来不及了，大量的白色草丝已经缠绕住他的整条小臂。他咬咬牙，用力往后一扯，瞬间血液腥甜的味道充盈鼻腔，他拖着血淋淋的手臂，不顾一切地继续往前飞掠。

整个洞穴的草丝都已经被触发得全面苏醒。

吉尔伽美什，你在哪儿？

我知道，我已经越来越靠近你了。

你再等等我……

【西之亚斯蓝帝国·尤图尔遗迹·鲜血祭坛】

直到周围彻底安静，所有的魂力感应都已经消散，天束幽花才悄悄睁开了自己的眼睛。

她刚刚一直假装昏迷在旁边，但内心的惊恐和骇然，让她的心脏一直剧烈地跳动着，她一度担心会被他们发现。

天束幽花挣扎着坐起来，看着正在缓慢合拢的石门，她咬咬牙，跑向那盏已经摔散开来的聚魂玉，她把已经跌落成好几个部分的灯罩灯芯灯座重新组合起来，过了一会儿，温润的绿色光芒再一次亮起。

她开心地笑了，擦了擦眼里不由自主涌出的泪水，然后快速地朝那个放血的黑色石碑再次跑去。她明白，一旦石门彻底关死，就再也无法打开了。

她看了看漆黑的洞口，脑海里再一次充满那种千万刀刃绞碎手臂的剧痛。她咬了咬牙，抬起另外一条完整的手臂，而这个时候，一阵诡异的脚步声响起，像是有人拖着重物，从她身后，慢慢地朝她走来。

　　天束幽花立刻重新躺下，假装闭上眼睛，透过眼缝，她看见了美艳的、脸上带着血迹的鬼山莲泉，她正抓着特蕾娅的脚踝，慢慢地朝鲜血祭坛走来。

　　鬼山莲泉的双眼一片漆黑，而特蕾娅的尸体，被倒着拖行在地面，她曾经光洁妖艳的面容，在地面上擦出一条一条的血痕，整齐的发髻已经在地上拖散，凌乱的头发在地面上搓动着。

　　鬼山莲泉走到鲜血祭坛边缘，抬起手，重重地将特蕾娅的尸体，朝祭坛中央一扔。特蕾娅的尸体重重地摔落在幽冥旁边，落地时发出骨头折断的响声。

　　天束幽花没有注意到，尸体在空中划过的时候，突然出现了一圈若隐若现的透明涟漪，仿佛划过了一层什么屏障。

　　死了也好，就不会再有痛苦了。

　　天束幽花突然悲哀地想到。

　　随后，鬼山莲泉眼里的漆黑突然消失了，她整个人像是灵魂被抽走一样，瘫倒在地面上。

　　静静等待了一会儿之后，天束幽花小心翼翼地坐起身来，她看了看鬼山莲泉，确认她已经没有任何反应后，挣扎着将胳膊伸进那个漆黑的圆洞。

　　汩汩的鲜血沿着沟渠，再一次充满了鲜血祭坛。

　　幽冥和特蕾娅的尸体，渐渐地被天束幽花的鲜血浸泡起来。

【西之亚斯蓝帝国·尤图尔遗迹·白色地狱】

雕像凹槽里的寒冰，正在一点一点地蚕食着冰冻的魂器。

麒零看着已经被蚕食掉大部分的剑刃，紧张地等待着。他不时回头看看依然往外喷涌着寒气的白色地狱大门。

黑暗里突然出现的金色光芒，仿佛是无尽的黑夜里陡然出现的一轮灿烂烈日，金光将麒零的脸部轮廓勾勒出一圈发亮的金边。

麒零回过头，朝向光源的方向。

三扇由金色光线编织而成闪烁着的光门，从黑色岩石地面上拔地而起。

漆拉、寒霜似、呪夜，从光门的透明涟漪里缓缓走了出来。

麒零紧张备战的表情稍微松懈一些，但是依然带着疑惑。他有点不明白，为什么漆拉会突然出现在这里，而且身边跟着两个自己从来没有见过的少年。是他的使徒吗？如果是使徒的话，为什么会有两个？

"漆拉，你怎么在这里？"麒零的目光在三人淡然的面容上来回扫视着。

漆拉没有说话，他低垂的睫毛笼着他的眸子，有点看不清他的眼神。他没有回答麒零的问题，只是轻轻地抬起手，在空气里快速地用手指划动出一个复杂的动作，空气里一面闪烁着金色光芒的半透明墙壁迅速扩张，他手腕翻动，光墙朝着那个蚕食魂器的雕像横扫而去。

麒零回过头，视线还没有聚拢，就先听见了清晰的冰块凝结的声音。然后，他赫然发现，寒冰蚕食魂器的速度瞬间加快了很多，顷刻之间，整枚长剑已经被彻底蚕食，寒冰突然融化成水，轰然坍塌而下。

黑色的岩石地面湿淋淋地反射着光芒，如同刚刚被一场大雨淋湿。

白色地狱的入口山崖处，传来轰隆的巨响，大门开始缓缓地关闭起来。

麒零迅速召唤出一件新的魂器，送入雕像的凹槽。魂器吸附在凹槽的内壁上，寒冰再一次开始缓慢生长。

沉重的石门停止了关闭。

轰隆的巨响在地底山谷里回荡了一会儿就消失了。巨大的寂静再一次笼罩幽然的黑暗。

"漆拉，你要干什么？"麒零脸上的困惑已经消逝，他朝后退了两步，手上已经握紧了半刃巨剑，"你不是银尘的朋友吗？"

"朋友？"漆拉轻轻地笑了，他薄薄的嘴唇看起来有一种微妙的弧度，像是一抹痕迹微弱的嘲讽，"在这个残酷的魂力世界里，你应该相信的是权力，是地位，是凌驾一切的，独一无二的力量，你最不应该相信的，就是所谓的，朋友。呵呵，你还相信些什么？"

麒零的手用力握紧剑柄，他的骨节甚至有些发白，他尽量控制着自己的手，不要因为愤怒和恐惧而颤抖。

漆拉依然静静地站立着，没有太多的动作，他的黑色长袍垂在地上，让他本就高大挺拔的身躯看起来更加修长，仿佛黑夜里一个无声的隐者。他戏谑而怜悯地看着麒零，目光里跳动着一种无法言说的冰凉。

"哦对了，你肯定还相信王爵使徒间不离不弃的忠诚吧？"漆拉的笑容看起来更加舒展，像是在看着一个故事，一点一点地走向自己早就预料到的，抑或是说，自己亲手写好的结局。他的眼睛牢牢地看着麒零，眸子里的光芒，像是一枚等待着削骨剥肉的小刀，"不过银尘应该没有告诉你，王爵和使徒之间，从来就不是对等的关系吧？你所感受到的对银尘的不舍、依赖，对银尘的崇拜、毫无隐瞒的忠诚……所有一切，都只是使徒对王爵单方面的情感而已啊……"

锋利的刀刃，轻轻地划开了心口上第一道伤痕，血珠从看不见的地方冒出来，像是一颗红色的珠花。

"银尘不可能骗我。王爵和使徒之间的灵犀，是坚不可摧的。"麒零咬着牙，坚定地看着漆拉的眼睛，他没有退缩，也没有摇摆。

"是吗？那银尘有没有告诉你，在你们躲藏在天束幽花的郡王府的时候，有一天晚上，他悄悄地离开了你们呢？你知道他的行踪吗？你知道他去见了谁，做什么吗？"漆拉微微地摇了摇头，似乎有些心疼地叹息着。

"你撒谎，在郡王府的那些日子，我和银尘每天都待在一起，银尘不可能出……"麒零说着，突然停了下来。他脑海里突然浮现起雪刺叫醒自己，去图书馆发现天束幽花的那天晚上。银尘说自己每天晚上都会让雪刺巡逻放哨，如果有任何异常的话，雪刺会及时通知他。然而，雪刺那天晚上没有直接去找银尘，而是找了自己，雪刺并不是自己的魂兽，那么，唯一的可能，就是雪刺找不到银尘……

"你是不是想起了什么？"漆拉的笑容更加舒展，他似乎看见了一根淬毒的银针扎进心里的画面，可是，还不够，远远不够，"麒零，你猜我怎么会知道呢？因为银尘那天晚上去见的人，就是我啊。"

麒零愣住了。

不光是麒零，甚至寒霜似和呪夜的表情，都微微有些惊讶。他们站在漆拉两侧，本来面容冷漠，此刻，他们的眼睛里开始亮起饶有兴趣的光芒来。

"银尘去找你干吗？"麒零看着漆拉。

"他来找我帮忙，因为那个时候，你们被如何突破最后一层关卡，也就是这个需要一直蚕食魂器来维持白色地狱大门开启的倒计时装置给难住了。他来找我，想要我告诉他，能够突破的方法。"漆拉微微侧过头，看着麒零。

"银尘为什么会去找你？"

"因为我就是这整个囚禁之地的设计者啊……从上到下，每一层关卡，每一个障碍，每一道用鲜血和生命编织而成的樊篱，都是我精心设计的杰作，如何，还喜欢吗？"漆拉的面容，在暗淡的光线里，似乎隐隐地笼罩着一层白皙的光芒，看起来又美又无邪，"而且，银尘之所以会来找我，是因为他也和你一样蠢，他也认为吉尔伽美什和我，是所谓的朋友啊。可是他忘记了，是谁将我从一度王爵的位置上拉下来的，他真的以为，曾经不可一世高高在上的漆拉，会心甘情愿地以三度王爵的身份，和吉尔伽美什，成为所谓的，朋友吗？"

针尖刺破心脏的声音。一根，一根，一根。

每一次心跳，都可以听见拥挤的针尖彼此摩擦的声响，和带来的锐利的痛苦。

漆拉看着沉默的麒零，表情非常满意，他如刀锋般锋利而娇艳的嘴唇，继续缓慢而镇定地翕动着："我记得我告诉了他，你们逃不掉，也救不出吉尔伽美什，可是他还是不死心。既然不死心，我当然愿意送他最后一程，让他彻底死心。只是，他的决心真的很大啊，好像不惜一切代价，都要救出吉尔伽美什呢，这个不惜一切的一切里面，自然也包括了你。"

麒零觉得眼睛有些发胀，他并没有意识到自己握剑的手在微微地颤抖。

"你看，银尘为了吉尔伽美什，可以连命都不要，就像你，不顾一切誓死追随他来到这里，可是，当你有危险的时候，比如现在，他在哪儿呢？如果吉尔伽美什和你，只有一个人能够在这场杀戮中活下来，你猜，他会选谁？"

麒零的眼睛有些湿润，他觉得胸口很痛，像是有一张粗糙的纸，在胸腔里来回拉动着。

"银尘进去救吉尔伽美什之前，应该对你也有些依依不舍吧？毕竟你也是他的使徒，就算只是一条狗，丢下它的时候，也会有些舍不得吧？他对你依依不舍地告别，其实并不是他觉得自己会死，而是因为我告诉过他，守在门外的人会死，在他心里，最后的结果就是他救出吉尔伽美什，然后和他的王爵一起离开这个暗无天日的囚禁之地，作为条件，就是牺牲掉一些他觉得可以牺牲的东西……比如天束幽花、鬼山莲泉，还有，比如你。在吉尔伽美什面前，你们的存在，对银尘来说，根本就像是蝼蚁一样啊……"

麒零抬起手，擦掉眼角的泪水："你说什么我都不会相信的，我只信银尘。"

"我真羡慕你。"漆拉忍不住笑了，"可以活得这么单纯，或者说，这么愚蠢。"

麒零把断刃举起，横在他的面前，他冲着漆拉说道："只要我活着，你们就别想进去伤害银尘。"

"所以说你蠢。"漆拉收起笑容，仿佛花朵般美艳的面容突然变得冰冷，像是寒霜突然覆盖住了花瓣，"你忘记我的天赋是什么了吗？我想要进去，根本不需要越过你。"

麒零沉默着，没法反驳漆拉的话，他的手忍不住微微颤抖起来，他像是面对着一个无法战胜的敌人，一个时而温柔时而残忍的摸不清猜不透的魔鬼。

"不过，我本来也没打算进去，毕竟里面那些东西，也是很恶心啊……"漆拉的目光看着远方白色地狱冒着寒气的入口，"其实进不进去，本就无所谓。"

麒零："什么意思……"

"因为银尘根本就不可能解开，最后一个锁死吉尔伽美什的诅咒。"

"诅咒？"麒零皱起眉毛。

"你是不是认为自己的魂器很多，可以一直不断地将魂器丢进凹槽里面，从而帮银尘争取到足够多的时间？"漆拉看着麒零的表情，又转头看向雕像中的寒冰，"可是，白色地狱内的空间，早就被我设下了缓速 120 倍流逝的时间位面。你的这些魂器……就算可以在外面坚持一百天的时间，但是对里面的银尘来说，你为他争取到的时间，连一天都不够。"

漆拉的面容像是被什么点亮着，目光里燃烧着一种没有人可以看懂的狂热："如果说只有一个人最了解吉尔伽美什有多么强大的话，那么这个人就一定是我。什么祝福、什么死灵、什么鲜血祭坛……都是笑话，在吉尔伽美什面前，这些东西根本不值一提。真正锁死吉尔伽美什的牢笼，是我独一无二的天赋。"

雕像里的寒冰，再一次坍塌为虚弱的水。

像是一场疲惫的雨，无声地淋湿了地面，淋湿了所有曾经温暖而单纯的心。

【西之亚斯蓝帝国·国境边缘·无名山脉】

皑皑的白雪将整个辽阔的山脉覆盖起来。

狂暴的大雪已经在山洞外呼啸了整整一夜，似乎依然没有停止的迹象。

洞穴外，身上披挂着黑铁鞍的飞龙，蜷缩着身体，在冰冷的寒风中瑟瑟发抖。

洞穴内，微弱的炭火燃烧着。

飞龙骑士的面纱已经摘下，是一个脸上有一道疤痕的女人。她转过头，看了看炭火边上，静静放着的那个金属筒。

她挽起袖子，小手臂上那个之前一直发亮的伤痕，已经熄灭了。她知道，那是特蕾娅的生命消逝的讯号。

——这个刻痕，和我的生命互相连接，只要我还存活，它就会持续发亮，闪烁魂力的金光。如果它熄灭，那么就代表，我的生命已经结束。

飞龙女骑士看着洞外呼啸的暴风雪，她轻轻抚摸着手臂上那个暗淡的伤痕，不知道在等待着什么。

【西之亚斯蓝帝国·尤图尔遗迹·白色地狱内】

洞穴在前方骤然放大，迎面一个巨大的空间突然出现。银尘挥舞着双手，护心镜朝前方飞快激射，他瞳孔一紧，护心镜的光芒瞬间汹涌而出，将整个黑暗的洞穴照亮，在银白色的光芒下，银尘看见，空旷的洞穴中央，一个双臂被钉在石柱上的熟悉的身影骤然出现在视野里。那人低着头，面目看不清楚，看起来仿佛陷入了永恒的沉睡，然而，不需要看清楚眉目，银尘也能知道，他就是自己寻找了整整四年的吉尔伽美什。他的下半身被无数的白色草丝缠绕着，仿佛被蜘蛛丝包裹成的一个茧，他的上半身赤裸着，上面攀爬着一缕缕的草丝，每根草丝都将它们锐利的根系扎进了他的身体，吸食着他的血液，以至于他下半身那些本来是白色的枯草，看起来都呈现着妖异猩红的色泽……银尘的眼泪瞬间涌出眼眶，他刚要从喉咙里发出喊声，突然，他的脚踝上就传来锥心的刺痛。他整个人从石壁上重重地跌落到地上。

转眼之间，整个洞穴响起密密麻麻的尖叫，仿佛成千上万只昆虫同时被烈火灼烧时的惨叫声，视野里都是疯狂舞动的白色幽灵般的草丝，银尘跌落在地，地面上数不清的白色草丝将他浑身缠绕起来，冰冷锋利的尖刺扎进他的肉体，然后疯狂地朝着他骨血内部繁殖生长。

然而，银尘的表情看起来没有丝毫的痛苦，他的目光里呈现着一种仿佛星辰般恒久的坚定，他知道自己身体里的魂力正在疯狂地被吞噬，然而，他依然靠着人类肉体的力量，一步一步朝吉尔伽美什的方向爬去。那些白色的草丝更加用力地撕扯着他，阻挡着他的前进，甚至每一根草都像是有了生命般，发出歇斯底里的尖叫声来，它们瞬间变得更加粗壮、更加锋利多刺、更加有力……一切都是为了阻止银尘靠近吉尔伽美什。

每前进一步，银尘体内都撕扯出钻心的尖锐痛感，他的右手紧紧握着那枚金黄色的小球，无数白色的草丝企图钻进他的右手，吞噬他握在手心里的黄金源泉，但他始终牢牢握着，没有丝毫的松开。那些仿佛锯条般的草丝，疯狂地撕扯啃咬着他握紧的拳头，银尘的手背上早已经变得血肉模糊，很快，他的右手就只剩下森然的白骨。但是，他的拳头依然握得很紧，他清楚地知道，他体内的魂力已经彻底消失了，他已经无法再使用定身骨刺离开这里了！

他的视线开始模糊，身体的痛感反倒已经变得无关紧要了。他并不知道此刻自己的双腿和腹部、腰部都已经血肉模糊，被白色草丝蚕食得处处深可见骨。他的鲜血汩汩地从身体里流淌出来，浸染了一大片枯草，看起来仿佛雪地上盛开的一朵灿然的红色莲花。他的胸腔已经被那些尖锐的根系占领，每一次呼吸都拉扯出撕裂的剧痛，整个人仿佛被阴森的鬼魅拉扯着，朝着黑暗的地狱里坠落而去。

头顶的护心镜不知道何时已经坠落在地，洞穴里还残留着微弱的光芒，照出前方几乎近在咫尺的吉尔伽美什的模糊轮廓。

银尘伸出手，一寸一寸地朝吉尔伽美什伸过去，他知道，只要将这枚黄金源泉埋进吉尔伽美什的体内，那么，从里面汹涌而出的黄金魂雾，就一定能将他唤醒，以吉尔伽美什的高超魂术，就算只有一点点的黄金魂雾，他也能将其发挥出惊天动地的效果。银尘伸出去的手臂颤抖着，却始终离吉尔伽美什的身体有几寸的距离，他的视线已经模糊成一片，呼吸渐渐停止，他脑子里开始出现濒死时的各种幻影。

他右脚地面上，几根手腕粗细的草丝翻涌而出，如同几条迅捷的白色毒蛇，将他的右脚狠狠缠住，朝后面拉扯，银尘望着面前的吉尔伽美什，他低垂的面容呈现着熟睡的样子，看起来那么尊贵、那么美，仿佛传说中那些沉睡的、没有凡人的爱恨嗔痴的、永远宁静的神祇。

银尘胸口突然涌起一阵无法抵挡的悲伤，从来冰雪面容、宠辱不惊的他此刻竟然忍不住嗡嗡地哭起来，但因为他的胸膛已经不能起伏，所以他发不出太大的声音，他滚烫的眼泪一滴一滴地流在血肉模糊的脸上，他的呜咽听起来又小声又模糊，仿佛某种小动物死前的哀号："让我救你……让我救你啊……王爵！你醒醒，你看看我！我找到你了……"他的眼泪混合着他的血液，烧烫了他的双眼，他仿佛重新变回了当初年幼的自己，他完全忘记了自己已经是尊贵的王爵，这么多年，他一直都在心里将自己当作当年的小小使徒，那个在雾隐绿岛天真无忧的少年，他只记得眼前的吉尔伽美什，他心中永远的王爵。

银尘转过头，看着疯狂啃噬着自己右脚的那几条白色草藤，他咬紧牙，用尽最后的力气将右腿一拧，发出"咔嚓"一声骨头断裂的声响，他将本来就已经血肉碎裂的右腿硬生生从膝盖处折断了，那几条白色的草藤一松，银尘靠着最后清醒的意志和体力，将只剩下白骨的右手，朝吉尔伽美什的身体用力地伸过去。

下一个瞬间，银尘两眼一黑，失去了全部的知觉。在他生命最后的感知里，周围都是呼啸的尖锐风声，仿佛有成千上万的柔软刀刃在旋转切割着，风里有数不清的怪物在尖叫，像是地狱之门被人洞开，亡灵汹涌而出，吞噬着整个天地。

他感觉自己最后也变成了成千上万个鬼叫着的亡灵之一，沉重地，坠入了永恒的地狱之门。

——有人在呼唤我的名字？

——是谁？

——听起来那么遥远，又那么悲伤，一遍又一遍地，呼喊着我。

【西之亚斯蓝帝国·尤图尔遗迹·白色地狱门外】

麒零横举着断刃的手，突然无力地垂了下来。

他喉咙里轻轻地发出一声不明所以的短促的低呼，然后，他的双眼就直直地望着前方，视线穿过漆拉，看向一片无尽遥远的黑暗，他像是突然间被人偷走了魂魄一样。

"看来，我们差不多可以返回格兰尔特了。"漆拉看着眼前的麒零，他突然明白过来发生了什么。他嘴角的笑意更加明显，仿佛刚刚享用完一餐精致的盛宴。

麒零从无尽的茫然里回过神来，他转过视线，定定地看着漆拉，他不知道该怎么来形容自己的感觉，只觉得突然间，爵印处传来一种异样的感觉，那感觉就像是……

"我感觉……"麒零的双眼瞬间涌起泪光，他的声音一下子哽咽了，似乎大量的鲜血瞬间从他的眼眶底部涌起，一瞬间将他的眼睛染得通红，"……我感觉，银尘是不是……死了……我感觉……他像是突然消失了，去了一个很远的地方，我感觉不到他了……"

漆拉微笑着，沉默地看着麒零，像是一种无声的肯定，又像是在欣赏着世间最壮丽奇景的陨落。他用一个肯定的微笑轻轻点头，碾碎了一个少年滚烫的心。

麒零看着漆拉，他年少俊朗的脸上，突然涌起揪心的悲伤，他的双眼里堆满了泪水，看起来像是被抛弃了的动物一样，有一种茫然失措的惶恐。他恍恍惚惚地转过身，朝白色地狱的大门走去，根本没有注意到他的眼泪大颗大颗地滚出了眼眶。

他开始跌跌撞撞地奔跑起来，他的喉咙里呐喊着悲怆的哭声，他大声呼喊着银尘的名字。

"就这样让他进去吗？"呪夜看着麒零远去的背影，轻轻挑起一侧的眉毛，转头问漆拉。

"当然不可能。"漆拉的嘴唇微微上扬，他优雅地抬起藏在长袍里的手，五指飞快地在空气里划动。

嗡——

嗡嗡嗡——

一扇一扇半透明的如同玻璃片一样的金色光壁，一层一层地出现在麒零前方，光壁又薄又锋利，像是兑了水的热蜂蜜，在黑暗里散发着甜美的诱惑。

层层叠叠的光壁阻隔了麒零的去路。

然而，麒零的脑海里只剩下那种仿佛锉刀般的锐利感知，那种仿佛失去支撑的巨大失落感像是梦魇一样攫住了他的心脏，他只剩下朝着白色地狱机械般狂奔而去的意念。

不想失去他。

想要守护他。

这个世界上独一无二的你。作为我的灵犀，被我牵挂的你。

我唯一的你。

麒零一层一层地穿透淡金色的光壁，每穿过一层，他的动作就变得更慢。

一层，一层，一层。

时间像是金色的落叶，在他的身上一片一片地、无声地累积出一座叹息的坟墓。

漆拉看着仿佛慢动作般在黑暗里奔跑的麒零，他的眼泪从眼眶里滚落，在空气里被风吹成狭长的钻石光芒。他奔跑着，迎面而来的寒气，将他的头发渐渐吹成了灰白，风霜瞬间吹满了他的鬓角——他脑后扎着的皮绳，无声地断裂，此刻，他头上璀璨的银发，仿佛一面雪白的旗帜正在黑暗的尽头飞舞。

他整个人像是凝固在琥珀里一样，万千闪烁着银白色光泽的发丝，在黑暗里仿佛没有重量般浮动着，闪烁着耀眼的光芒。

——银尘，我什么时候才可以像你那么厉害啊？

——当你变成王爵的时候吧。

——那我也会变成银色的头发吗？

——应该会吧。喜欢吗？

——喜欢。我一直都觉得很好看。那我什么时候才可以变成王爵啊？

——我死了，你就可以变成王爵了。

——啊……那算了算了，我还是一直做你的使徒吧。黑头发也挺好看的，嘿嘿……

夜深人静的庭院里，只剩下了唯一的一盏灯火，它还在亮着，柔柔的暖光，照亮了那一小块黑暗。

一切都毛茸茸的，暖暖的，仿佛一个可以永睡不醒的温柔乡。

【西之亚斯蓝帝国·尤图尔遗迹·白色地狱内】

光线消失了。

声音消失了。

痛觉也消失了。

最后浮现在银尘脑海里的，是吉尔伽美什那张永远尊贵而美好的面容。他熟睡的神态、他安静的身影，在银尘渐渐放大，最终凝固不动的瞳孔里，成为永恒的剪影——直到最后，他的双眼依然紧闭着，没有睁开眼睛来看看诀别了多年的自己。

"你醒了？那走吧。"

黑暗里，有人在对自己说话。这是银尘脑海里，最后出现的声音。很熟悉的声音。

王爵，是你吗？你醒了吗？

是你在对我说话吗？

——就算拯救不出来，那么和他一起被永远囚禁着，或者死在一起，也好啊。

那时的银尘，在高高的山崖上，迎着风，含着眼泪微笑着，对鬼山莲泉这样说道。他那双美好的眼睛，微微弯起来，透着一种童真的纯净。

当时，他脸上的表情，不是绝望，不是悲痛，不是愤怒，也不是怨恨。

而是一种带着悲伤的期待。

——那麒零呢？

银尘弯弯的眼睛在莲泉的问话声里，渐渐柔软下来，他的瞳孔有些颤抖。

当时，他脸上的表情，没有人能够读懂。

那个表情，永远地消逝在了时间的长河里，像是一卷写满了失传已久的古老文字的书信，再也没有人可以阅读与知晓。

爵迹

Chapter 09

（最后的）连锁筹码

L.O.R.D

Legend of Ravaging Dynasties

L.O.R.D
Legend of Ravaging Dynasties

【西之亚斯蓝帝国 · 尤图尔遗迹 · 鲜血祭坛】

天束幽花虚弱地呼吸着，她已经对手臂上传来的切割剧痛麻木，她脑海里只剩下唯一一件简单的事情：吸收聚魂玉凝聚而来的魂力，然后催动手臂血肉新生，不断新生的血肉再次被切割，产生源源不断的鲜血，维持着大门的开启。

"麒零，我一定会等到你回来的。"她在心里，默默地一直重复着这句话。

突然，她轻轻地抬起了头。

有人。

就在附近。

她把头从祭坛平台上探出去，看向血池中间刚刚发出魂力

304

异动的方向，她震惊了。她的瞳孔剧烈地颤动着。

特蕾娅和幽冥，正缓缓地从血池里挣扎着站起来，他们的眼神看起来涣散而又困惑，但很快，他们开始看着浸泡着自己全身的鲜血——那些鲜血流过每一个伤口，都加速着伤口的愈合，他们明白了——

永生皇血的力量。

特蕾娅和幽冥的目光里，都闪烁着无法掩盖的贪婪欲望。是啊，千万年来，多少人觊觎着这种本就不该存在于世界上的力量。

幽花看着他们两个染满血浆的面容，心里有些发紧，她突然想，如果幽冥和特蕾娅知道了魂力池的存在，那会是一种怎样的景象？

"啊——"寒霜似的眼睛突然像是灼烧的炭火般亮了起来，发出红色的光线，"我好像看到了奇怪的东西……"

漆拉收起手心的魂力，他面前本来正在成形的光门，慢慢消失。他回过头，看向寒霜似。

呪夜低声问道："你看到了什么？"

寒霜似："我看到了幽冥。"

"幽冥？"漆拉的声音有些意外。

"幽冥的尸体？"呪夜轻声笑了，"你什么时候捕捉了天束幽花的视线啊，我都没发现。你现在速度越来越快了。"

"我不是通过天束幽花的视线……"寒霜似收起了嘴角顽劣的笑容，他的表情有些紧张，"幽冥就站在我面前。"

"站在？他没死？"呪夜突然意识到问题的严重性，"你

L.O.R.D

Legend of Ravaging Dynasties

是透过特蕾娅的眼睛？”

"是的，她也没死。"

漆拉缓慢地呼吸了一下，然后抬起头，他的面前，三扇金色光门迅速绽放。

【西之亚斯蓝帝国·国境边缘·无名山脉】

风雪在山洞外愈发狂暴。

飞龙骑士看着小手臂上已经完全失去光芒的印记，她起身，背上那个信筒，朝着洞外走去。她的心情有些沉重，她知道信筒里装着什么——毁灭这个世界的秘密。

是啊，摧毁世界的，永远都不是天灾、人祸，不是绝对的力量或者无法抗衡的命运。

是秘密。

摧毁这个世界的，永远都是一个又一个秘密。

她跨上飞龙，将自己的斗篷裹紧，这时，她突然感觉到小手臂上一阵刺痛。

她撩起袖子，那个已经熄灭的印记，开始发出微弱的光芒来。

【西之亚斯蓝帝国·尤图尔遗迹·鲜血祭坛】

特蕾娅看着还在祭坛石台上放血，而且已经失去一条手臂的幽花，目光里竟然有了一些同情。她的胳膊并没有在永生天

306

赋的加持下，快速地生长出来，因为切断她的手臂的，是幽冥充满剧毒的黑色冰晶，她的伤口处，并不是被刀剑砍断的崭新骨肉，而是大面积灼烧溃烂的焦黑脓血，她的永生天赋擅长重生，却不擅长净化，她必须先清除所有毒素，才能继续生长，然而——

"你为什么还要把仅剩不多的魂力持续用来制造新鲜血液呢？"特蕾娅看着幽花，忍不住叹息，"你再不调动魂力去那只断了的胳膊，可能永远都无法再重新拥有双臂了……"

天束幽花低着头，没有说话，但是一小颗眼泪，却从眼眶里滑了出来。

"别管她了。"幽冥轻轻拉过特蕾娅的手，"我们快走。"

"你们确定有地方可去吗？"一个半成熟半稚嫩的变声期男孩的声音，在黑暗里响起，"或者说，你们确定有意义吗？去到哪里，不也都是在我眼前。"

特蕾娅不用回头，也知道，谁在背后。

金色光门渐渐消散，漆拉、呪夜、寒霜似三个人出现在鲜血祭坛的边缘。

幽冥看着漆拉，他的目光里闪动起同归于尽的狂暴："漆拉，你确定要和我们正面对决？三度，五度，六度，你们确定可以对抗二度和四度？你们别忘了，我和特蕾娅，是曾经站在凝腥洞穴里成百上千具尸体上的幸存者。"

"我要是你，我都不好意思说。"寒霜似冷冷地笑了，蔷薇般鲜红的瞳孔里充满了嘲讽，"还需要两个人联手才能活到最后，笑死人了，我可是自己一个人就走出来了。根本不值一提的事，在你嘴里好像变得多么厉害似的呢。"

幽冥的嘴角抽动着，太阳穴上跳动着青色的静脉："漆拉，你应该记得，我的魂兽是什么吧？

一直躺在地上失去意识的鬼山莲泉突然站了起来，她睁着空洞而漆黑的眼睛，咧着嘴角，发出小男孩般的声音："那你也应该记得，鬼山莲泉的天赋是什么吧？不想被自己的魂兽咬的话，你那条小小的虫子，就还是别拿出来丢人现眼了吧。"

幽冥冷笑道："鬼山莲泉的魂力，连催眠祝福都做不到，更何况是……"

"她做不到，不代表我做不到啊。"呪夜轻轻地叹息着，漆黑的瞳孔里竟然流露出对幽冥的一些怜悯。

幽冥脸色有些发白，转头看向特蕾娅。他并没有意识到，这么多年，他已经习惯了这样的动作，等待特蕾娅的判断和她的决定。只要是她说的，他就信。

特蕾娅沉默着，她的瞳孔快速地抖动着，不知道是因为恐惧，还是因为在思考对策。

幽冥只有等待。

然而，漆拉却并不想等待了。

他轻轻抬起手，在他的耳边，距离脸庞很近的位置，一枚铂金色光芒的细身长剑，从空气里缓慢地显影。

又细又窄的剑身，在空气里嗡嗡地震动着，仿佛在恋人耳边发出的甜蜜低语。

特蕾娅突然往前一步，她开口说话，却并不是对着漆拉，她看着寒霜似发出红光的瞳孔，冷静地说："寒霜似，帮我连接此刻站在白银祭司房间里的人的视线，我有话要对白银祭司说。"

幽冥心里有些吃惊，他对特蕾娅的举动并不意外，因为，一切都在她的计划和预测范围之内。他知道，她需要动用最后的棋子了。只是他对特蕾娅刚刚说的话，有些无法理解，因为——所有的王爵使徒，此刻都在这个庞大的牢笼之内，白银祭司房间里还会有谁？而且为什么特蕾娅那么肯定，白银祭司房间里，一定有人？

除非是修川地藏。

但幽冥自己也摇了摇头。

"我为什么要听你的命令？"寒霜似忍不住笑了，但是，他蔷薇色的瞳孔，还是微微有些颤抖。

"你可以不听。"特蕾娅的笑容非常镇定，"但我接下来要说的话，我觉得漆拉会想听，而且白银祭司会更想听。我如果死了，他们就听不到了。也许，白银祭司可能会因为没有听到我说的话而生气。"

漆拉耳边那枚闪烁着冷光的铂金细身长剑，不知在什么时候已经消失在了空气中。漆拉的目光有些犹豫，但最终，他还是冲寒霜似点了点头。

寒霜似脸色有些不悦，但他还是按照特蕾娅说的话，将自己的视线，传向了千里之外。

"白银祭司。"特蕾娅看着寒霜似的眼睛，一字一句地说，

"吉尔伽美什曾经带我去他涉足过的那个秘密房间，就是那个放置了十二个用魂力封锁的白银盒子的房间。我打开了其中的第一个和第二个盒子，所以我也知道了【风水禁言录】的秘密……我已经提前布局完毕，一旦我和幽冥死亡，那么，你们一直以来死守的秘密，就会在第一时间扩散到火源、风源和地源，我觉得，那三个国家一定不会任由你们如此大肆破坏魂术世界的平衡，我相信，很快，业斯蓝就会遭到三个国家的联合入侵，你确定，这是你想要的结果吗？"

寒霜似的表情非常疑惑。显然，他听不懂特蕾娅在说什么。

呪夜的脸色渐渐有些苍白。

只剩下漆拉，他低着头，没有说话，看不出此刻他内心的真实想法。

寂静笼罩着鲜血祭坛。

没有人说话，连稍微重一点的呼吸，也显得非常突兀。

长时间的死寂之后，寒霜似眼里的红光依然闪烁起伏没有停止，特蕾娅知道，他和白银祭司已经沟通完毕，她在等待着即将迎向她的命运。她并没有意识到，她此刻的掌心已经布满了冰凉的汗水。幽冥伸过干燥而温暖的手掌，轻轻地握住了她的手。

他的骨节依然清晰，手指修长而有力。他沉默地站在她的身边，和她的命运站在一起。

寒霜似终于张开口，不甘心地说道："将他们两个，带回心脏。"

特蕾娅突然觉得虚脱。

只要活着，就还有希望。

寒霜似说完，转过头，目光转向天束幽花："然后，杀了天束幽花。"

【西之亚斯蓝·边境·约瑟芬塔城】

已经是隆冬时节了。天地间呼啸着来自北方的朔风，又硬又燥，顶在人的胸口像一把锤子。前几日刚刚下过雪，天空中的水分似乎也已经随着那场降雪而消耗干净，于是呼呼的北风就更加地干冷，吹在人脸上瞬间就能把皮肤刮红。风偶尔还卷来高山岩石上的粗糙沙砾，打得人脸生疼。

对亚斯蓝边陲的约瑟芬塔城来说，这样的季节一般都是萧索的。人们躲在炉火熊熊的石墙里，喝着滚烫的燕麦酒，享用着一年到头后的悠闲。

城镇郊外的大道上，一个裹紧斗篷的人，正在朝着城镇的大门走去。他的面容藏在兜帽的阴影里，他迎着风逆行，身体稍微有些佝偻，但即使如此，也依然能看出他身材的高大修长和他姿态仪表上的贵族气息。

他的斗篷从外表看上去，是非常简单的灰色麂皮质地，偶尔有大风吹过，将他的斗篷掀起，就会露出斗篷内衬里一颗一颗镶嵌的宝石。

天空突然传来尖锐的鸟鸣。

他摘下兜帽，露出英俊而高贵的面容，他仿佛湖水般清澈的眸子里，倒映出飞过天空的羽翼，那双雪白翅膀的边缘，有一圈耀眼的鲜红翎毛。

他抬起手臂，纹血鸠温柔地降落在他布满漆黑文身的右臂之上。

【西之亚斯蓝帝国·尤图尔遗迹·鲜血祭坛】

呪夜轻盈地跃上石台，仿佛夜晚的鬼魅，无声无息。

他在天束幽花面前蹲下来，收起漆黑如墨的眼睛，他的眸子变成了正常人的样子，像是带着金色丝线的琥珀石。

天束幽花咬着牙："你想要杀死我，也没那么容易……"

呪夜咧开嘴，轻轻地笑了，笑容里有一种干净的少年气息。和寒霜似的顽劣叛逆不同，他的笑容里，竟然有一些温柔。他的面容离幽花很近，呼吸里带着薄荷的冷冽。

"你身体里的血液，很厉害啊……而且还有永生回路打底，我知道。"呪夜看着幽花胳膊边缘流出来的鲜红的血，"所以，我才想要看看，是你的血厉害，还是我的血厉害啊。"

呪夜抬起手指，咬破他白皙的指尖，漆黑如墨的血液在他的指尖渗透出一个小小的血珠，然后，黑色的血液仿佛有生命一样，在他的指尖挣扎嘶叫。

天束幽花控制着自己内心的恐惧，突然转过头，冲着远处的寒霜似大声呐喊："寒霜似！寒霜似！"

漆拉和寒霜似都有些意外，寒霜似忍不住回过头，他眼里的红光还没有完全退去，那代表——

"白银祭司，白银祭司！"天束幽花看着寒霜似通红的双眼大声呼喊，"如果你们不杀死我，我就告诉你们冰帝艾欧斯的下落！"

这一次，连漆拉的目光中都忍不住露出震惊。

天束幽花把血肉模糊的手，从那个已经染满血浆的石台黑洞里拔出来，她伸进衣服内襟，颤抖着，掏出了一个珐琅的铃铛。她拿起来，轻轻地晃了晃，铃铛没有发出任何声音。

寒霜似沉默着，没有回答。

显然，白银祭司也在犹豫。

天束幽花尽量让自己的声音显得镇定而平静，她看着寒霜似，继续亮出自己手心里的筹码："我知道你们在迫切地寻找冰帝，一方面，是因为他代表着亚斯蓝至高无上的尊贵地位，但另一方面，是因为你们急需要他的天赋【摄魂】。"她停下来，忍不住看了一下特蕾娅和幽冥，"你们因为特蕾娅和幽冥知道了太多的秘密而想要杀掉他们，然而，就像特蕾娅说的，也许很快，亚斯蓝就会遭到风火地三国的联合入侵，你们确定仅仅依靠漆拉、寒霜似、呪夜，就足以抵抗另外三个国家吗？你们短时间内根本无法制造出能够取代特蕾娅和幽冥天赋的新王爵吧？所以，让艾欧斯用摄魂洗去他们的一部分记忆，一部分你们最不愿意他们保留的记忆，不是最好吗？这样，他们就能重新变回当初最让你们宠爱信任的那两个毁天灭地却又忠心耿耿的侵蚀者了。"

特蕾娅和幽冥同时忍不住看向幽花。

特蕾娅第一次在心中对天束幽花感到如此大的震撼，她曾经以为的傲慢天真，而又胸无城府的郡主，其实远远比自己还要更加深谋远虑，同时，也更加残忍无情。

鬼山莲泉聪明绝顶，但是她被太多所谓的正义善良、道义荣耀所捆绑。

而特蕾娅自己，诡谲思敏，心狠手辣。

但天束幽花，这个就像一朵刚刚盛开的花朵的少女，仿佛同时是自己，也是鬼山莲泉。

她在天平的两边摇摆着，还没有决定她想要成为谁。

这才是最可怕的地方。

时间一点一滴流逝，沉默中紧绷的气压越来越强。

终于，寒霜似抬起眼睛，露出了开心的微笑，他仿佛小兽般尖尖的雪白牙齿，反射着清冷的光芒。

他转过头，歪了歪脑袋，仿佛抱歉般地耸了耸肩膀："杀了她。"

咒夜手心里的黑色血液突然翻涌沸腾，血液凝固成一把仿佛黑色水晶般的锋利匕首，咒夜手腕翻动，匕首朝着天束幽花的眼睛激射而去。

天束幽花朝后闪避，同时，她大声朝着寒霜似厉声喊叫："我看过那个房间的第五个白银盒子，里面是【幽灵防御】计划！！！"

一道金色的光墙瞬间扫过黑色的水晶匕首。

匕首在空气里突然仿佛定格般，失去重力，缓缓地飘动，时间瞬间变慢了一百倍。

漆拉脸色苍白，他的嘴唇甚至有些发抖。

天束幽花终于虚脱，晕倒在地，但是，她知道，自己安全了，她暂时保住了性命。

呪夜抱起天束幽花，走下石台，来到漆拉和寒霜似边上。

他把幽花丢在地上，耸耸肩膀："真无聊啊，一个人也不能杀。不是说好了今天进行疯狂的迭代杀戮吗？"他转头看了看旁边目光空洞的鬼山莲泉，"那她呢？她能杀吗？"

寒霜似摇摇头："你别忘记了，鬼山莲泉和天束幽花共享同一套灵魂回路，而且在幽花官邸的时候，为了弥补天束幽花魂路的残缺，强化她的能力，鬼山莲泉已经将她的灵魂回路和天束幽花的灵魂回路捆绑锁定了，也就是说，杀了其中任何一个，另一个也会死。"

呪夜忍不住叹气，他看着寒霜似，面容有些苦恼。"他们的筹码真多啊。"停了停，他继续说道，"他们的心机比我们深多了，为了自己能够活下去，他们可是想了不少办法啊……就这样，他们怎么还好意思觉得自己是'好人'呢？他们可比我们心狠手辣多了啊……"

寒霜似转过头，看了看特蕾娅，又看了看身边的鬼山莲泉和天束幽花，他忍不住笑了："真是精彩啊，好想看她们三个，谁能够活到最后，毕竟……"

呪夜接过他的话："……毕竟，亚斯蓝只有一个女爵啊。"

爵迹

Chapter 10

尾声：幽灵防御

L.O.R.D
Legend of Ravaging Dynasties

【西之亚斯蓝·格兰尔特·心脏】

高高的穹顶隐没在一片黑暗之中，高大而空旷的白银祭司房间内，只有淡蓝色的光晕缓慢地流转着。

巨大的殿堂内，一片异样的静谧——之所以说异样，是因为穹顶之下并不是空无一人才一片死寂，相反，此刻的殿堂之内挤满了人。王爵、使徒、皇室魂术师、白银使者……密密麻麻的人按照身份地位的高低有序地站立着——这个房间几乎从来不会出现这么多的人。

人群面对墙上巨大而剔透的无缝水晶深处，白银祭司的肉身依然处于看似永恒的沉睡之中。看起来高大而完美无瑕的天神，寂然地看着面前垂首而立的众人。

这一天，在很多亚斯蓝魂术师的心里，都至关重要。它如同亚斯蓝千万年历史上最著名的那几个转折点，甚至变成了最重要的一个转折点，因为这一次的转折，和所有人相关。

亚斯蓝浩瀚连绵的历史，在这个转折点上，竖立起了一座巨大的黑色石碑，又或者说，插下了一把冰凉的匕首。

也就是从这一天起，亚斯蓝启动了幽灵防御计划——这个计划在最初设定完成之后，没有人会相信有一天真的需要启动。所以，它一直沉睡在盒子里，没有人认为会被开启。因为，一旦启动幽灵防御，则意味着需要抵御的危机，已经上升到能够威胁整个国度的量级。

然而，这一天最终还是到来了。

洪亮的钟声从格兰尔特高耸入云的天空穹顶上，传向了整个国度。

那是为大家，敲响的丧钟。

从幽灵防御计划启动的那一天开始，在很多人心中，亚斯蓝的天空就似乎再也没有澄澈过，挥之不去的阴影笼罩在每一个人的眉间。仿佛穿着黑色雾纱长袍的死神，温柔地把每个人拢进他冰凉的怀抱，他散发着绝望的呼吸，轻轻地扫过每一个人的脸庞，你一定会闻到，那种濒死的气味——仿佛炉火熄灭之后，黑色灰烬散发的味道。

幽灵防御计划：

当亚斯蓝帝国或者白银祭司面临重大威胁时，幽灵防御计划将全面启动，该计划启动需要得到三位白银祭司的一致通过。该防御计划的核心内容，是将所有死者的亡灵召集编遣为军队，以能量体的形式守卫亚斯蓝。在此计划之前，也有过类似的灵魂收集，也就是魂术师自然死亡后，会由一度王爵的地之使徒将灵魂进行分类，选择性地导入尤图尔遗迹，作为守卫遗迹的力量。然而幽灵防御计划虽然与此类似，但实际上完全不同。

此次幽灵的采集，在很短的时间之内，就从最初实验性地局部采集，顺利扩大到大范围的暴力推进。整个计划的执行速度以几何倍数疯狂增长。

根据幽灵防御计划的部署，大量魂术师将在很短的时间内集体主动获取"清醒意识"下的死亡，再由地之使徒将死灵召集，组成守卫亚斯蓝的终极防线。幽灵防御计划一旦启动，所有牺牲献祭者的名额，将随机分配到亚斯蓝各大魂术世家，任何人不得拒绝或者逃避幽灵防御计划。

幽灵防御计划知晓权限：全亚斯蓝领域内魂术使用者全部知晓，预计知情人数超过一百万。

从那一天开始，头戴兜帽的白银使者，陆续地出现在亚斯蓝领域上各大魂术世家的官邸，他们将手中羊皮纸信封上的火漆拆开，将里面的信纸展平，他们冷漠的眸子扫过纸上的一个又一个名字，如同凛冽的寒霜扫过初春新鲜的嫩芽。他们藏在金属面罩背后的低沉声音，将每一个名字轻声呼唤，如同挥舞着锋利冰冷的巨大镰刀，将一个个鲜活的生命像庄稼般收割。

或许是为了减轻幽灵防御计划的残酷感，他们将每一次收割生命的场景，装饰得极其肃穆而庄严，仿佛一种光芒万丈的神圣仪式。本该阴暗残忍的死亡收割，因此笼罩上了一层荣耀之光。白银使者们在念完信纸上的名单之后，就会将手中的纯银托盘郑重交出，名单上有多少个名字，纯银托盘上就有多少颗璀璨的暗黑色宝石——每一颗宝石，都是一枚致命的毒药，它在进入人体之后，会迅速地分裂成无数细小而尖锐的粉末尘屑，随着血液循环，流动至全身各处然后进入沉睡，等待着来自遥远的帝都格兰尔特的信号。

信号形态不可感知：

没有声响，因此无法被窃听；

没有颜色或者亮度，因此不可被观测；

没有气味，所以无法被跟踪；

没有能量，所以无法被干扰；

…………

信号辐射扩散的速度非常快，如同看不见的飓风从亚斯蓝领域上刮过。

在信号的触发下，每一颗微小的碎屑都将发生异变，被触发的碎屑会在体内引爆锐化成一朵璀璨的晶花，这些晶花在破坏每一个脏器、每一根血管、神经的同时，也将迅速在体内生长分裂成一张网，牢牢地将灵魂囚禁在已经冰冷僵硬的身体里，使得灵魂无法逃逸。被信号触发后的身体将变成一座黑色冰晶的雕塑，灵魂被万千爆炸后的晶花牢牢地钉死在躯壳里，等待着地之使徒的完整采集。

——当人们站在历史昏暗的尽头，转身凝望曾经的漫天战火，谁能够想到，这场以亚斯蓝超过半数魂术师的生命为代价，建立起来的终极防御——这把被亚斯蓝认为是他们向敌人的心脏投去的雷霆之矛，却在事后被证明了，这只是一个惊慌失措的小孩，朝着疯狂扑噬而来的巨大野兽投去的一枚小小石块。

然后，很久很久的时间过去了，久到曾经的传奇都变成了歌谣，曾经荣耀的冠冕都变成了布满铁锈的残骸，人们带着怜悯的目光，看向历史深处的亚斯蓝人，那时的他们并不知道，在他们郑重其事而又悲壮决绝地启动这个名为幽灵防御的终极计划时，远在极北之地的风源因德，也几乎在同一时刻，启动了属于风源的终极防御计划——【饥饿少女】。

当然，那时的亚斯蓝人并没有感受到头顶笼罩的恐怖威胁，是在很久之后，他们才正式听说了这个听起来诡异而扭曲的名称。当饥饿少女横扫水源，将曾经繁荣富饶的国土，锁定成无法逃逸的"人间粮食"，他们才意识到，和这个名为饥饿少女的计划相比，亚斯蓝自以为残酷而又邪恶的，以万千尸骨为基座铸造的幽灵防御，是多么单纯，多么无稽，多么童真，多么不堪一击……它简陋得如同五岁孩童用白纸折叠出的巨大航船，它孤独地驶向了一片惊涛骇浪的怪兽之海。

——在最终存活下来的人们的记忆里，当最终宣判胜败的那天到来时，阳光从云层里穿透而下，笼罩了亚斯蓝许久的灰色云雾终于散去，清澈的光线笼罩着那个美丽的少女，她小而孱弱的身躯从黑色的棺木里爬出来，她孤独而胆怯地伫立在格兰尔特广场中央，千军万马将她包围。

王爵们，使徒们，成百上千的魂术师披坚执锐，无数魂路流动成璀璨的金色光河，在金色笼罩的区域外围，还有成千上万的黑色死灵与无尽的凶残魂兽，所有一切都将她锁定为最后的目标伺机而动，最后的对抗一触即发。

——这么严重失衡的天平，谁都能够猜测最终的胜利属于哪方。

孱弱瘦小的少女低下头，看着已经在脚边死去的自己的守护者，她澄澈的眸子仿佛最干净的水晶，让人着迷。她瘦弱的身躯在格兰尔特广场的大风里瑟瑟发抖，她的眼角流出了两行剔透的泪，风吹起她的头发，像扬起了一面动人的黑色经幡。

——那是所有人记忆里，最后的一个画面。

当然，这都是很久之后的事情了。在最终裁决的那一刻还没有到来的此时，在众人的沉默营造起来的死寂空间里，白银祭司宣布完毕了幽灵防御计划的启动。

人们的不安和骚动，仿佛在火上还未彻底烧开的水，锅底翻滚着密密麻麻的水泡，然而水面依然维持着无声的平静。

人们怀着各种各样的情绪离去，他们每一个人都背负着幽灵的阴影，回到属于他们的城市，等待着黑色宝石的降临，和神秘信号的触发。

空旷的殿堂之内，只剩下漆拉、寒霜似、呪夜。

其余的人不知去向。

曾经庞大的王爵使徒队伍，此刻只剩下如此零落的战斗力。

三个王爵都没有说话。

谁都不知道这个计划最终会吞噬多少魂术师的生命，也没有人知道这些生命中是否也包含着曾经尊贵无匹的王爵或者使徒，而最重要的，是没有人知道这个计划最终是否可以奏效——特别是当曾经驻守在尤图尔遗迹中的万千亡灵顷刻间无声无息地消散之后，所有人都对这个曾经拥有必胜把握的计划产生了动摇。

当然，还是有很多的人对幽灵防御拥有无可动摇的信念，他们给出的理由也说服了很大一批人。曾经在尤图尔遗迹中的幽灵，是在自然状态下死亡后产生的，他们在死去时并没有清晰的心理准备，因此也只能保留下模糊的意识，战斗欲望很弱，在受到攻击时才会自保。而在幽灵防御计划中死去的人，在死前已经有充分的心理准备，因此他们即使成为幽灵之后，也有非常清晰的战斗意识，知道自己的使命。而且，自然状态下死亡的人，在身体逐渐僵硬腐化的同时，灵魂碎片不可避免地会逃逸出体外，如果地之使徒到达的时间太晚，就无法猎捕到完整的灵魂，因此，大部分曾经存在于尤图尔遗迹里的幽灵，都是残缺状态。而幽灵防御使用的黑色宝石，其实是一种可以锁紧灵魂使其无法逃逸出体外，从而可以让地之使徒完整猎取的催化剂，这使得幽灵的灵魂结构异常完整，几乎可以视同和生前拥有一致的神识，只是他们的存在由血肉之躯的生命体变成了灵魂状态的能量体而已。

血肉之躯极其脆弱，而灵魂的力量无可匹敌。

但是，其实大多数人坚信幽灵防御一定会奏效的另外一个重要的原因是：这是唯一的办法，除此之外，他们没有其他的选择。

仿佛溺水的人，看见水面上漂浮的稻草。

他们除了抓紧，别无他法。

在面对魂术研究领域远远超越自己的风源强敌时，这种背水一战的方法，看起来是亚斯蓝唯一的选择——在敌人杀戮自己之前，先杀戮自己的生命，似乎这样就让自己立于失无可失，败无可败的至高之地了。

【西之亚斯蓝·格兰尔特·心脏】

漆拉从白银祭司的房间离开，由四通八达的地底台阶，缓缓地朝地面走去。他的思绪此刻纷扰繁杂，无法厘清。

他并没有想到，就在他已经快要出发前往约瑟芬塔城，寻找艾欧斯的踪迹的时候，白银祭司会突然神秘地将自己重新召回，随后，在整个空旷殿堂里只有他一个人的时候，白银祭司告诉了他那个震慑人心的秘密。

死寂的沉默中，漆拉身后的大门突然打开。

门后缓缓地走来几个白银使者，他们抬着一口漆黑的棺椁，棺椁还没有盖上，因此，当他们来到漆拉面前时，漆拉看见了躺在棺椁中的人。

清秀动人的五官，仿佛冰雪雕刻而成般地透出灵性，修长的四肢，光洁的皮肤上还有没来得及擦净的血迹。他闭着眼睛，轻轻地呼吸着，仿佛一个沉睡的婴孩。

就是他吗？整个亚斯蓝的命运所支撑的那个临界点，就是他吗？一旦那个临界点崩溃，那么，亚斯蓝就将走向万劫不复之地吗？

漆拉看着那张沉睡的面容渐渐远去，胸膛里仿佛涌起沉重的巨浪。他明白，此刻，这具躯体里没有一丝一毫的魂力，也没有灵魂回路，没有任何技能，甚至没有意识，没有灵魂，他只是刚刚从心脏洞穴女体【浆芝】体内分娩出的一个崭新的容器，只是一个新生的胎儿，一个刚刚开始学习魂术的五岁小孩也能够轻易地将他杀死。他完全不会明白，亚斯蓝辽阔疆域上万万千千的生命头顶上方，此刻已经悬挂起了一把重逾千钧的巨大剑刃，而他，沉睡长眠的他，混沌如胚的他，就是悬挂着这把巨剑的那根风雨飘摇的蛛丝。

漆拉的胸口仿佛压着一块巨石，他感觉自己的心跳动得已经快要从喉咙里冲出来了，他感觉血液迅速地涌进眼眶，喉咙仿佛被激动的情绪锁紧，他看着面前沉睡的无瑕之人，一个声音在他脑海里持续地呐喊着——

"幽灵防御中死去的千万生灵，只是一场华丽的表演，这场声势浩大的演出，仅仅是用来吸引敌人迷惑敌人，以便让他们不会发现你的存在，使得你这个真正的秘密不至暴露。如果能够达成这个目标，那么，死去的千万生命，都是有价值的，你可知道啊，【长眠者】！"

第九个盒子。

在幽灵防御计划启动的当天，亚斯蓝启动了长眠者计划，该计划知晓权限极高，目前知情者除白银祭司之外，预计仅有，一人。

知情者——漆拉。

出品／上海最世文化发展有限公司

官方网站／www.zuibook.com

平台支持／ 最小说 ZUI Factor

爵迹·冷血狂宴

作　者　郭敬明

ZUI Book
CAST

出 品 人　郭敬明

项目总监　痕　痕

监　　制　毛闽峰　赵　萌　李　娜

特约策划　卡　卡　董　鑫　张明慧

特约编辑　卡　卡　刘蓓莉　张明慧

营销编辑　杨　帆　周怡文　李荣荣

＊装帧设计　ZUI Factor（zui@zuifactor.com）

设 计 师　胡小西

封面插图　王　浣

内页设计　武粤旎　龙　君

图书在版编目（CIP）数据

爵迹.冷血狂宴 / 郭敬明著. —— 长沙：湖南文艺
出版社，2018.7（2020.12 重印）
　　ISBN 978-7-5404-7673-1

　　Ⅰ．①爵… Ⅱ．①郭… Ⅲ．①长篇小说－中国－当代
Ⅳ．① I247.5

　　中国版本图书馆 CIP 数据核字（2016）第 148431 号

上架建议：奇幻 | 畅销文学

JUEJI.LENGXUE KUANGYAN

爵迹．冷血狂宴

作　　者：郭敬明
出 版 人：曾赛丰
出 品 人：郭敬明
项目总监：痕　痕
责任编辑：薛　健　刘诗哲
监　　制：毛闽峰　赵　萌　李　娜
特约策划：卡　卡　董　鑫　张明慧
特约编辑：卡　卡　刘蓓莉　张明慧
营销编辑：杨　帆　周怡文　李荣荣
装帧设计：ZUI Factor（zui@zuifactor.com）
设 计 师：胡小西
封面插图：王　浣
内页设计：武粤旎　龙　君

出版发行：湖南文艺出版社
　　　　　（长沙市雨花区东二环一段 508 号　邮编：410014）
网　　址：www.hnwy.net
印　　刷：三河市百盛印装有限公司
经　　销：新华书店
开　　本：880mm×1230mm　1/32
字　　数：226 千字
印　　张：10.5
版　　次：2018 年 7 月第 1 版
印　　次：2020 年 12 月第 4 次印刷
书　　号：ISBN 978-7-5404-7673-1
定　　价：42.80 元

若有质量问题，请致电质量监督电话：010-59096394
团购电话：010-59320018